STAR

D1424430

Voor mezelf.

Film is de leugen van het leven en de waarheid van de droom.
Harry Kümel

Van Bavo Dhooge verscheen:

- bij Davidsfonds/Literair:
  Spookbloem
  Surprise
  Strafschop
  Schaduwspel
  Salieri. Sedes en Belli
  Smak

- bij Davidsfonds/Leuven:
  Stalen kaken. John Massis

- bij Davidsfonds/Infodok:
  Stoeipoes
  Sam Colt. Salvo

BAVO DHOOGE

STAR

Davidsfonds/Literair

Dhooge, Bavo
Star

© 2005, Bavo Dhooge en Uitgeverij Davidsfonds NV
Blijde-Inkomststraat 79-81, 3000 Leuven
Omslagfoto en -ontwerp: B2

D/2005/0201/09
ISBN 90-6306-513-2
NUR 305

Alle rechten voorbehouden.
Niets uit deze uitgave mag worden verveelvoudigd,
opgeslagen in een geautomatiseerd gegevensbestand
en/of openbaar gemaakt in enige vorm of op enige wijze,
hetzij elektronisch, mechanisch, door fotokopieën, opnamen
of op enige andere manier zonder voorafgaande schriftelijke toestemming
van de uitgever.

Proloog

Als we er nu eens een eenzame held van maken? O.k., het is niet meteen nieuw, maar alles is al een keer gedaan. We nemen een fantastische eindscène in de opera van Gent. Wat vind je hiervan? Het is herfstavond. Een massa mensen stroomt binnen voor het slotconcert van Justin Blake, de zwarte, geniale jazztrompettist die live de film zal begeleiden. Onze held bevindt zich ergens in een loge bij het balkon en houdt de boel in de gaten. Hij is er nauwer bij betrokken dan hij beseft. Neen, dat klinkt te melig. Onze held is een typische privédetective, niet oud, niet jong, vijfendertig, knap op een onknappe manier, als je begrijpt wat ik bedoel. En hij moet iets bijzonders hebben. Zijn leven dient zich te beperken tot een paar vaste rituelen. Simpel en toch complex. Wat dacht je van een privédetective met een vadercomplex? Hij rijdt rond in de oude Ford Taunus van zijn vader, luistert naar zijn jazzplaten en draagt zijn oude kostuums. Misschien mogen we ons niet te veel vastpinnen op zijn karakter. De held is de man van de actie en ja, heel belangrijk: hij moet een cynisch gevoel voor humor hebben, alsof hij niets te verliezen heeft en aan alles zijn cojones *veegt. O.k., genoeg over hem. We noemen hem voorlopig Pat Somers, basta.*

We beginnen met een longshot *op het podium. Het Vlaams Cinematografisch Orkest stemt zijn instrumenten. Tegen het fluwelen doek van het podium hangt de zijden vlag van het Internationaal Filmfestival van Vlaanderen. We kunnen die vlag zo laten bewegen dat het lijkt alsof het een spook is. De instrumenten van het orkest vormen de voorbode van het onheil. De violen krijsen, de contrabassen loeien en de drums roffelen. Hoe vind je die? Niet slecht, hé? Daarna schakelen we over op een paar close-ups. Close-up van het bord 'Niet roken' aan de deur van de loge. Close-up van de vingers van de held die in zijn binnenzak een droge joint kapotknijpen. Niet vergeten: hij draagt altijd een pak en een das, maar zelfs in de opera houdt hij vast aan zijn Puma's. Vind je dat te overdreven hip? We moeten nu eenmaal een jong publiek bespelen. De spanning neemt toe. Er staat iets te gebeuren. Schakelen we over op* slow motion*? Waarom niet? Dit wordt fantastisch, mensen. Hitchcock was een amateur. Held haalt in* slow motion *het programmaboekje uit zijn binnenzak. Publiek wordt stiller. Scène blijft leeg (rookmachine). Close-up van het pro-*

grammaboekje: 'De legendarische jazztrompettist Justin Blake sluit het Filmfestival af met een denderend concert.'

Hij weet dat het nu zal gebeuren. Hij gaat met zijn tong over zijn droge lippen. Justin Blake komt op. Een parel met een zwart, blinkend kaal, mannelijk testosteronhoofd. We maken hem sexy, mensen. Hij heeft uitstraling, net als onze held. Dat is hun connectie. Daarom wil onze held zijn leven redden. Blake houdt zijn trompet losjes in de hand. Hij wil zijn speech geven, maar glimlacht en besluit zijn trompet voor zich te laten spreken. Close-up ogen van onze Gentse privédetective. Blake maakt zijn lippen vochtig en houdt de trompet voor zich uit.

Hier hebben we een schijnmanoeuvre nodig. Eén ogenblik dat de kijker op het verkeerde been zet. O.k., een losse flodder: iemand uit het publiek steekt een wapen omhoog. Onze speurneus merkt het meteen op. Dit is het ideale moment voor een splitscreen. *Jongens, wat ben ik op dreef. Hij veert op en wil ingrijpen wanneer hij merkt dat het wapen eigenlijk een simpele toneelkijker is.*

Wat zeg je? Cliché? Wel, clichés zijn nu eenmaal als schrijvers: ze werken altijd.

De spanning stijgt. De held weet dat Blake elk moment kan worden doodgeschoten. Hij denkt aan de tip die hij kreeg aan de telefoon. Grijpen we terug naar een korte flashback uit de lounge van enkele minuten eerder? Neen, dat doen we niet. We houden de lijn strak gespannen. Dan wil Justin Blake zijn trompet aan zijn lippen zetten om de eerste noten van 'Stella by Starlight' te blazen. Kijken of we de rechten van dat nummer krijgen. En dan gebeurt het... hij beseft dat de moordenaar slim genoeg is om niet vanuit het publiek toe te slaan. Hij gaat met zijn tong over zijn lippen, net als Blake. Dan springt hij op en zoekt de kortst mogelijke weg naar het podium. Wat is de kortste weg? Zwiert hij met de luchter door de opera tot op het podium? Dat zou fenomenaal zijn. Dan hebben we wel een kraan nodig. Wat? Onze held heeft hoogtevrees? Er staan tien gozers te wachten om zijn plaats in te nemen! Wat denkt hij wel dat dit is, een aflevering van Samson en Gert*?*

Uiteindelijk belandt de held nog net op tijd op het podium. Of vind je dit erover? Ja, misschien wel. We willen er geen farce van maken. Ik weet eigenlijk niet of ik dit wel goed vind. Ik heb de indruk dat dit er met de haren is bijgesleept. Jij niet?

'Star'

Starring Pat Somers

1.

Ik zat in de grootste zaal van cinema Decascoop naar de aftiteling van de openingsfilm te kijken en zag dat ik nergens vermeld werd. Zoals gewoonlijk hadden ze mij over het hoofd gezien. Ik had nochtans een rolletje bemachtigd in de eerste scène, die zich afspeelde in de Sint-Pietersabdij. Aanvankelijk kreeg ik twee flarden dialoog, maar verzandde algauw in een monoloog vol *wisecracks* met een onvervalst Gents accent, dat moest worden ondertiteld. Toen degradeerde ik tot figurant. Ik werd een lijk. Maar ik deed te hard mijn best om er mysterieus en complex uit te zien en ten slotte knipten ze me volledig weg en hielden enkel nog mijn mouw over. Het was gelukkig wel de mouw van mijn beste pak.

Terwijl de aftiteling aan het lopen was, floepten de spots weer aan en kwam ik tot de werkelijkheid terug. De zaal leek met de vele kleine lichtpuntjes op een planetarium, een gezellige herberg tegen de regen buiten. Het verschil tussen het geruis en het gefluister van de regen was nauwelijks te onderscheiden. Naast mij zat Jacques Dubrulle, organisator van het Internationaal Filmfestival van Vlaanderen, te glunderen. De zaal zat bomvol. Reporters en bekende Vlamingen zouden zich te pletter kunnen vreten en zuipen op de *afterparty*. De opening van het festival was een succes. Het publiek gaf een daverend applaus en de imposante filmmuziek werd opgedreven.

Ik had al zin om naar mijn stek terug te keren. Ik voelde me er evenzeer op mijn plaats als een Talibanleider in de *Culture Club*. Deze droomwereld was niets voor mij. Maar Dubrulle keek me met zijn grijs sikje en zijn designbrilletje guitig aan, en zei:

'Wel, meneer Somers? Tevreden over uw rol?'

'Ik ben nogal perfectionistisch', zei ik.

'Ja?'

'Ik had graag een langere arm gehad.'

'U weet wat Hitchcock altijd zei', ging Dubrulle als een kenner verder. 'De dingen die niet worden getoond, zijn vaak belangrijker dan de dingen die wel worden getoond.'

'O.k., dan zal ik mijn teleurstelling niet tonen.'

Dubrulle lachte.

Ik zei: 'Jammer dat de hoofdrolspeler zich bedreigd voelde. Het was ofwel hij of ik.'

Enkele hostessen kwamen voor het filmdoek staan. Ze hielden allen een boeket orchideeën vast waarvan de silhouetten als monsters van een Chinees poppenspel tegen het witte doek dansten. De aftiteling bleef over hun lieftallige gezichten lopen, als een decadente vorm van *bodypainting*. Toen keek Dubrulle naast zich en ging rechtop zitten.

'Kijk eens aan', zei hij terwijl zijn blik een dame volgde die van haar stoel opstond en als een godin naar voren stapte.

'Is dat wie ik denk dat het is?' vroeg ik hem.

Dubrulle's ogen blonken.

'Ze ziet er nog beter uit dan in mijn droom.'

'De enige, echte Gabrielle Evans.'

'Ik vraag me af of ze graag Gaby wordt genoemd.'

'Dat hangt ervan af door wie, natuurlijk, meneer Somers.'

'Natuurlijk, en wanneer.'

'Ja, wanneer', herhaalde Dubrulle terwijl ik hem zijn privévoorstelling zag afspelen.

Gabrielle Evans werd onder luid applaus ontvangen en lachte de zaal stralend toe. Ik volgde de laatste tijd steeds minder de perikelen in de filmwereld. Voornamelijk omdat ik het te druk had met mijn eigen leven te regisseren en te monteren. Mijn leven was een armzalige B-film met losse flarden, momenten zonder verhaal of logica. Een voorspelbare tweesterrenfilm die door de Criticus hierboven de grond werd ingeboord. Maar Gabrielle Evans kende ik wel. Ze was de engel van de Britse filmindustrie. Een tenger en broos Brits koekje met net genoeg pit en smaak om mondjesmaat op te peuzelen. Gabrielle Evans had een speelse oogopslag die je voortdurend aan het twijfelen bracht. Ofwel kocht je haar een ijsje, ofwel amputeerde je je linkerhand om één keer aan haar grote teen te mogen sabbelen. Ze had charmante kuiltjes in haar wangen en haar klassieke gezicht was extra opgesmukt met een blos à la Sneeuwwitje. In haar lange, zwarte avondjurk zag ze eruit als een peperduur alarm dat afging als je nog maar zuchtte.

'Ze ziet er beter uit dan in de film', zei ik om Dubrulle nog wat meer op te hitsen.

'Bent u gek, meneer Somers? Ik zit met die dame in de jury. Op het doek is ze enkel te *zien*. In het echt kan ik haar ruiken en voelen.'

'Wat voelt u als u haar ruikt?'

'Ik voel me vies en vuil, meneer Somers. Ik ben een zondaar.'

'Wie niet? Wat gaat ze nu doen?'

'Het festival officieel openen.'

'Gaat ze niets méér openen?' vroeg ik speels naar die jurk kijkend.

Dubrulle deed alsof hij het niet had gehoord. Hij stond op het punt een staande ovatie te geven, nog vóór de engel één woord had gezegd. Toen glimlachte ze naar de eerste rij en liep naar de microfoon toe. Dubrulle had plots geen reden meer om verder te leven.

'Wat een wijf. U zult het zien, meneer Somers. Haar stem klinkt als muziek in de oren.'

'Zolang het maar geen Barry White is.'

Wat Dubrulle onder muziek verstond, kwam wellicht niet in de buurt van mijn favorieten van het moment: Joe Levano of John Scofield. Maar ik begreep wel waar hij naartoe wilde. Naar een plek in de toekomst waar men van hem een mannelijk fotomodel kon maken.

Het publiek werd stil en Gabrielle omhelsde met twee gracieuze, lange vingers het metaal van de microfoon toen er plots een doffe knal klonk. Het klonk als een blaffer die onder een kussen werd afgevuurd. Ik schrok op, maar ik wist dat het geen revolver was. Dat zag ik onmiddellijk toen Gabrielle Evans met een ongelooflijke kracht achteruit tegen het witte doek werd geworpen en levenloos op het knusse vast tapijt met het paarse streepjesmotief bleef liggen. De schaduw van haar meisjesachtige coupe was veranderd in een punkkapsel dat Sid Vicious op een misdienaar deed lijken. Het was even hallucinant en overdreven als een stripplaatje, maar het was de werkelijkheid en die vertelde ons dat Gabrielle Evans was geëlektrocuteerd. Het was zo verschrikkelijk belachelijk dat iedereen aan een stunt dacht. Maar het zou pas een stunt zijn wanneer Evans zou opstaan en onbeholpen in het publiek loensen. Dat gebeurde niet. Je kunt niet stunten tegen de dood, ook al is die verschrikkelijk belachelijk. Dubrulle bleef aan zijn stoel genageld, net als al de rest, en leek commentaar te geven op een verkeerde wending van een ellendige, ongeloofwaardige film.

'Jezus Christus! Wat is dat?'

'*Het leven zoals het is*', mompelde ik. 'Of liever, de dood.'

Toen schoten enkele mensen naar voren en bogen zich over het lichaam van Evans. Terstond bood een half dozijn mannen zich aan om haar te reanimeren. Ik zag hoe iemand op haar borst drukte en een andere zijn lippen op de hare legde. Het was ziekelijk en pervers dat ik die mannen even benijdde. Een jongen met een badge stond bedreigd naar de microfoon te kijken. Ik hoorde stille stemmen achter me en voetstappen die de zaal verlieten. Maar er was geen brand. Dus bleef ik rustig zitten. Dubrulle ook, maar dan even rustig als iemand die op 11 september vastzat in de lift van het *World Trade Center*.

'Dit kan niet...' zei hij, alsof hij het laatste woord wilde hebben. 'Dit kan niet...' Hij stond op en strompelde naar voren.

'Ze is dood', riep iemand vrij luid naar de achterkant van de zaal alsof hij daarmee een fles champagne kon winnen.

Ik bleef nog even zitten en merkte dat de aftiteling aan het doorbranden was. Op het witte doek stonden de laatste woorden van de film. In de plaats van *The End*, stond er *The Beginning*. Het brandende gat in het doek werd alsmaar groter. Ik had het gevoel dat een brullende leeuw zijn kop door het gat kon steken. Het was een detail, maar een vreemd detail. De mannen gaven het op. Dubrulle kwam bij me staan. Ik weet niet waarom hij alsmaar mij opzocht. Misschien dacht hij dat ik bij de nachtmerrie hoorde waaruit hij wilde ontwaken.

'Mijn god, ze is werkelijk dood.'

'Hoe?'

'Ze heeft een schok gekregen van de microfoon. Er zat geen beveiliging op. De aarding lag open en bloot.'

'Dus toch een beetje bloot. Dat klinkt niet zo professioneel.'

Dubrulle keek me aan, alsof hij zich nu pas realiseerde dat hij ervoor kon opdraaien.

'Denkt u dat de fout bij ons ligt?'

'Neen, maar een aarding die open en bloot ligt...'

'Wat denkt u dat dit verdomme is! Een optreden van AC/DC?'

'AC/DC is ook al lang dood.'

De schok en de aard van de situatie deden hem gelukkig niet opkijken. Ik had inderdaad een ziek brein. Ik was al die stijve lijken zo gewend dat het me nog weinig deed en een stijve actrice deed me precies nog een heel stuk minder. Misschien had ik ergens de indruk dat hun leven nooit echt was en dat hun dood dat misschien ook niet was.

Hij liep van me weg, ontgoocheld dat ik geen nachtmerrie was. Bezorgd en ontdaan ging hij met de handen in zijn zij voor het doek staan en keek recht in het licht van de projector. Hij hield een hand voor zijn ogen en leek een beetje op een man die verblind wordt door een orakel.

Ik bekeek de folder van de film. Daarin stond geschreven: 'Gabrielle Evans, dé opkomende *star* van het witte doek, sluit de première van haar nieuwste film af met een zinderende speech. Evans, door critici omschreven als een kruising tussen een goddelijke fee en een straathoertje met principes, kreeg onlangs nog een BAFTA-Award voor haar innemende vertolking van een moderne Assepoester aan de coke.'

Er stonden nog heel wat lovende woorden in. Daarnaast het portret van de lieveling: het jongensachtige wipneusje, de puntige kin en de handen nonchalant en verlegen door de haardos. Nu speelde ze haar slechtste rol ooit. Ze lag star voor zich uitkijkend op de grond, alsof ze wachtte op een hint van de regisseur om de opname te beëindigen. Maar de opname ging door tot de filmrol ten einde liep en er enkel een zwart gordijn voor het scherm verscheen.

2.

Ik nam mijn jasje dat over mijn stoel hing, en trok het aan. Ik wilde de zaal verlaten, maar werd aan de uitgang opgewacht door een steward. Naast hem stond een uniform en in de verte zag ik al enkele van zijn soortgenoten aankomen.

'Sorry, meneer.'

'Wat wil je?' vroeg ik. 'Een recensie?'

'Kunt u even uw zakken leegmaken?'

Ik keek naar het uniform. Het glimde, zoals altijd, en het knikte. Dat was beter dan de keren dat het blafte.

'Waarom?'

'Routine, meneer.'

Ik deed wat me gevraagd werd en haalde mijn sleutels, mijn notitieboekje en mijn *sloffies* uit mijn zak. Het uniform greep onmiddellijk het zakje wiet vast en rook eraan. Ze hadden tegenwoordig geen honden meer nodig. Besparingen, en je zag toch het verschil niet.

'Minder dan drie gram', lichtte ik toe.

'Je hebt geluk dat we iets anders zoeken, leeghoofd.'

'Ja, wat dan? Een afstandsbediening tot die microfoon?'

Ik schudde mijn hoofd. De hand van het uniform greep naar mijn zak. Ik zei:

'Ho maar.'

'Wat heb je daar nog zitten?'

'Dat is privé', zei ik schuchter.

'We moeten iedereen fouilleren, meneer', zei de steward.

Het uniform knikte nu niet meer. Het blafte niet en het rook niet meer, het snoof nu enkel.

'Je paspoort, zweefbrein.'

Ik trok mijn jasje uit en gaf hem de eer. Hij viste er mijn portefeuille uit en klapte hem open. Toen hij mijn vergunning zag, liet hij niets blijken. Het deed hem misschien gewoon niets.

'Ik ben privédetective.'

'Ik kan lezen.'

Hij graaide in mijn andere zak en toverde een paar zaken te voorschijn die ik al lang niet meer had gezien. Een ticket voor een platenbeurs, een of twee parkeerboetes en een boodschappenbriefje van drie jaar geleden.

'Ik vroeg me al af waar dat gebleven was.'

De steward schreef ondertussen de gegevens van mijn paspoort over op een lijst. Het uniform verfrommelde de papiertjes en stak ze terug in mijn jasje. Ik keek luchtig om me heen. Te midden van de andere uniformen die de zaal binnenstormden, liep een dame op platte schoenen. Ze leek de lakens uit te delen. Over lakens gesproken: een wit laken werd plechtig over het lijk van Gabrielle Evans geplooid. Ik zei:

'Waar zit inspecteur Bonte ergens? Hij mist de *fun.*'

'Met vakantie', zei het uniform nors zonder op te kijken van de foto die op mijn vergunning stond.

'Ja? Hij heeft nog geen kaartje gestuurd.'

'Kom, wegwezen. Je houdt de rij op.'

Ik keek achter me en zag de genodigden aanschuiven.

'Wel, ik heb genoten van onze babbel', zei ik terwijl ik mijn jasje met mijn voorhoofd opving. 'Ik ben ook met vakantie.'

'Wel, mag ik je vragen in het land te blijven?'

'Daar hoef je niet over in te zitten', zei ik. 'Ik haat vliegtuigen omdat ik ze niet kan betalen.'

Ik liep door en kwam via de smalle, afhellende gang in de lounge van de Decascoop terecht. Door de week bevolkten studenten en tieners met containers vol popcorn en chips de hal. De koperen sterren in het tapijt waren bedrukt met namen van beroemde filmsterren, en werden nu betreden door de hakken van allerlei bekende missen en soapacteurs. Daar was niets mis mee. Dat was hun goed recht. Maar het was mijn goed recht om *Het wilde denken* van Levi-Strauss uit mijn zak te halen, gewoon om hen te choqueren. Helaas had ik niets van die orde bij me (behalve mijn eigen brein), en dus passeerde ik de snackbar en de videogames, en haastte me naar buiten.

Onderweg wilde ik de papiertjes uit mijn zak weggooien toen er eentje mijn aandacht trok. Het was een uitnodiging voor deze première, maar niet de mijne want die had ik al voor de film gekieperd. Deze was dus van iemand anders en ik vroeg me af wat ze in mijn jaszak deed. Ik draaide de kaart om en las: '*Voor Patrick Somers: café Hitch. Negen uur.*'

Ik keek op mijn horloge. Tien voor negen.

Klaar, Somers? Je komt op een filmfestival en je krijgt al onmiddellijk een script onder de neus voor een auditie.

De hele avond begon een perfecte timing te krijgen. Het leek bijna even vlot voorbereid als een tupperwareavond. Ik had geen idee van wie deze hanenpoten kwamen, maar het kon enkel van iemand uit de zaal zijn.

Ik verliet de tent en stak het parkeerterrein over. Ik aarzelde een moment om mijn Taunus te roepen. Om de een of andere reden leek mijn Taunus af te zien tussen die andere blitswagens. Hij stond er als een slapstickacteur uit een stille film, te midden van allerlei actiehelden. Maar hij kon wat rust gebruiken en dus ging ik te voet.

Café Hitch lag midden in de drukke Overpoort, de uitgaansbuurt van de Gentse studenten. Het was begin november en het leven op de campus was net lang genoeg aan de gang om door te hebben dat de lezingen van een cafébaas interessanter waren dan het gezwets in een auditorium. Ik liep naar het bekende, gele frietkraam op de hoek van de Overpoort, tegenover het Sint-Pietersplein. Ik kocht er een lookworst met curry en at hem op weg naar het café op. Toen ik binnenkwam, was er net een studentendoop aan de gang. Een zestal jongens droeg een witte kiel, besmeurd met bloed, vet, kots en rotte eieren. Ze studeerden geneeskunde en waren precies nog niet op de hoogte dat een bord vol maden met Kittekat en urine niet echt gezond was. Ik keek uit mijn doppen en liep de andere kant op. Ik nam plaats aan een tafeltje en piekerde me suf over wie met mij hier wilde afspreken.

''k Had beter in den Abajour afgesproken, zeker? Die schijtgasten met hun schijtdopen denken dat ze cool zijn. En dan te bedenken dat zulke *losers* mijn boeken lezen.'

Er kwam een figuur voor me zitten met lang, krullend haar. Hij zette twee jenevers voor mijn neus en sloeg toen zijn haardos voor zijn ogen weg, alsof hij een masker aftrok. Het gezicht dat te voorschijn kwam, was lang, puntig, pokkig en hard. Het droeg een hoornen bril en de kleine ogen stonden onwrikbaar, de mond zo strak dat ik dacht dat hij was dichtgenaaid. De uitspraak en het accent kwamen me onmiddellijk bekend voor, net als de zwarte, leren jekker die kreunde bij elke minimale beweging.

'Herman Brusselmans?'

'De enige echte', zei de Gentse schrijver zonder zijn lippen prijs te geven. 'Ik vind het wat onnozel en oncool om elkaar zo te ontmoeten, maar ik heb zoiets van: gij zijt de enige van mijn allooi, weet ge wel.'

Ik zat hem verweesd aan te kijken. Ik had geen idee waarover hij het had.

'Hoe ken je mij?' vroeg ik hem ten slotte. O.k., ik stond bekend als de meest efficiënte, knapste en goedkoopste neuspeuteraar van Gent. Maar ik kende Herman Brusselmans. Hij was nog een grotere kluizenaar dan Robinson Crusoe. De man had plein-, vlieg-, bus-, trein- en fietsvrees. Hij kwam enkel uit zijn loft boven de Abajour in het Oudburg om boeken te signeren op de Boekenbeurs of om op televisie een paar ministers voor teef uit te schelden.

'Wel, ik volg u al een tijdje. Dat gaat u misschien verbazen, gast. Maar ik loop al een tijdje met het idee rond om een boek over u te schrijven. Weet ge wel, in al mijn boeken gebeurt er geen scheet en ik heb zoiets van: een boek over een Gentse privédetective waar niets in gebeurt, dat moet zeker in aanmerking komen voor de Gouden Uil. Ik zat er even aan te denken om het *Ex-privédetective* te noemen. Ge weet wel, zoals mijn trilogie *Ex-schrijver*, *Ex-drummer* en *Ex-minnaar*.'

Ik vond het een twijfelachtige eer, te meer omdat het veeleer op een biografie dan op een roman zou lijken. Herman Brusselmans nam zijn glas jenever en toastte op het idee. Hij dronk het in één teug leeg.

'Ik dacht dat je verklaard had geen sterke drank meer te drinken?'

'Ge zijt zot, zeker, gast. Dit is puur water. Maar ik heb behalve een hond ook nog een imago, weet ge wel.'

Voor het eerst verscheen achter die holle, zwarte doodsogen de blik van een kind dat altijd zwart zou zeggen als de rest van de wereld wit zei, en omgekeerd. De grijns kwam verschrikkelijk moeizaam tot stand, alsof het gezicht daar niet voor gemaakt was. Ik dronk mijn glas leeg. Het bevatte geen water, maar het ging er wel in als water.

'Ik wilde altijd al een politieroman schrijven, gast', zei HB.

'Als er twee dingen zijn die ik haat,' zei ik, 'dan zijn het wel flikken en schrijvers. Je hoeft me dus niet te vragen hoe ik sta tegenover schrijvers die over flikken schrijven.'

Ik lachte, hij lachte.

'Maar gij zijt geen flik.'

'En jij bent geen schrijver. Je bent een rock-'n-rollbeest.'

We bleven allebei even lachen. Gek, ik kende Herman Brusselmans welgeteld vijf minuten en ik had het gevoel dat we min of meer broeders waren, voorzover dat kan met Herman Brusselmans. In ieder geval voelde ik me hier meer op mijn plaats dan naast Dubrulle.

'Maar goed,' ging hij zakelijk verder, 'daarvoor zijn we hier niet.'

'Waarom dan wel? Heb jij die uitnodiging in mijn jas gedropt?'

'Ja, ik zat vlak achter u.'

'Waarom? Begrijp me niet verkeerd, maar...'

'Ik moet u iets bekennen, gast. Dat ongeluk van daarnet. Dat ongeluk met dat moordwijf dat ik weleens over mijn stok zou willen rijgen (1)... dat was geen ongeluk.'

De studenten die mij over tien jaar van mijn prostaatprobleem zouden moeten verlossen en me daarvoor honderden ballen per uur zouden aanrekenen, stonden nu glazen bier over elkaars hoofd uit te kieperen. Ik zag hoe ze Brusselmans in de gaten hielden, om te zien of ze wel voldeden. Maar Herman keek niet op en stak een sigaret op.

'*Shit*, roken doe ik wel nog altijd, gast.'

'Wat bedoel je met dat ongeluk?' vroeg ik.

'Die Gabrielle Evans, of hoe dat wicht ook mag heten, is vermoord, gast.'

Ik wilde nog een slok jenever nemen, maar mijn glas was leeg. Ik weet niet waarom, maar in de buurt van Herman Brusselmans leek alles zeer minimalistisch. De tafel tussen ons was leeg. Zijn kleren waren zwart en sober. En uit interviews bleek dat er behalve een fonkelnieuw drumstel, weinig of niets van waarde in zijn loft stond. Het was alsof hij puur op geestelijk niveau leefde, maar ook al leefde hij op het geestelijke niveau van een boeddha, dan nog kon hij nooit weten dat Evans vermoord was.

'Hoe weet jij dat?'

'Ik zat in de zaal, gast, en ik wist het onmiddellijk. Ik had direct iets van: die griet is vermoord.'

'Waarom?'

Hij zuchtte. Hij schaamde zich. Algauw bleek waarover hij zich zo schaamde. Hij ging door zijn bos haar, rolde met zijn ogen, klakte met zijn tong, zoals alleen Herman Brusselmans dat kan en zei:

'Het gebeurt precies volgens het boekje, gast.'

'Welk boek?'

'Volgens mijn eigen boek, weet ge wel? Ik heb net een vierde Guggenheimerroman uit. Ge kent die reeks wel rond Guggenheimer, mijn alter ego. Die klootzak die aan alles en iedereen lak heeft.'

'Ja.'

'Het vierde boek speelt zich af in de filmwereld en in het begin wordt een actrice vermoord, net zoals hier vanavond.'

'Je meent het.'

'Ik meen het evenzeer als Bert *fucking* Anciaux die premier wil worden. Ik zit dat hier niet te verzinnen. Waarom denkt ge dat ik daar vanavond te gast was? Ze willen het verfilmen.'

Ik dacht er even over na. Het ging me allemaal vrij snel.

'Zo te zien zijn ze er al mee bezig.'

'Dat zeg ik u toch, gast. Ik heb het net zo beschreven. Alles klopt tot in de details. Ik had direct zoiets van: *shit*, gasten, dat is hier niet pluis. Ik had onmiddellijk de drang om me terug op te sluiten in mijn loft en de rest van mijn leven te wijden aan de opvoeding van mijn hond.'

Ik probeerde me een verfilming van een Guggenheimerroman voor te stellen. Van Hermans boeken verkochten de drie Guggenheimers het beste. In tegenstelling tot de rest van zijn werk, gebeurde er meer in dan een wandeling van een sofa naar een koelkast. Er was een verhaal. Een grotesk verhaal, welteverstaan. In een van de romans bijvoorbeeld richt Guggenheimer een eigen uitgeverij op en vermoordt zowat de helft van de concurrerende schrijvers. Ik zag meteen de mogelijkheden. Ik wist nog niet direct wie de rol van de smeerlap op zich zou nemen, maar blijkbaar had iemand zich die rol al toegeëigend.

'Je zei dat ze het zouden verfilmen? Wie?'

'Een of andere oetlul. Een zekere Dimitri Leurs. Ik heb twee dagen geleden nog met hem gesproken toen ik het contract heb getekend. Ik had zoiets van: *shit*, moet die snotaap mijn meesterwerk verfilmen? Ik kan het nog beter aan Hugo *fucking* Claus vragen. Maar toen dacht ik: de pot op, jong. Geef mij die centen, zodat ik mijn twee teven weer wat in de watten kan leggen.'

Hij pauzeerde even voor het nodige effect.

'Ik ben eigenlijk een zeer gevoelige jongen, Patrick.'

'Dat geloof ik graag, Herman', zei ik.

Toen stak hij zijn hand op en knipte met zijn vingers. Het duurde vier seconden voor de cafébaas met twee glazen nepjenever aan kwam gehuppeld.

'Wat doen we nu?' vroeg ik.

'Dat is de vraag niet. De vraag is: wat doet gij nu? Ik ga naar mijn kot mijn wijf beffen. En als ik morgen opsta, dan kruip ik weer achter mijn laptop om over twintig jaar onsterfelijk te worden. Ik ben veertig jaar en moet nog tachtig boeken schrijven over niets. Ik weet niet wat gij gaat doen, Patrick, maar in mijn boek zoudt ge verdomme wel onderzoeken wie Guggenheimer is en wat zijn volgende moord zal zijn.'

'Ik ben een fan, Herman. Maar ik heb je laatste boek nog niet kunnen lezen wegens te druk met mijn gezicht op te lappen. Kun je me een idee geven hoeveel Guggenheimer er ditmaal van kant maakt?'

Brusselmans trok een pijnlijke grimas, als een gek die het niet kan helpen.

'Ik heb ze niet geteld.'

'Het zijn er heel wat, zeker?'

'Ik heb er veel van mezelf in gestopt.'

'Die Guggenheimer is een seriemoordenaar.'

'Ge weet dat ik graag overdrijf, hè?'

'Wel...'

'Het zijn er, denk ik, zevenendertig, waaronder de hele cast van *Familie*.'

Ik dacht erover na terwijl ik het vermoeide gezicht van mijn vriend Herman bekeek. Het begon diepe groeven te krijgen. De trekken van de kwajongen moesten wijken voor een oude, ontroerende rocker die niet oud wilde worden.

'Waarom denkt ge eigenlijk dat ik over niets schrijf, Patrick?' begon hij plots weemoedig.

'Omdat niets zo mysterieus is?'

'Omdat ik zoiets heb van: *shit*, die echte gruwel gebeurt al genoeg op straat. De rollen zijn omgekeerd, gast. Het leven wil alsmaar meer opvallen. Het leven heeft een groot ego gekregen, Patrick. Het leven wil plots iedereen onderhouden.'

Ik werd opgeschrikt door de bende artsen in spe die in paniek sloeg omdat een van hen stikte in de Kittekat. Toen ik weer voor me keek, zat ik in de leegte te staren. Herman Brusselmans was verdwenen. Het glas nepjenever en zijn stoel waren leeg. Misschien was dat wel de grote klasse van Herman Brusselmans: hij bleef bovenal een schrijver die zich onzichtbaar kon maken. Wellicht was hij onderweg naar huis om een column over die prutsstudenten te schrijven.

3.

Ik verliet de Hitch en liep de Overpoort door. De straat was al bijna helemaal afgezet met stalen hekken en prikkeldraad om de dronken beesten van Gent in bedwang te houden. Ik wandelde over het brugje, voorbij de Muinkaai met de statige, dure herenhuizen terug naar de Decascoop. Het was ondertussen bijna tien uur en ik bleef staan voor de levensgrote affiche die links van de trappen hing. Het engelengezicht van Gabrielle Evans gluurde verlegen naar de voorbijgangers, alsof ze net een steek in haar netkousen had opgemerkt. Ik ken snuiters die op een stelling klauteren om haar papieren mond te kussen. Ze hadden ondertussen het parkeerterrein met een lint afgezet, maar ik ben een kei in de limbo.

Op het parkeerterrein stond een zwarte kolos mijn Taunus te bewonderen. Zo kende ik er wel meer. Ze deden altijd alsof het ding onbetrouwbaarder was dan de Challenger, maar ik wist wel beter. Ik wist wat de Taunus waard was. Hij was evenveel waard als ikzelf. Hij stond voor oude waarden. Hij had een stevige carrosserie, zoals ze die vandaag niet meer maken, en een smaakvol interieur: hard eikenhouten dashboard en zacht, soepel leder.

'En,' vroeg ik op de man af, 'mooi beestje, hé?'

'Huh?'

'Die kar', verduidelijkte ik. 'Ik zie dat je geïnteresseerd bent.'

'Hé?'

Het was duidelijk dat deze zwarte bulldozer een afbieder was. Hij deed alsof hij me niet hoorde en inspecteerde het koetswerk. Zorgvuldig onderzocht hij elk hoekje aan de buitenkant: de ruitenwissers, de zijspiegels, de velgen, het dak.

'Hij is niet te koop', zei ik. 'Doe dus maar geen moeite.'

'Ik koop nog liever een tramkaart', klonk het plots met een opvallend Amerikaans accent, als een toerist die denkt dat de Saint-Baafs een nieuwe hamburger op het menu is.

'Ja? Dit ventje wordt over twintig dagen een oldtimer', zei ik trots.

'Wat zeg je dan?'

Hij keek niet op en ging verder met zijn maniakaal onderzoek. Hij lag nu op zijn rug onder de wagen, alsof hij van plan was een autokeuring uit te voeren. Na twee minuten kwam hij er weer vanonder en klopte het vuil van zijn pak.

'Het was *nice* je gekend te hebben', zei hij toen luchtig. 'Er ken feel gebeuren in *twenty days*.'

Hij liep naar voren en probeerde de klink. De deur was op slot.

'Heb je een sleutel van dit stuk schroot?'

'Dit stuk schroot', schrok ik me de pleuris. 'Dat mag ik hopen, ja. Ik ben de eigenaar.'

Hij kwam naar me toe en maakte een zacht wuivend gebaar. Ik rook de straffe mintsmaak die uit zijn mond kwam. Zijn ogen stonden dreigend, maar toch nog beleefd. Hij deed me aan iemand denken. Een bekend iemand, al kon het zijn dat op een filmpremière iedereen bekend leek. Ik wilde dat wuifgebaar nog weleens zien, maar riskeerde het niet.

'Maak 's effe open, wil je?'

Ik bleef hem beleefd aankijken. Het was een indrukwekkende gestalte in een prachtig op maat gesneden kostuum met een prachtige, zijden das. In zijn rechteroor pronkte een piepkleine diamant. Het gezicht was een beetje opgeblazen en het hoofd was kaal.

'Zo'n smal stuur ziet men tegenwoordig niet meer, hé?'

'Wat ken mij dat stuur schelen, *shithead*', antwoordde hij. 'Maak open of "men" ziet jou tegenwoordig ook niet so feel meer. *Got it*?'

O.k. Het was dus een doordrijver. Ik leunde achterover tegen de kofferbak en stond hem uit te dagen.

'Jij blijft met je poten van mijn wagen', zei ik plots.

'Wat?'

Hij kwam op me af en tikte me tegen de borst.

'Jij dus de eigenaar van die kar?'

'Ja', zei ik. 'Ik eigenaar, jij Tarzan?'

Hij duwde me ruw opzij en probeerde mijn sleutelbos uit mijn zak te halen. Dat was al de tweede keer in evenveel uur dat een vreemde hand mij iets te intiem werd. Tijd om in te grijpen. Ik stootte hem van me af. Hij kwam terug, ditmaal met zijn hand niet op mijn broekzak, maar iets lager. Ik voelde die misselijke pijn opkomen en hurkte neer. Hij nam de sleutels en maakte het portier open. Ik krabbelde overeind en zocht steun.

'Als je de papieren zoekt, die...'

'Je ken de deur weer dichtdoen', zei hij, terwijl hij meteen in mijn handschoenenkastje begon te neuzen. 'Ik heb nu effe geen zin in een *sales*praatje.'

Ik keek rond en tuurde het parkeerterrein van de Decascoop af. Ik ging na of er niet ergens een puistenkopje rondhing dat tijdens het festival een kick mocht krijgen om de limousines van filmsterren te parkeren. Er was niemand. Iedereen was binnen, wellicht druk in de weer om een laatste handtekening te krijgen of om samen op de foto met Gabrielle Evans te geraken.

Ik kroop gezellig naast de Amerikaan in mijn Taunus.

'Jij hebt veel lef om zomaar in te breken in een wagen van een wildvreemde.'

'Als ik je nog één keer hoor, dan *spin* ik dat prachtige, smalle stuur van je *twice* rond je nek tot je zelf begint te claxonneren.'

Hij draaide het raampje helemaal dicht en zocht verder. Het raam voerde het woord voor mij. Het piepte.

'Je bent een slechte onderhandelaar', mompelde ik nog.

Ik zag hem op een onhandige manier op de achterzetel kruipen en daar elke centimeter als een bomexpert uitkammen. Hij keek niet één keer op en leek op een kandidaat in een spelprogramma, die tegen de klok de laatste sleutel moest vinden. Ik reikte naar het handschoenenkastje om mijn luger te voorschijn te halen, maar net op dat moment kreeg ik een stoot tegen mijn zij en werd ik uit de wagen geduwd.

'Ik heb de indruk dat je op zoek bent naar iets', zei ik.

'Huhuh.'

'Ik heb ook de indruk dat je het nog niet gevonden hebt. Wat zoek je?'

'Als ik dat zeg, dan zou dat betekenen dat dat jou iets aangaat, *wimp*.'

Ik vroeg me af wat een onbekende, zwarte man in mijn Ford Taunus te zoeken had. Het kon toch niet de bootleg van een optreden van Sonny Rollins in '72 geweest zijn? Ik besloot dat het me weinig interesseerde en dat ik al genoeg tijd had verloren. Ik wilde daar weg en wel zo snel mogelijk.

'Kun je de *trunk* opendoen?'

'Ja, maar waarom?'

'Als je de *trunk* opendoet, laat ik je verder met rust.'

Dat deed ik dus. Ik opende de koffer die niet meer op slot te krijgen was. Er lag niets anders in dan een kapotte reserveband, een scheerapparaat, een paar verdorven sandwiches die je ondertussen wel al voor honderd euro aan Jan Hoet kon verkopen, en nog wat kleine prullen zoals een krik, een thermosfles, een gleufhoed en een wetenschappelijke mini-encyclopedie.

De rit in de koffer was eigenlijk best nog aangenaam. Het was eens wat anders. Een totaal nieuw perspectief. Net zoals je vanaf je salontafel je woonkamer observeerde. Ik liet me rustig meedrijven op de cadans van de wagen. De zwarte man, die per se een testrit wilde, reed vlotjes weg. Ik hoorde de motor zuchten en even kreeg mijn onderrug een massage van een kleine kasseiweg. Ja, het was daar best wel gezellig. Er lagen minder kruimels, minder stof en er was minder kans dat de voorruit in je smoel kon vliegen. Als je het zo bekeek, was het zelfs een veiliger manier om thuis te geraken. Alleen wist ik niet of de zwarte man naar huis reed. Maar wat dan nog? Het was herfst, een mooie avond en ik werd rondgereden in de koffer van mijn eigen wagen. Wat kon een privédetective nog meer wensen? Misschien een verdomde verklaring voor de hele heisa?

Ik verloor de tijd een beetje uit het oog en voelde het zweet in mijn handpalmen. Ik wilde mijn handen afvegen aan het tapijt in de koffer toen ik iets glads voelde. Het leek op een natte, smalle broeksriem. Het zat vast en ik probeerde het los te trekken, maar dat lukte niet. Ik probeerde er een stuk af te scheuren, maar van op mijn rug en met mijn hiel in de reserveband, in een soort Kamasutrastand, viel dat niet mee. Ik probeerde het een derde keer en scheurde er alsnog een stuk vanaf. Twee minuten later hoorde ik de Taunus vertragen en parkeren. Het werd stil. Het geroezemoes van de Overpoort was verdwenen. Ik tastte naar mijn borst, maar de blaffer lag vooraan in het handschoenenkastje. De brulaap stapte uit. Ik stak het stukje weg in mijn achterzak toen hij de koffer opende.

'En', zei ik. 'Wat vond je van de remmen? Niet slecht, hé?'

Ik hees me uit de koffer en kroop eruit terwijl ik in de vlucht het stuk papier verder wegstopte. Ik keek rond. We stonden onder het viaduct van de snelweg die vanuit de hoogte langs het Zuidpark Gent binnendrong. Rechts van mij lag Ledeberg, links de verzameling autogarages op de hellende brug. De oranje verlichting van de snelweg sproeide een soort verdovende, spookachtige waas over de stad. Het was zo een moment om moederziel alleen, midden op de verlaten snelweg te staan wachten...

Ik had weinig zin in een vuistgevecht en dus versperde ik hem de weg.

'Wacht...'

'Waarom?'

'Ik denk dat ik weet wat je zoekt.'

Hij keek me beneveld aan.

'Ik heb geen idee hoe het in mijn koffer terechtkomt, maar het is niet van mij.'

Ik schoof de reserveband opzij en trok de rest van het glibberige stuk papier te voorschijn. Onder de band lag een klein blikken grijs doosje, niet groter dan het wiel van een driewieler, waarvan het deksel opzij was geschoven. Uit het doosje kronkelde een gladde zwarte, blinkende strook. Het leek verdacht veel op een rolletje filmpellicule.

'Is dit wat we zoeken?'

'Ja', zei hij.

'Wat staat daarop?'

'*Kamperen in een koffer, Vol. I en II.*'

'O.k. Wie wilde mij dat cadeau doen?'

Hij haalde zijn schouders op en wilde het doosje uit mijn handen graaien, maar ik was hem te vlug af.

‘Het is niet van mij, maar iemand wilde het me blijkbaar wel geven.’

Hij sloeg de koffer met een smak weer dicht. Hij hield zijn hoofd een beetje schuin en zocht het trottoir af. Hij ging onder de viaduct staan en bukte zich tot op de donkerrode kiezelsteentjes. Toen stond hij weer op, met een grote kei in zijn hand.

‘Ik heb me vergist. Ik dacht dat dit de wagen van een vriend was.’

‘Ik kan je vriend worden’, slijmde ik, naar de kei kijkend.

‘Ja, als je me dat doosje geeft.’

‘Geen sprake van.’

Hij schudde de kei van zijn ene hand in zijn andere en kwam op me af. Ik deinsde achteruit en stak de verlaten weg over, naar de rand van de vaart. Daar hield ik het doosje boven het water.

‘Eén stap dichter en het is weg.’

Hij kwam dichterbij, met de kei in de aanslag. Toen schoot hij als een zwarte kogel op me af en liet ik het doosje vallen. Het dwarrelde als een herfstblad in het water en dreef zachtjes verder in de duisternis, in de richting van de gloednieuwe voetgangersbrug die door een leuk optisch bedrog als het ware over het water zweefde. Plots begon hij te lachen. Zijn schouders schudden. In plaats van me te lijf te gaan, wierp hij nonchalant de kei in het water en draaide zich om. Ik zei:

‘Wat stond daarop?’

‘Je bent een nogal nieuwsgierig niemendalletje, *ain't you*?’

‘Dat is mijn beroep.’

‘Nieuwsgierig zijn?’

‘Ja, en dat andere ook.’

Hij lachte weer en schudde zijn schouders, terwijl hij bijna tevreden over het water tuurde.

‘Wel, je was een grote hulp’, zei hij lachend.

Het begon ernaar uit te zien dat het doosje een cadeautje was dat niemand te zien mocht krijgen. De vraag was wat het dan in de Ford Taunus van Pat Somers, privédetective van nature, te zoeken had. Ik kreeg steeds meer de indruk dat iemand anders het op zijn weg van de hand had gedaan. Dit was geen toeval. Mijn Taunus viel immers nog meer uit de toon dan Willy Sommers. Neen, dit was bewust in mijn wagen gekieperd en de zwarte kolos wist waar het ding te vinden was. Toen pas drong het tot me door dat hij niet voor niets hierheen was gereden. Hij was op zoek naar het doosje, maar niet om het te zien. Hij wilde gewoon dat niemand het ooit nog zou zien en ik had hem daarbij geholpen door het gewoon in de vaart te gooien.

'Waarom ben je eigenlijk naar hier gereden?' vroeg ik overbodig.

'Weet je dat niet?'

'Als je niets had gevonden, lag mijn wagen nu op de bodem van de vaart, hé?'

'Je bent een echte *smartass*.'

Ik zag hem in de nacht opgaan. Zijn lange schaduw op het viaduct leek buiten proportie. Hij stak de afrit van de snelweg over, tot hij aan de rand van de smalle kuip stond. Ik haalde het kleine stukje pellicule uit mijn achterzak en hield het tegen het licht van de snelweg. Er viel niets te zien. Ik hield het tegen het licht en herkende de glans en de bruine kleur. Het stuk was amper tien centimeter lang. Het was een glimp. Maar het was een glimp van een scène die blijkbaar zeer gegeerd was. En bovendien: wat zei die urk van Dubrulle ook weer? De belangrijkste zaken werden uit beeld weggelaten?

Ik hield me letterlijk vast aan dat stukje van de rol.

Toen keek ik nog eenmaal de koffer in en besloot er tegen de volgende keer een hoofdkussen in te leggen.

4.

Ik stak de strook in mijn zak en veegde de herfstbladeren van mijn ruit. De herfst was niet meteen mijn seizoen. Ik had last van het vallen van het blad, maar meer nog vond ik de herfst een mak seizoen. Je wist nooit wat je eraan had. Ik reed maar wat rond en dacht over de hele avond na. Ik had heel wat meer gekregen dan waar ik voor betaald had. Ik stak de metalen en lijzige gitaarklank van John Scofield aan en liet me gehypnotiseerd meedrijven naar de buitenrand van Gent.

Ik was van plan om nog een filmpje mee te pikken. Maar het probleem was dat dat filmpje zich niet liet bekijken op een video. Ik had het eigenlijk wel voor dat strookje in mijn binnenzak. Het zette zich bijna op zijn eentje af tegen de moderne technieken van vandaag. Het werd mijn beste vriend.

Ik reed de Ring op, stak de Heuvelpoort over en sloeg linksaf de Sint-Lievenslaan in. Ik reed de kleine tunnel door, richting Dampoort. Ik maakte weinig kans om bij een grote bioscoop het strookje af te laten spelen. De Studioscoop en de Sfinx deden mee aan het festival. Ik besloot naar de Dampoort te rijden om het eens bij een van de weinige B-cinema's te proberen.

Ik parkeerde tegenover de grote bushalte aan de Dampoort en nam een kijkje in de patio van Cinema ABC. Dat was een van de oude cinema's van Gent, ter vervanging van de oude Leopold op het Sint-Pietersplein. Deze cinema kon niet op tegen de Kinepolis en zocht zijn heil in veeleer obscure pornofilms. Hé, wie houdt een echte filmliefhebber tegen om van zijn hobby zijn beroep te maken?

In de patio hingen een paar kleurrijke posters met even kleurrijke titels als *De avonturen van Tracy Dick* en *Breakfast at Tiffany's*. Achter het glazen loket zat een man die al zijn kruit al had verschoten, een pulpblad te doorbladeren. Hij droeg een pet met '*Porno is fun*!'

Hij sloeg het blad dicht toen hij me zag aankomen.

'Ja?'

‘De tent is nog open?’

‘De tent is altijd open, makker. Je loopt binnen en buiten wanneer je wilt. Er is weinig kans dat je hier een belangrijke plotwending mist.’

‘Wanneer is de volgende film afgelopen?’

Hij keek op zijn horloge, dat op tien voor drie ’s middags was blijven stilstaan.

‘Dat zal over tien minuten zijn’, zei hij. ‘Zaal twee. *The Hunt for Red Pussy*.’

Ik probeerde me een affiche voor te stellen bij zo’n titel, maar het lukte me niet. De viezerik liet een rolletje coupons flapperen, alsof hij wilde aantonen dat het aantal plaatsen beperkt was. Hij bedoelde wellicht dat de nette plaatsen beperkt waren. Ik keek de patio door. De rode loper die hier lag, was verrot, opgekruld en versierd met talrijke peuken, chips en condooms.

‘Ik heb een gunst nodig’, zei ik.

‘We draaien vanavond enkel soft.’

‘Niet dat soort gunst.’

Ik hield het strookje voor de vuile ruit. De man keek ernaar.

‘Wat is dat?’

‘Ik heb mijn eigen film mee.’

‘Ik ken dat’, zei hij hoofdschuddend. ‘Doen we niet aan mee. Als jij en je griet dat willen, dan is er plaats voor jullie op het net. Wij tonen enkel professionele films.’

Hij wees naar de programmering. Er waren zo te zien twee zalen en naast *The Hunt* was ook nog *Dracula Sucks* aan het lopen, in twee talen. (2) De man trok zijn wenkbrauwen op om me te doen inzien dat dit niet de eerste de beste tent was. Ik gaf me nog niet gewonnen. Ik stak mijn penning door de gleuf en liet hem mijn vergunning zien. Dat gaf een averechts effect. Hij keek me wantrouwig aan.

‘Luister’, zei ik geheimzinnig. ‘Ik weet dat ik je dit eigenlijk niet mag vertellen. Maar dit strookje is goud waard. Ik heb het gekregen van een kerel die een stapje in de wereld heeft gezet met Els Thibau. Naar het schijnt geeft Els hier serieus van katoen en dan heb ik het niet over omroepen, als je begrijpt wat ik bedoel.’

When in Rome do it op z'n Romeins... Dat deed het hem. Hij grijnsde voluit en haalde opgelucht adem.

'Ik dacht al dat je ons in de gaten kwam houden, smeris.'

'Ik heb niets tegen een beetje *flou artistique* van tijd tot tijd.'

Hij kwam uit zijn kot en liet de deur openstaan. Hij leek eind de vijftig en had een pluizige baard. Hij droeg bruine sandalen met witte kousen waaraan op de rechterteen nog een stuk spaghetti kleefde. Voor de rest was hij het type dat nachthemden met lange mouwen droeg en zijn afgezakte jeans mee inzeepte. Hij leidde me door de patio naar binnen. Ik kon de geur niet thuisbrengen. Ik wilde dat ook niet.

'Als ik even heel eerlijk mag zijn', begon hij. 'Ik ben eigenlijk docent film en media aan de KASK in Gent. Ik geef ook een vergelijkende cursus aan de UG over het werk van Fellini en het Italiaanse neorealisme.'

Hij gluurde me zijdelings aan en hoopte dat ik zou blijven stilstaan.

'Je meent het', zei ik. 'Wat doe je dan hier?'

'Dit is mijn hobby en ik verdien er hopen geld mee. Ik heb trouwens plannen om zelf een groots porno-epos te draaien. Ik heb het script al helemaal in mijn hoofd zitten. Het speelt zich af in de Oudheid, bij de Romeinen. Je weet wel: orgieën in het paleis, bestialiteit in de arena, een homostuk bij de gladiatoren en een paar scènes met druiven. Het wordt een hele reeks mythes en legenden. Incest en dierensaga's. Ik sta ervan versteld dat niemand eerder op het idee is gekomen. Het wordt echt een praalfilm, vol decors en kostuums.'

'Ik hoop dat je er een prijs mee wint', zei ik.

'Ik doe het niet voor de prijzen. Ik doe het voor de roem.'

'Net zoals Fellini, hé. Als je een eunuch nodig hebt...'

'In plaats van de hiel van Achilles wordt het dus de aars van Achilles, de borsten van Briseis...'

Ik volgde hem een trapje op en hij duwde een tapijten deur open. We kwamen in een kleine zaal met drie mensen in. Het scherm was maagdelijk wit en we wachtten tot de rest de biezen pakte. Een oude man passeerde ons als laatste. Hij had een klein boekje bij de hand, alsof hij recensent was. Ik wilde niet weten wat hij erin noteerde. Hij vroeg aan de eigenaar:

'Hé, Rudy, wanneer komt de nieuwe uit met Rusty Rubber?'

'*What's new, pussy*? Dat heb je me vorige week ook al gevraagd, Frans. Het antwoord blijft hetzelfde. Volgende maand.'

'Waarom duurt het zo lang? Ze hebben het verdorie in één dag opgenomen!' zuchtte de man terwijl hij verder afdroop en zijn hemd in zijn broek stak.

'Een fan', knikte de eigenaar. 'Hij heeft ze alle zeshonderd zevenendertig van Rusty Rubber. Ga gerust zitten en maak het je gemakkelijk.'

Ik keek de zaal rond en besefte dat die twee dingen niet samengingen. Ik bleef dus tegen de deurpost leunen en stak een joint op. De eigenaar keek me geamuseerd aan. Ik gaf hem mijn strookje.

'Ik steek dat strookje van jou tussen de spoel die erop zit. Het enige wat ik kan doen is het spul een paar keer heen en weer laten draaien. Het zijn maar een paar frames, dus je zult je ogen moeten openhouden. Als je wilt, kan ik het ook een paar keer laten stilstaan, maar niet te lang of hij begint door te branden.'

'Ja', zei ik. 'Dat trucje heb ik al gehad.'

Hij verdween naar boven in de projectiekamer. Ik wachtte af en beet op mijn lip. Het was begonnen in de Decascoop bij de opening van het Filmfestival en het eindigde waar ik vreesde dat het zou eindigen. In de goot. Ik hoorde een geluid en keek naar het scherm. De titel was dit keer *Sheila's List*. Ik zag een dame die geen dame was, een garage binnenstappen. Ze kauwde erop los en droeg netkousen. Er werd bijna niet gesproken, maar het verhaal was duidelijker dan een aflevering van *Tom en Jerry*. De dame kwam haar wagen ophalen, had niet genoeg cash mee, dus rolde de garagist vanonder de wagen. Hij zag er vuil uit. Hij veegde zijn handen af aan een wang van de dame en stelde voor dat ze hem op een andere manier betaalde. Je had geen ondertiteling nodig om te weten dat dit een film van het huis was. Net toen de garagist weer onder de wagen rolde en de dame neerhurkte, kwam mijn strookje op het doek tot leven. Het vorige was bijna romantisch te noemen in vergelijking met dit. Het was Disney tegenover een Kung-Fufilm.

Het licht was hels wit. Het decor was leeg. Alles speelde zich af in een ander soort garage. Een opslagplaats. Een draaistoel stond tegen een witte muur en op de stoel zat een meisje. Ze wilde van de stoel, maar de regisseur van dienst dacht er anders over. Hij leek nog niet tevreden. Hij was behalve niet tevreden ook laf, want hij verborg zich achter de camera. Het meisje was niet gekneveld, maar ze hield haar armen achter de stoel; ze leek vastgebonden. Het was de perfecte casting. Ze droeg een wit verpleegstersuniform met knopen en witte kousen. Ze had een natuurlijk, niet-uitgesproken knap gezicht dat me wel beviel. Een lichte haviksneus en donkere ogen. Ze leek hooguit dertig jaar oud en in de scène die ze speelde, leek ze haar eenendertigste verjaardag niet te halen. Ik moet zeggen dat ze verrassend goed speelde, zo goed dat ik me begon af te vragen of ze wel spéélde. De mascara liep als een zwarte traan over haar wang en ze snikte. Toen verscheen de rug van een man voor de camera. Ik kon niet zien wie het was of wat hij deed. Maar wat hij ook deed, het meisje gaf een schreeuw. Het was geen schreeuw zoals mensen in films geven. Dit was geen gil, het was een onmenselijke kreet. Toen de rug verdween, was de zwarte traan vervangen door een rode snede. Het bloed liep naar beneden tot op haar lippen en het linkeroog van het meisje trachtte op een wat vreemde manier naar haar eigen wang te kijken. Een mannenstem zei:

'Ik voel je pathos niet, slet. Ik wil je pijn zien. Laat me je pijn zien!'

Dit alles duurde niet meer dan vijf seconden. Het ging zeer snel. De stem klonk helemaal niet wrang of luid. Het was de ingehouden, oude commentaarstem van een man die een partijtje snooker becommentarieerde. Juist daarom had het iets akeligs.

Toen versprong het beeld weer. Sheila, of de lustige dame in de garage, was de gulp van de garagist aan het openen. Alles verliep altijd heel traag in zulke films. Dat kwam omdat alles vanuit drie, vier andere perspectieven werd bekeken. Een actie zoals het openen van een gulp werd meer in beeld gebracht dan de landing op de maan.

Ik wachtte tot de eigenaar de strook zou terugspoelen, maar de pornofilm, die ik zelf *Driving Miss Daisy Crazy* doopte, liep verder.

De eigenaar kwam in snelle pas naar beneden gestapt.

'Waar blijft de herhaling?' vroeg ik.

'Geen herhaling', zei hij kwaad. 'Wat is dit?'

'Ik heb je al verteld wat het is.'

'Je zei iets over Els Thibau.'

'Ja, die omroepsters gaan om de haverklap onder het mes. Ik kan er ook niets aan doen dat ze zo snel veranderen.'

'Geen geintjes, filmfan. Wat moet dit voorstellen?'

Ik haalde mijn schouders op. 'Ik had gehoopt dat jij als toekomstig Oscarwinnaar daar een antwoord op kon geven.'

Hij keek naar het scherm waar de garagist de wellustige dame niet *in* de koffer, maar *op* de koffer van een wagen deed.

'Dit lijkt verdacht veel op een *snuff movie*.'

'Een *snuff movie*?'

'Ja, je weet niet wat een *snuff movie* is? Jij komt zeker uit de tijd waar de kabouters nog de pruimen van de bomen plukten? Een *snuff movie* is een stiekem opgenomen filmpje waarin mensen echt worden vermoord of verkracht. Vraag me niet of daar ook mensen willen naar kijken, maar aan de vraag te zien wel. Het is de laatste trend. Mensen zijn liters vals bloed en valse lijken beu. Ze willen het echte spul zien. Dit lijkt verdomd echt, gezien de losse bewegingen en het slechte licht.'

'Hoe zie je het verschil?'

'Dat doe je niet', zei de eigenaar en hij keek naar het scherm. 'De meeste van die dingen worden nu op video gemaakt. Het verwondert me dat dit nog op pellicule werd gedraaid.'

'Een creatieve crimineel?'

'Ik weet het niet en eerlijk gezegd wil ik het ook niet weten. Blijf er zo ver mogelijk vandaan. Je riskeert ofwel de flikken tegen het lijf te lopen ofwel in een luciferdoosje ingepakt te worden door de Russische maffia.'

Hij knikte naar de wellustige dame die nu iets met een krik deed.

'Ik zou je dus willen vragen je strookje ergens anders af te spelen, vriend. Ik heb deze tent met mijn eigen handen uit de grond gestampt. Er worden hier misschien geen meesterwerken getoond, maar wat er getoond wordt, is zeer onschuldig. Het ergste wat er kan gebeuren, is dat iemand een zere pols krijgt. Maar dat wijfje op jouw film kreeg wel wat anders te verduren.'

Ik keek met hem mee naar het scherm. Hij probeerde het voor te stellen als een nobel teruggrijpen naar de tijd van vrije seks. Hij had misschien gelijk. Hoe goor deze films ook waren, ze waren nep. Het waren nepgevoelens, nepmensen in een nepgarage en als de take erop zat, dan zou de lustige dame opstaan en met een handdoek haar gezicht schoonvegen en een hotdog eten tegen de vieze smaak in haar keel. De mensen die dit speelden, waren nep. Ze hadden nepnamen als Rusty Rubber of Fanny Fox en ze kregen nepprijzen. Maar het meisje op mijn strook was niet nep. Daarvoor zag ze er te gewoon uit. Daarvoor waren haar bloed en haar kreten te echt.

De eigenaar bleef naar de spetterende finale op het scherm kijken, alsof het spul door Stanley Kubrick zelve was geregisseerd.

'Wat loop jij met zo'n strook op zak te doen?' vroeg hij zonder opkijken.

'Ik ben een verzamelaar.'

'Verzamel je ook knipmessen en kettingscharen?'

'Wat wil dat zeggen?'

'Dat wil zeggen dat je verkeerde zaken verzamelt, kerel.'

'Dat moet als je in mijn vak zit.'

Hij leek zich mijn vergunning te herinneren. Het was niet dat hij het bewust was vergeten, maar zo gaat dat nu eenmaal in mijn beroep. Je kunt zo'n vergunning nog om je hals hangen, dan nog vergeten ze dat je bestaat.

'Ken je dat meisje?'

'Ik ken weinig meisjes', zei ik.

'Jammer dat je vaak zo grappig wilt zijn, makker. Anders had ik je wel aan een leuker baantje kunnen helpen. Je hebt er de goede smoel voor. Ik veronderstel dat je klokkenspel ook nog werkt. Dan zou je hier niet hoeven te lopen leuren met een luizig filmpje.'

'Ik heb graag de controle over mijn doen en laten.'

'Dat denk ik ook, ja', zei hij me van top tot teen bekijkend. 'Jij bent er zo eentje dat tijdens het klaarkomen Shakespeare zou beginnen te citeren.'

'*To come or not to come...*' Ik dankte hem voor zijn hulp en maakte dat ik wegkwam. Met mijn strookje.

De Dampoort en omgeving hadden zich volledig ondergedompeld in het nachtleven. Ik zette Scofield weer aan en reed naar mijn stek in Onderbergen. Dat was de buurt waar ik me voor het eerst in jaren echt thuis voelde. Ik huurde een flat boven de antiekzaak Kunst-Ogen-Blik. Het was symbolisch. Ik had er twee kamers met parket en glasramen die in volle zon een groenige schijn van een aquarium binnenlieten. Je moest je leven riskeren op de losse loper van een houten wenteltrap om boven te geraken, maar gelukkig werd ik er niet veel gestoord. Ik had alles binnen handbereik. Het Broodhuis op de hoek van Onderbergen met de Zwartezustersstraat waar ik elke ochtend ging ontbijten, de Mineral waar ik soms lunchte en de nachtwinkel iets verderop in de Gebroeders Vandeveldestraat, waar ik soms een uurtje bleef plakken met die twee jolige Indiërs, die me de regels van het cricket uitlegden.

Ik kwam thuis en voelde me moe. Maar ik had een zaak mee naar huis gebracht en dus voelde ik me ook voldaan. Duke lag in de zetel te slapen. Hij keek niet op. Zijn harige staart was de laatste tijd wat dun en zijn muil rook even fris als de oksel van een marathonloper. Er was iets mis met Duke. Hij deed vreemd. Ik had het alsmaar uitgesteld hem naar de dokter te brengen. Nu kreeg ik een slecht voorgevoel. Duke had de laatste jaren een mooi leven geleid. Hij had mij leren kennen, hij was verliefd geworden op een teef en hij had een depressie doorgemaakt. Maar nu kwam hij op een punt dat hij alles al had gehad, behalve aan de drank geraken.

'Hé, Duke', zei ik terwijl ik naast hem neerplofte.

Ik keek naar het televisietoestel dat ik dag en nacht aanhield om inbrekers buiten te houden. Er was een rechtstreekse uitzending aan de gang van *Big Brother*, het programma waarin twaalf kandidaten in een huis worden opgesloten. Rechtstreeks wilde in dit geval zeggen dat ze allemaal aan het snurken waren. Ik keek ernaar en bleef ernaar kijken. Het was zen-tv op zijn toppunt.

'Wie is er het eerst gaan dutten, Duke?'

Duke reageerde niet. Hij ademde heel traag.

'Je wordt oud, Duke. Ik weet het, maar jij niet. Jij zult het nooit weten. Daarom heb je ook zo'n fijn leven.'

Ik nam de afstandsbediening. Ik betrapte me erop dat ik bleef kijken naar een stel uilskuikens dat aan het maffen was. Herman Brusselmans had gelijk. Het leven zoals het is, was spannender dan de fictie op tv.

Na tien minuten vond ik mezelf dan ook een ster toen ik voelde dat ik in slaap aan het vallen was.

5.

De volgende morgen was het moeilijk de nodige *schwung* in mijn lichaam op te sporen om me uit bed te heffen en een kop koffie naar binnen te slikken. Het was minder moeilijk om Dimitri Leurs op te sporen, de filmregisseur die Herman Brusselmans' meesterwerk zou verfilmen. Hij belde me gewoon op. Ik stond wellicht bovenaan op zijn lijstje van *jeunes premiers*.

'Spreek ik met Patrick Somers?'

'Ja, en dit is geen sprookje.'

Het was even stil.

'Meneer Somers, dit is Dimitri Leurs, filmregisseur.'

'Ik doe geen stunts meer', grapte ik. 'De laatste keer kreeg de trap zelfs meer *credits* dan ik.'

Hij lachte amper. Het was te vroeg voor mijn grappen en het zou altijd te vroeg zijn.

'Meneer Somers, ik had gehoopt u gisteren even te kunnen spreken, maar het werd natuurlijk zo hectisch.'

'Ja, de set liep een beetje in het honderd.'

'Kan ik u vandaag spreken? Het is heel dringend. Het gaat om dat pakje dat ik gisteren in uw wagen heb achtergelaten.'

Ik bleef even stil.

'U heeft het doosje toch gevonden?'

'U had het goed verstopt', zei ik en ik zocht naar een manier om dit zo goed mogelijk in te kleden. 'Ik heb het heel even gezien.'

'Heel even?'

'Ja, ik vrees dat ik enkel de trailer heb kunnen vastkrijgen.'

Leurs leek van zijn stuk. Hij had een hoge, angstige stem, helemaal geen stem om acteurs de juiste richtlijnen te geven. Hij kon amper zichzelf richtlijnen geven.

'Wat? Hoe bedoelt u?'

'Ik bedoel dat ik uw nieuwste film niet heb kunnen uitkijken, omdat iemand anders ermee aan de haal ging.'

En ik voegde eraan toe:

'Ik ben trouwens niet zo happig om hem uit te kijken. Ik voel me vereerd dat ik een *sneak preview* te zien kreeg, maar dit was niet mijn ding.'

'Het is niet mijn prent, meneer Somers', repliceerde hij haastig. 'U denkt toch niet dat ik zulke dingen maak? Daarover wilde ik u net spreken. Kunt u binnen het uur naar het Huis van Alijn komen? Ik ben momenteel aan het werk, maar we moeten praten! Ik heb u iets heel belangrijks te zeggen.'

'Ik weet het al: het leven is een korte pauze tussen twee keer Niets.'

'Ik meen het, meneer Somers. U moet naar mij toe komen.'

'Ik val niet te regisseren, meneer Leurs', zei ik omdat het woord 'moeten' als een vloek in mijn oren klonk. 'Ik moet niets. Maar omdat ik met vakantie ben, kan ik wel wat tijd vrijmaken. Ik zal een andere keer mijn teennagels bijknippen.'

'O.k. Tot straks.'

We hingen op. Ik schoor me en trok een ander pak aan dat het moest hebben van een verschoten kleur en wijde pijpen. Ik ging op de vensterbank zitten en keek neer op de straat, waar de stervelingen druk in de weer waren met hun leven. Ik had toch weinig of niks om handen. Laura Crols was geen optie: onze relatie stond al even in bloei als de heesters in het park. Niet bepaald origineel, maar een stukgelopen relatie brengt niet meteen de Lord Byron in me boven, en al zeker geen stukgelopen relatie met Laura Crols. Ik liep de trap af en ging naar buiten. De herfst had mooie donkere wolken. Je wist dat het zou beginnen regenen, maar de dreiging was mooier dan de regen zelf. Ik liep Onderbergen uit, in het soort ochtend dat evengoed avond kon zijn.

Dimitri Leurs was aan het werk in het Huis van Alijn aan de Kraanlei. Het Filmfestival had een paar uitwegen gezocht en Het Huis was daar een van. Tijdens de Gentse Feesten zat het middeleeuwse binnenplein meestal bomvol voor optredens en straattheater. Nu liep ik de kale kasseien van het plein over en opende een roodgeverfd deurtje. Alles in het Huis was rood en wit en klein. Het deed me denken aan een maquette uit een andere tijd. Het Huis organiseerde een poppenspel voor kinderen, naar een of andere Vlaamse film die op het festival werd voorgesteld.

Ik volgde de weg die een paar bordjes aantoonden, en kwam uit in een zaal die meer op een grote slaapkamer leek. Er lag vast tapijt, er hingen zware gordijnen, er brandden een paar zware luchters. Het meubilair was helemaal van eik, én authentiek. Aan de muren hingen een paar schilderijen van het oude Gent met beelden van de vismarkt en de vlasmarkt. Op de grond lagen kussens in donkerrode en okergele tinten en op de kussens zat een dertigtal snotters naar de poppenkast te kijken. Je kon de scheten van muggen horen. Zo stil was het. Ik keek opzij en zag Leurs aan het werk. Hij zat achteraan in de zaal, naast de deur, achter een monitor. Hij leek al slapend te werken. Ik kwam naast hem staan en luisterde eerst naar de stem van Pierke Pierlala, de bekendste pop van Gent, die nooit een blad voor de mond neemt. Het geweten van de Arteveldestad, dat in het sappigste dialect spreekt dat er bestaat.

'Ahwel, kinders, gelijk ofdamm' ulder beluufd hehn, geve m'ulder nui een poar menuutses om ulder dooske melk op te drinken.'

Pierke Pierlala was een perfecte kopie van zijn maker: een opgeblazen rood hoofd, een fijn snorretje en ogen zo groot als pingpongballen. Hij stak zijn houten kop uit de poppenkast en richtte zich tot de belhamels.

'Vergiet nie, kinders, binnen tien minuutses goat de veurstelling van *Pier es hier* virder. En ge zaat best da' ge op taad zaat want zoals g'al et kunne zien wurdt da' ier allemoal opgenoamen. Afijn, tot sebiet veur nog mier leute!'

Dimitri Leurs had stijf, kort haar dat in een paar pieken omhoog stond en net iets te geel was om natuurlijk te zijn. Hij was nog geen dertig en zag er te trendy uit: een wit T-shirt onder een Olivier Strellipak en witte dansschoenen. Te veel de jaren tachtig, en er was nog iets heel erg fout. De witte sjaal die in zijn hals lag, deed hem de das om. Het was een sjaal die niet diende om het zweet af te vegen, maar veeleer om een dikke nek weg te moffelen.

Het doek viel. De kinderen volgden allemaal een kinderjuf die er meer uitzag als een nazi-assistente en de zaal liep leeg. Leurs keek niet op. Hij zette de monitor uit. Ik zei:

'Meneer Leurs?'

'Ja?'

'Een nieuw meesterwerk aan het maken?'

Hij keek me gekwetst aan.

'Een regisseur heeft het werk niet voor het grijpen. Om te overleven moet hij ook andere dingen doen. Commercials voor kazen draaien, quizzen presenteren, poppentheater filmen.'

Ik dacht eventjes dat Dimitri Leurs de ruimte had verlaten en zijn stand-in voor hem sprak. Een leuk trekje toch als mensen over zichzelf in de derde persoon gaan spreken. Ik probeerde het zelf ook eens een keer uit:

'Pat Somers zat gisteren in de zaal van de Decascoop. Hij zag hoe Gabrielle Evans, de ster van uw volgende film, haar laatste kick kreeg.'

Hij antwoordde niet, alsof hij me plots te min vond. Misschien moest ik de conversatie overlaten aan de twee 'derde' personen en konden Leurs en ik een pint gaan pakken.

'Wel?'

'Wel wat, meneer Somers? Denkt u niet dat ik ook recht heb op een verklaring? Waar is dat doosje film dat ik voor u heb achtergelaten?'

'Zoals ik al zei: het is aan mij voorbijgegaan.'

'Jezus, man, weet je wel wat daarop stond?'

Van pure emotie vergat Leurs de beleefheidsvorm.

'Ik heb een idee en ik heb een idee dat het stinkt.'

'Het was geen gratis reclame die ik zomaar in elke wagen drop', zei Leurs nu harder. 'Dit is ernstig. Kun je dan niet ernstig zijn?'

'Ik ben wel ernstig als ik dood ben.'

Hij zuchtte geërgerd en bekeek me toen van top tot teen.

'Ik zeg je, Somers,' begon hij, 'als je naar de rol van de held hengelt... ik werk enkel met echte acteurs.'

'Een rol? Al bood je me de hoofdrol aan naast jouw witte sjaal in een Dash-commercial. Ik laat me door niemand de les lezen. Ik weet hoe ik me moet gedragen, waar ik heen moet lopen en wat ik moet zeggen.'

Hij glimlachte hooghartig en trok aan een kabel aan de monitor. Hij deed het gewoon om iets te doen, alsof het leek dat hij niet uit zijn lood was geslagen. Hij moest iets doen. Desnoods gewoon opstaan en zijn schoen opvreten. Gek, een regisseur die constant mensen vertelde wat te doen, maar zelf geen flauw benul had wat hij moest uitvoeren.

'Maar nu zal ik jou eens zeggen wat je moet doen, Leurs. Jij liet een doosje film achter in mijn wagen en dus mag jij een paar vragen beantwoorden. Wie was die griet op dat stuk film? Wat deed ze daar in die garage en wat is het einde van die film? Ik vrees dat het geen happy end was.'

De belhamels waren terug geland en gingen wild op de kussens zitten. Het werd een hels kabaal. Juf Nazi keek me aan alsof ik de neef van Dutroux was. Ze maande haar troepen aan om stil te zijn.

'Neen', zei Leurs resoluut. '*Snuff movies* kennen nooit een happy end.'

'Je weet dus dat het een *snuff movie* is?'

'Jezus, man, anders had ik hem toch nooit in jouw wagen gelegd?'

Leurs zette zijn hoofdtelefoon op. Ik legde een hand op de monitor. Leurs zette het beeld weer aan. De camera stond frontaal op de poppenkast gericht. Leurs deed zijn best om te laten blijken dat hij zich niet graag inliet met dit soort werk. Hij hield de armen gekruist en zijn benen languit.

Pierke Pierlala stak zijn hoofd weer door de spleet van het kleine gordijn.

'Ahwel kinders, oas iederien goed up zaan gat zit, kunne we oas kas goan afdroien. Woar woaren we gebleven?'

Een van de snotapen stak een hand op.

'De stropdragers, Pierke. De stropdragers moesten boete doen.'

''k Verstoa ulder nie goe. Ge moet Gents klappen. De stropdroagers dus...'

Ik liet me even meeslepen door het poppenspel. Pierke Pierlala ging aan de kant staan en maakte plaats voor drie andere poppen. Ze hadden karakterkoppen en leken ontsnapt uit een schilderij van Jeroen Bosch. Ze droegen lange, witte gewaden en een kleine strop rond hun hals. Ze waren aan elkaar vastgebonden, op weg naar het schavot. Waar was de tijd dat poppenkast nog *fun* was?

Leurs legde zijn hoofdtelefoon neer en prutste aan een paar knoppen. Toen zette hij het spul weer op en keek naar de poppenkast.

'Wat is er?'

'Ik heb geen geluid', zei hij in lichte paniek. Hij kon het zich natuurlijk niet veroorloven om dit klusje te verpesten.

'Waar zit die snertklankman? Waar zit die spast?'

Ik leunde achterover en kruiste mijn armen. Ik kreeg zomaar twee voorstellingen voor de prijs van één en ik wist eerlijk gezegd niet welke de beste was. De stropdragers in de kast of Leurs die naar de strop werd geleid.

'Waar is die oetlul nu gebleven? Ik heb hem gezegd dat de pauze maar tien minuten duurt. Hij kan het schudden. Zo ben ik nu eenmaal. Ik ben niet wreed. Ik ben alleen maar rechtvaardig. Als iemand zijn werk niet doet, dan vliegt hij eruit. Even goeie vrienden, maar geen twee keer. Ik heb in de States gewerkt. Daar weten ze tenminste van wanten. Daar weten ze wat hard werken is. Hier moet ik samenwerken met iemand die denkt dat hij aan het chronischevermoeidheidssyndroom lijdt.'

Ik liet hem nog een beetje uitrazen tot zijn imago weer was opgekrikt. In de poppenkast stapte een van de stropdragers op een klein schavot. Pierke Pierlala zei:

'Ziede, kinders, da gebeurde oas de Genteniers nie wilden louasteren naar de Sjarel.'

Ik stapte tussen de kinderen naar de poppenkast. Net voor de kast lag de perche van de klankman op de grond. Ik keek naast de poppenkast en zag een stel sneakers onder het gordijn steken. Ik ging achterom en keek wie er zo een slechte smaak had. De klankman zat op een eiken stoel, als een dronken sinterklaas op een troon. Hij hield de perchestok in één hand en de andere hand in zijn schoot. Zijn hoofd lag opzij, alsof hij zich afwendde van de hitte van een lichtspot.

Ik ken persoonlijk geen klankmannen, maar ik wist dat geen enkele klankman zo knullig kon zijn om zijn nek in zijn eigen kabel te verstrikken. Het zwarte snoer lag in drie lagen rond zijn keel met een metalen stekker, die tussen zijn tanden was blijven zitten. Ik voelde aan de pols. Hij had nog evenveel leven in zich als een strandlaken. Ik zette de microfoon aan en fluisterde:

'Leurs?'

Ik kwam vanachter het gordijn en deed hem teken zijn hoofdtelefoon op te zetten. Hij leek opgelucht, alsof hij ervan uitging dat ik even voor klankman zou spelen. Ik sprak in de staf:

'Leurs?'

'Ja.'

'Ik vrees dat je zult moeten dubben.'

'Dubben? Wat bedoel je?'

'Hij is dood.'

'Wat?'

Leurs geloofde het niet. Hij leek er nog altijd niet van overtuigd en als hij ervan overtuigd was, dan leek hij veeleer in te zitten met de laffe streek die zijn klankman hem had gelapt. Ik keek naar het lijk van de klankman. Ik had hem nooit eerder gezien en mocht dat wel het geval zijn geweest, dan was het voor niets geweest. Hij zag eruit zoals klankmannen er doorgaans uitzien. Klankmannen zijn werkers op de set. Het zijn geen sterren. Het zijn arbeiders met anonieme gezichten, gele koffietanden en vet haar. Ze kweken een buikje en werken op tikklok. Het zijn de ambtenaren van de filmwereld. Dit exemplaar was net zo. Hij leek eind de dertig en vrij van enige ambities. Hij had een rossige stoppelbaard en een puntige kin. Ik wilde net terug naar mijn plaats gaan toen ik bleef steken in de kabel. Ik trok mijn voet weg, maar daardoor viel de klankman met stoel en al opzij... de poppenkast in. Het ging vrij snel. De houten stropdragers in de poppenkast werden op slag geplet door een groot hoofd dat zelf een strop om de hals had.

De kinderen schoten in de lach. Ze riepen in het rond en wezen naar het lijk, alsof ze Pierke Pierlala een hint wilden geven. Luc de

Bruycker, de poppenspeler van Pierke, stond ineens op en keek neer op het hoofd in zijn poppenhuis. Hij hield zijn eigen pop nog altijd in zijn hand, wat eigenlijk een belachelijk zicht was. Hij zag eruit als een buikspreker die gestoord werd in zijn act.

'Miljaardedzuu! Wadde es da'ier?'

Toen begon de juf de kinderen te sussen, maar het was al te laat. Een paar belhamels was naar de poppenkast gekropen. Ze zaten op hun knieën en begonnen aan een potje reanimatie. Ze lachten hardop en gaven zachte klapjes op de wang van de klankman en toen dat niet hielp, begonnen ze harder te slaan en nog harder te lachen. Het werd zowaar decadent. De fictie van de poppenkast was nog maar eens uitvergroot en niemand leek nog het verschil te zien tussen echt en vals, tussen schijn en werkelijkheid.

In alle tumult die daarna ontstond, liep ik naar de uitgang en nam ik Leurs mee.

'Dat is mijn klankman', riep hij nog.

'Ga morgen naar de Hema en koop een nieuwe.'

Ik wilde me uit de voeten maken nu het nog kon. Ik had geen zin om de flikken te spreken. Ik had wat rust nodig. En een uitleg. En dus duwde ik Leurs buiten en nam hem mee naar een plek in de buurt waar jenevers niet waren wat ze leken.

6.

De Abajour lag iets verderop in het verlengde van de Kraanlei, in het Oudburg, geplet tussen een van de vele Turkse restaurants en een Afrikaanse antiekzaak met houten voodoomaskers in de etalage. We liepen het voorportaal binnen, dat rood linoleum had en voor de rest op een oude turnzaal leek. Door een dubbele deur kwamen we in het donkere hol van de leeuw. Je zag er geen hand voor de ogen en dat was maar goed ook. Links van ons passeerden we de bar die zich als een dagdroom in vele stofdeeltjes wentelde. Achter de bar stond een jongeman met kort zwart haar aan de telefoon. De tent was net open en leeg. Ik rook en zag het wasmiddel dat als lava uit het café op het trottoir liep. Leurs ging aan een tafeltje zitten. Ik informeerde bij de bar.

'Herman Brusselmans nog niet wakker?'

'Wie wil dat weten?'

'Een vent die weet dat hij nepjenever drinkt.'

Dat maakte me al een stuk meer man. De barman leunde voorover.

'Dan moet jij een goeie vriend zijn.'

'Waarom?'

'Er zijn niet veel mensen die dat weten. Hij weet het zelf soms ook niet eens. Maar dat wil niet zeggen dat je hem in je zak hebt zitten. Hij woont hier al meer dan tien jaar boven mijn kroeg en in al die tijd heeft hij niet meer dan tien woorden gezegd.'

'Een schrijver spreekt niet. Hij schrijft.'

'Ja, wel, de tien woorden die hij spreekt, staan op de kaart.'

'Ik begrijp je.'

'Neen, je begrijpt me niet. Ik wil niet zeggen dat hij me te min vindt. Hij vindt alles te min. Snap je? De man komt hier elke dag tegen de middag naar beneden voor een paar koffies. Daarna verdwijnt hij weer naar boven en kijkt tien uur naar de buis. Tegen de avond komt hij terug naar beneden voor het zwaardere werk. Dat zijn de tien woorden waarover ik je vertelde, en dan gaat hij aan het werk. Maar je hoeft niet met hem te praten om hem te kennen.'

'Geloof me', zei ik. 'Ik moet met hem praten.'

'O.k., ik wil maar zeggen dat hij mensen meer respecteert dan je zou denken. Hij heeft mij een rol gegeven in een van zijn boeken', glunderde de barman, en hij ging rechtop staan, klaar om een medaille in ontvangst te nemen.

'Ik hoop niet in zijn laatste boek.'

Ik bestelde twee van de tien woorden die HB vaak gebruikte en ging terug naar mijn tafeltje. Dimitri Leurs had zijn witte sjaal naast zich op de bank gelegd. Het was bijna een symbolische actie, net als de handdoek in de ring werpen. Hij zag er moe en nerveus uit en ik had zo de indruk dat het niet door de lastige belhamels kwam. Leurs resumeerde:

'Je zei dus dat je een glimp van die strook hebt gezien.'

'Een glimp is het juiste woord', zei ik. 'Maar het was genoeg.'

'Je wilt niet weten wat de rest van die strook inhield.'

'Jawel, dat wil ik wel. Wie dit ook gemaakt heeft, hij houdt me op het puntje van mijn stoel.'

Leurs keek traag op, als een schooljongen die iets gaat bekennen. Ik had hem liever zoals hij was. Ik wilde niet dat hij begon te spelen. Het ging hem niet goed af.

De barman zette de twee koffies voor ons neer. Ik liet Leurs betalen. De barman wachtte tot er meer kwam. Maar wij hadden zelfs geen twee woorden voor hem. We hadden andere dingen te regelen. De barman kroop dan maar terug achter zijn hek en keek uit naar het moment van de dag waarop HB zijn leven binnenwandelde. Leurs nam een haastige slok en brandde zijn lippen.

'Waarom schakelde je mij en niet de flikken in?' vroeg ik.

'De flikken...'

'Ja, het is bijna een retorische vraag.'

'Ik zit midden in de start van een nieuwe film, Somers. Als ik de flikken op de hoogte breng, dan vallen al mijn plannen in duigen.'

'Je hoofdactrice is al in duigen gevallen.'

Hij keek op, alsof hij wilde zeggen dat iedereen vervangbaar is.

'En die andere actrice zat ook niet meteen te schaterlachen van de *fun*. Jij bent blijkbaar niet zo fijn om mee samen te werken. Wie was die meid in de *snuff movie*?'

'Ze is dood. O.k.! Dood!'

'Dat is al een begin', zei ik en ik nam een teug. 'Waarom?'

Leurs keek me aan met ogen die vrij ziekelijk stonden.

'Waarom? Omdat dood verkoopt, natuurlijk.'

Ik dacht aan de regels van de *snuff movie*.

'Ja, wel, ik zal het nooit kopen, ook al zijn het koopjes', zei ik. 'Wie was ze?'

Leurs zuchtte en keek om zich heen. Hij zat misschien ook uit te kijken naar de komst van Herman Brusselmans, de koning van de onderwereld, die over het lot van zijn onderdanen besliste door ze al dan niet op te nemen in een van zijn boeken.

'Het meisje dat je op die strook zag, heette Susan Six. Althans, dat was haar artiestennaam. Ze deed een screentest. Ik kende haar niet, maar ze leek iemand van de crew te kennen en zo is ze binnengeraakt. Ze was zeer ambitieus en ze bestookte me met telefoons om haar toch maar een kans te geven. Ik gaf haar die kans en ze bracht het er goed van af. Ze wilde de hoofdrol. Ze had branie, ze was wel sexy en ze kon huilen op het juiste moment. Begrijp je? Ze had *het*. Het was niet zo eentje dat van de academie kwam en afgestudeerd was met het nabootsen van een rots of een roerei. Neen, zij had veel meer om het lijf. Maar helaas kwam de producer toen met een grote naam op de proppen. Gabrielle Evans is een naam die kan tellen en verkopen. Dus greep Susan Six naast de rol. Zo ken ik haar. Ik heb haar nog gesproken en het haar uitgelegd. Ze leek het te begrijpen. Ze zei dat ze nog jong was en dat ze genoeg kansen zou krijgen. Dat was de laatste keer dat ik haar heb gezien. Ik wilde wel ooit nog met haar werken, maar je weet hoe lang het duurt voor je nog eens... De regering moet eerst drie keer vallen voor je er nog eens aan kunt beginnen.'

'Hm', zei ik. 'Iemand anders wilde wel met haar werken.'

'Ja. Wie dit heeft gefilmd, is niet goed snik. Dit is verdomme opgenomen in dezelfde studio waar wij de audities hebben afgenomen.

Six draagt dezelfde kleren als in de film. Ze zit in hetzelfde decor. Het is bijna een afschuwelijke *remake*. Als een scène die niet door de commissie is geraakt.'

'Hoe kom je aan die scène?'

'Hij zat op een ochtend in mijn bus. Ik dacht eerst dat het een screentest was van een of andere geit die per se een rol wil. Dat overkomt me elke week. Toen ik mijn stage deed in Hollywood...'

'... en de limousines mocht parkeren van bekende filmsterren. Jaja, we zitten in Gent, Leurs. We zitten in Gent en we zitten met een vrij lugubere scène in onze handen. Ik heb het wel voor realisme en geloofwaardigheid, maar dit is me gewoon te geloofwaardig. Beperk je dus tot de feiten. Wie heeft je dit bezorgd?'

'Ik weet het niet. Het zat in een oude filmdoos. De film was zuiver en clean. Er stonden geen afdrukken op. Ik heb thuis een eigen projector staan die ik nog heb gekregen uit mijn tijd in Holly... Ik dacht eerst dat het een geintje was. Toen ze begon te gillen, wilde ik de film stoppen. Het vreemde was dat ik bleef kijken. Het was zo gruwelijk en echt, maar ik bleef kijken. Ik weet het: het is afschuwelijk om het toe te geven, maar...'

Leurs sloeg een andere toon aan. Ik hield hem bij de zaak.

'Wat is het vervolg van de strook?'

'Er is geen vervolg. Er zal geen vervolg meer komen met Susan Six. Ze is dood.'

Ik hield een hand op.

'Wacht 's even. Hoe weet je dat die Susan Six dood is?'

'Het stond in de kranten', zei Leurs. 'Jij bent echt niet van deze wereld, hé? Ze heeft zelfmoord gepleegd, haar polsen overgesneden. Ik kan het weten want ik kreeg de hele boetiek op mijn kop. De media lustten me rauw. Ze zagen in mij de boosdoener en zij was het slachtoffer. Ik had haar onrechtstreeks vermoord door haar die rol niet te geven. Het paste perfect in het plaatje van de onzekere actrice die net naast de rol had gegrepen. De krant schreef verder ook dat Six een geschiedenis had in zelfverminking. Je zou zelfs gaan denken dat ze haar opzettelijk daarom hadden uitgekozen om...'

Hij zweeg en dacht er zelf verder over na. Hij kreeg al iets meer kleur.

'Wanneer?'

'Vorige week. Het zat vorige week in mijn bus.'

'Waarom ben je *dan* niet naar de flikken gegaan?'

'Waarom? Somers, ben je doof? Die griet is vermoord op mijn set. Ik heb geen zin om voor de rest van mijn dagen weer een stuk kaas te regisseren. Dat heb ik al gehad. Ik wil films maken.'

Ik knikte alsof ik het begreep. Maar ik begreep het niet. Ik begreep niet dat een getuige van een moord van zijn hart een steen kon maken. Maar ik begreep het al iets meer als ik wist dat die getuige Dimitri Leurs heette. Die man zou zijn eigen moeder aan de Arabieren verkopen in ruil voor een kans om onsterfelijk te worden.

'Wie is de producer van de Guggenheimerfilm?'

Leurs aarzelde. Hij dronk nog een teug, alsof hij zich moed wilde indrinken. Er kwam iemand binnen, maar het was HB niet. Het was een zwartharige vrouw met een paar rimpels. Ze ging gekleed in een zwarte jeans en een zwart hemd en ze zag eruit als de zus van de schrijver. Maar het bleek zijn vrouw te zijn die als voorbode de barman kwam vertellen dat het genie in aantocht was. De barman strekte bijna zijn Mekkadoekje uit als bedanking. Leurs keek me weer strak aan en schudde het hoofd.

'Wat?'

'Wie dit doet, heeft geen ambities om een Oscar te winnen', zei hij. 'Dit is door criminelen gemaakt, niet door filmmakers.'

Ik snoof.

'Wat is het verschil?'

'Heel grappig, Somers. Heel grappig. Kijk, dat is nu net de reden waarom jij het nooit zal maken in de filmwereld. Je wilt zelfs als lijk grappig zijn. Ik zeg je dit: een *snuff movie* wordt niet door een crew gemaakt. Ik zal je vertellen hoe het werkt. Een bende breekt na de uren in op een set. Ze gebruiken het materiaal, doen hun ding en daarna is het alsof ze er nooit geweest zijn.'

'Wie is de producer van de film?' herhaalde ik.

'Henri Rousseau.'

Dat deed bij mij een belletje rinkelen.

'Je weet toch wie Henri Rousseau is?'

Henri Rousseau behoorde tot het culturele erfgoed van Vlaanderen. Hij was de Hugo Claus van de film, de Herman Teirlinck van het drama. Ik dacht bij de naam Rousseau vooral aan oude televisiedrama's over boerenfamilies die de VRT altijd op zondag uitzond. Het leuke aan Rousseau was dat hij als peetvader van de Vlaamse film zowat alles had gedaan. Hij kwam uit het theater en had meer dan dertig verschillende stukken en monologen gespeeld. Toen maakte hij de sprong naar de televisie en acteerde in zowat elke dramareeks. Dramareeksen die meestal ook regelrechte artistieke drama's waren. Leuke dingen, zoals een bewerking van Conscience waarin Rolexen uit de mouw werden geschud en straaljagers voorbij de Vlaamse Leeuw vlogen. Ik herinnerde me een bewerking van een middeleeuwse roman met allerlei anachronismen. Maar ik hield wel van anachronismen. Al bij al was ik er zelf ook een. Ik hield ook van de sfeer van die meesterwerken die soms onderbroken werden door simpele intermezzo's van watervallen of sneeuwlandschappen. Henri Rousseau werd de man van het huis en sloeg aan het regisseren. Hij verborg zijn klassieke en koele uiterlijk achter de camera en werd de standaard. Er werd zelfs een prijs naar hem vernoemd. Rousseau moest nu zowat halverwege de zeventig zijn en ik had geen flauw benul of hij nog in leven was, laat staan in staat om een film van Dimitri Leurs te producen.

'Ik dacht dat die al dood was', zei ik.

'Dat was beter geweest', zei Leurs triestig, alsof hij het had over een monument dat van zijn stuk was gevallen. 'Het is jammer, Somers. Mijn hart bloedt als ik lees hoe die arme, oude man aan het aftakelen is. Het bloedt.'

'Maar hij werkt nog.'

'Wat je onder werken verstaat. Zijn naam staat op de generiek als producer, maar dat is ook alles. Hij gedraagt zich als een god op wolken.'

Leurs leunde voorover.

'Ik zou je dit niet mogen zeggen, maar er gaan geruchten dat Rousseau het kwijt is.'

'Het?'

'Je weet wat ik bedoel. De pedalen, de vijzen. Hij komt zijn huis niet meer uit en leeft als een kluizenaar. Als een ontgoochelde monnik, die erachter gekomen is dat God de vader niet bestaat.'

'Waarom is hij zo geworden?'

'Waarom? De man is verbitterd, Somers. Hij is ooit eens in hongerstaking gegaan omdat ze een scène uit zijn film hadden geknipt.'

'Is het zo erg?'

'Hij is zo erg, ja. Ik waarschuw je: hij heeft al geen hoge pet op van acteurs en actrices, laat staan van gewone mensen.'

'Ik ben meer dan gewoon.'

'Ja? In zijn ogen ben je even gewoon als een bord müsli, Somers. Je zult hem moeten overtuigen.'

'Ja, hoe? Door een fietspomp na te bootsen?'

'Rousseau zal je het leven zuur maken.'

'Ik ben met vakantie. Ik laat me het leven niet zuur maken.'

Ik kreeg opeens de drang om die mysterieuze Rousseau te ontmoeten. Ik kende hem nog van vroeger uit een van die zalige zwart-witfeuilletons waarin hij een gemaskerde held speelde. De Vlaamse Batman. Bovendien wilde ik weleens zien of ik geen roeping als acteur had gemist. Wellicht wel. Wellicht had ik honderd en een roepingen gemist en schoot er niet veel meer over dan het edele beroep van neuspeuteraar.

'Waar woont hij ergens?'

Leurs haalde een kaartje uit zijn agenda en schoof het naar me toe. Het was oud en vergeeld, en stamde uit de tijd dat Mimi Smith nog echte tanden had. Het was het visitekaartje van een productiemaatschappij van Henri Rousseau en er stond een adres bij.

'Hij woont ergens bij een bos in Drongen. Hij heeft daar een oude hoeve gekocht die hij volledig heeft laten renoveren. Maar ik zeg het je, Somers: de man is volledig door het lint.'

'Erg genoeg om het verschil niet meer te merken tussen wat echt is en wat niet echt is? Tussen een echt en een vals lijk?'

'Henri Rousseau? Hij is gek, maar niet zo gek.'

Ik dronk mijn koffie leeg. Een stel laarzen kwam binnen. Ik keek op mijn horloge. Het was tegen twaalven. Het tijdstip voor de tien woorden van Herman Brusselmans.

7.

De zwarte cowboy van de Vlaamse Letteren kwam bij ons staan en keek op ons neer. Zijn ogen leken dodelijker dan zijn columns. De kranige, zwartharige vrouw kwam over zijn schouder hangen en sprak in zijn plaats. Herman zag eruit alsof hij zelfs de tien woorden niet over zijn lippen kon krijgen. Zijn vrouw zei:

'Dit is Hermans stoel.'

Ik lachte. Leurs keek droevig rond en merkte dat de hele tent leeg was. Er waren nog twintig andere stoelen. De bar was leeg. De patio was leeg. Leurs maakte de fout ertegen in te gaan.

'Er zijn nog andere stoelen.'

'Er is maar één Herman Brusselmans.'

Leurs stond op en veegde met zijn witte sjaal de tafel en zijn stoel schoon.

'Waarom kom je er niet gezellig bij zitten, Herman?'

Herman wrong zich tussen de tafel en de houten bank, en nam plaats in een houding die hij voor de rest van de dag zou aannemen. Ik rook niets anders dan rook. Toen knipoogde hij naar zijn vrouw, die hem een sigaret aanreikte. Hij grijnsde naar haar. Elke vrouw zou die grijns vunzig en vuil hebben genoemd, maar ik wist dat er romantiek in de lucht hing. Leurs zat ernaar te kijken. Herman negeerde hem volledig en je kunt enkel Herman Brusselmans heten als je een man negeert die je een paar miljoen geeft om je boek te verfilmen. Ik lachte naar mevrouw Brusselmans. Ze lachte terug. Leurs lachte ook naar haar. Maar naar hem glimlachte ze niet. Ze keek hem aan alsof hij een tweedehandse stoel uit de kringloopwinkel was.

'Jeroen moet eruit, Patrick', klonk het plots.

'Wat, Herman?' zei ik.

'Jeroen. Hij moet zo snel mogelijk uit *Big Brother*. Ik kan niet meer op zijn smoel kijken. Die gast verpest de hele sfeer in dat huis.'

Leurs keek me snel aan. Hij begreep het niet.

'Herman', zei ik. 'Er is ondertussen nog iets anders gebeurd. Er is net een klankman gewurgd. Het gebeurde tijdens een poppenvoorstelling in het Huis van Alijn. Pierke...'

Herman nam over.

'Laat me raden: Pierke Pierlala deed zijn act met de stropdragers van Gent en tijdens de pauze zag die gast zo blauw als een smurf. Ik zeg het u, Patrick. Het is Guggenheimer. Hij is weer aan het werk.'

'Hm', zei ik. 'Het is hoog tijd dat je me je nieuwste meesterwerk eens laat lezen. Dan heb ik geen glazen bol meer nodig.'

Met één beweging haalde Herman zijn nieuwste boek uit de zak van zijn leren jekker. Hij legde het op tafel en zag het voor minder aan dan zijn zilveren aansteker. Het boek had een kleurrijke cover, was gedrukt op dun, bruin papier en had een slappe kaft. Het was pulp, maar mooie pulp. Ik sloeg het open en las een persoonlijke opdracht van de schrijver:

'Voor Patrick: een man met ballen naar mijn hart.'

Ik knikte hem vriendelijk toe.

'Ik ben ontroerd.'

Hij grijnsde zijn gezicht kapot. Ik wou beginnen over mijn ontdekking van de *snuff movie*, maar bedacht dat het zijn humeur zou bederven. Ik was er zelf trouwens nog niet uit. Ik was getuige geweest van twee moorden in het hart van Gent, die allebei volgens zijn boek waren verlopen. Het meisje Susan Six had echt haar leven gegeven voor haar rol, maar dat stond niet in zijn boek, en ik dacht dat Herman Brusselmans al genoeg aan zijn hoofd had. Ik zag het verband nog niet. Ik stond op en legde een hand op zijn schouder.

'Waar gaat ge heen, Pat?'

'Ik moet een paar zaken regelen', zei ik met het visitekaartje van Henri Rousseau zwaaiend. 'Een oude held bezoeken.'

Hij stak vermoeid een hand op en riep een van de tien woorden naar de barman. Zijn vrouw schoof behaaglijk naast hem en maakte zich op voor een namiddagje koffiedrinken. Leurs leunde voorover en begon over een paar aanpassingen in het contract. Ik zag hoe Herman niet luisterde. Hij zat met zijn gedachten elders. Wellicht kon hij er maar niet bij dat die Jeroen zoveel succes had.

Ik kwam de Abajour buiten en mijn ogen moesten wennen aan de warme kleuren van de herfst. Het trottoir in het Oudburg glinsterde alsof het met vernis was bedekt, en de gevels van de kleine zaakjes en Indische en Turkse restaurants hadden exotische, warme kleuren. Alles paste bij elkaar. De hele buurt rook fris en warm tegelijk. Ik passeerde een paar Turkse restaurants. De zwoele geur van pita's en lamsvlees kwam zo naar buiten gewaaid. Dit was een fijne buurt om te wonen. Een mooie uithoek, een smeltkroes met allerlei nationaliteiten, waarin Herman Brusselmans als de plaatselijke maharadja werd vereerd. Hij kreeg wellicht om de haverklap kleine geschenken zoals waterpijpen, lendedoeken en tulbanden.

Ik liep door en kroop in mijn Taunus die zich had toegedekt met een deken van dieprode en gele herfstbladeren. Ik liet de contrabas van Dave Holland een prachtig ritme opvoeren waarop de waaiende bladeren heen en weer dansten. Ik passeerde de oude elektrozaak op de hoek van het Sluizeken en verliet het land van de vliegende tapijtenwinkels en Arabische popalbums. De kinderen liepen op straat en speelden creatief met het enige speelgoed dat ze zich konden veroorloven: herfstbladeren, eikels, noten en kastanjes.

Ik reed richting Rooigemlaan en maakte een omwegje naar Bioplanet, de gezondste eettent van Gent. Daar parkeerde ik en stak de straat over om een malse, vettige burger te eten in een pitazaak die toepasselijk 'De Turk' heette.

Even later stak ik de ring over, gleed over de brug de Drongensesteenweg op, en reed in twee seconden het dorp door. Toen nam ik een klein, pittoresk brugje over de Leie en kwam in de groene omgeving van Drongen terecht, waar huizen langs lemen paadjes over de stroom uitkeken en waar Henri Rousseau ergens zijn optrekje had.

Ik zette Dave Holland uit en genoot van de stilte. Ik stapte uit en deed mijn portier zachtjes dicht, omdat ik de rust niet wilde verstoren en ook omdat het portier er anders af zou donderen. Rechts van de baan lag een oude lage hoeve die nog niet op de hoogte was gebracht van het bestaan van telefoon, televisie en ander kwaad. Het geveltje was wit, de klapraampjes groen en op de vensterbankjes stonden lantaarntjes, koperen emmertjes en een paar kooitjes. Ik verwachtte dat de zeven dwergen eruit zouden komen en me een glaasje appeljenever zouden aanbieden. Maar het bleef akelig stil. Er was geen wagen op de oprit te bekennen en het gras stond opmerkelijk hoog. Ik zocht de bel maar vond er geen. Ik had het kunnen weten. Een oude koebel hing klaar om geluid te worden. Ik liep langs het raam en keek binnen. Er was geen beweging. Ik liep verder naar achteren tot bij een soort stal. Het gammele deurtje stond open en er brandde een authentieke gaskachel. Plots hoorde ik een oude stem knarsetanden:

'O.k., meissie. Dat is prima. Dit is fantastisch. Hou die blik op je gezicht. Ik wil nog meer pathos zien. Ik wil de verveling in je ogen zien, ik wil de honger naar avontuur in je tanden zien, meissie. Ja, dat is het! Laat me je existentiële minderwaardigheidsgevoel voelen!'

Ik keek om de hoek en zag een oude man op een kruk zitten. Hij zat met zijn rug naar de deur. Voor hem op een schavot stonden twee kippen een paar graankorrels te pikken. Ze zagen er vermoeid uit en dat was niet verwonderlijk, want Henri Rousseau had de reputatie een onverbeterlijke perfectionist te zijn. Ik liet hem nog even bezig.

'O.k., nu laat je die korrels liggen en ga je naar die ander toe. Je gunt die nog een laatste blik. Je weet dat je einde nabij is, meissie. Ik wil een blik die harten doet breken. Een beetje zeemzoete *Romeo en Julia*.'

De kippen bleven echter doorpikken tot er bijna niets meer overbleef. Henri Rousseau schuurde ongeduldig op zijn krukje heen en weer. Hij liet ze doen en maakte een paar aanmoedigende geluidjes. Toen keek een van de kippen op en wandelde de andere stroef voorbij.

'En nu omkijken! Omkijken! Trut die je bent! Koppig pluimkieken!'

Hij zuchtte en liet zijn schouders hangen. Toen merkte ik plots dat hij iets in zijn lange, magere hand had zitten. Het leek op een blaffer, maar het was een kleine camera. Het wapen van de film.

'Je brengt er niets van terecht, trut', mompelde hij. 'We nemen vijf minuten pauze en daarna wil ik je zien werken voor je korrels.'

De kip liet de kritiek over zich heen gaan en pikte verder. De andere kip hief even haar kop op om te vragen hoe ze het er vanaf had gebracht. Maar Rousseau was karig met commentaar. Als het goed zat, dan zweeg hij erover. Hij draaide zich om en zag me staan in de deuropening.

'Ja?'

'Henri Rousseau?'

'Ja. Wie ben jij? Kom jij met de mieren?'

Ik haalde een oude peuk uit mijn zak en bracht hem in mijn mond. Ik stak hem niet aan uit schrik de hele stal in lichterlaaie te zetten.

'De mieren? Neen, mijn naam is Pat Somers.'

'Jammer, ik zit al drie dagen te wachten op een lading mieren. Ze komen maar niet af. Je vraagt je af hoe moeilijk het is om een bende mieren op te trommelen. Ik kan ze beter zelf in het bos gaan verzamelen. Die lui weten helemaal niet hoeveel tijd daarin kruipt. Ze vergeten dat ik ze ook nog eens een voor een moet *casten*...'

Ik dacht na over de woorden van Dimitri Leurs. Ze klonken me eerst een beetje afgunstig in de oren. Een jong aanstormend talent dat zijn oude leermeester met de grond gelijkmaakt. Maar ik moest toegeven dat hij wel een tikkeltje gelijk had. Hij had gelijk dat Rousseau een tikkeltje kierewiet was.

'Wie zei je dat je was?'

'Ik ben een privédetective', zei ik, maar dat stelde nog minder voor. Rousseau wilde nog liever dat ik een mier was.

'Een privédetective', herhaalde hij wat suf. 'Wat moet ik daarmee? Ja, je ziet er wel zo uit, moet ik zeggen. Dat jongensachtige van James Stewart, gemengd met de branie van Bogart, gekruid met een vleugje nonchalance van Paul Newman. Ja, ik had wel iets met je kunnen doen toen ik nog in de carrousel meedraaide.'

Hij keek me troosteloos aan. Als ik hem moest omschrijven, had ik een paar andere namen nodig. Met zijn lange, grijze baard had hij iets van een Russische denker. Zijn kleine, donkere ogen lagen diep in zijn oogkassen en rond zijn slapen was een laurierkrans van fijne, dunne grijze haren. Zijn kruin was kaal en zijn wenkbrauwen borstelig, als vogelvleugeltjes die net gewassen waren. Hij leek op een ernstige versie van Popov, de clown, en liep gekleed in een groene, vuile overall en bruine, kapotte schoenen. Het was zijn volste recht zich af te wenden van de carrousel van glamour en luxe, maar misschien had hij zich beter niet afgewend van smaak en hygiëne. Hij stonk naar aarde, zweet en kippen.

'Welke carrousel?' vroeg ik hem.

'De carrousel van de filmwereld, jongeman.' (3)

Ik knikte naar de kippen.

'Ik zie dat u nieuw talent ontdekt heeft.'

Hij lachte niet eens en ging serieus verder.

'Ja. Ze zeggen dat ik een dictator op de set was, zonder respect voor mijn mensen. Ik heb respect voor mensen. Maar enkel voor mensen die respect hebben voor hun vak. Vertel me eens, meneer Somers. Is het een misdaad om een actrice een week op water en brood te zetten als ze per se de rol van Jeanne d'Arc wil spelen? Neen, want Jeanne d'Arc woog niet meer dan zevenenveertig kilo en zevenenveertig kilo is geen negenenveertig. Ben ik daarom een onmenselijk zwijn? Misschien, maar ik ben liever een onmenselijk perfectionistisch zwijn dan een gewoon zwijn.'

Ik keek de stal rond.

'Ik heb het gevoel dat u ook al met echte zwijnen hebt gewerkt.'

Rousseau stond moeizaam op. Hij legde zijn camera op een tafel waarop een aantal elementaire filminstrumenten lagen. Ik zag een oude lichtspot, een stuk tape en een oud stuk karton dat dienst deed als *clapbord*. Hij knipte de spot uit en de kippen aten verder in het donker.

'Ik heb met alles en iedereen gewerkt, meneer Somers. En ik heb genoeg van alles en iedereen. Ik zit hier goed. Ik ben momenteel bezig aan een reeks kortfilms waarin ik vooral de naaktheid van het wezen en de natuur wil blootleggen. Je onderbrak ons net tijdens het draaien van *Dood van een kip*.'

Rousseau liep op de kippen af, en met een snelle beweging die ik in geen duizend jaar had verwacht, nam hij er een in zijn armen. Hij aaide het beest over de kop.

'Wel,' zei ik, 'ik zie dat u nog een paar scènes moet afmaken. *Excusez le mot*.'

‘Ja’, zei Rousseau terwijl hij de kip bleef aaien. ‘We draaien straks de eindscène. De slachting.’

‘Het wordt dus een thriller?’

Voor het eerst keek Rousseau me meer dan ernstig aan. Hij voelde zich bespot en deed zijn best me aan het huilen te brengen, net zoals hij in zijn leven ontelbare keren ontelbare actrices aan het huilen had gebracht.

‘Het wordt baanbrekende cinema. Het is het laatste stuk in een trilogie. Vorige week hebben we nog *Dag in het leven van een vlieg* gedraaid en nu is het dus wachten op die mieren, zodat we *De exodus van de mieren* kunnen inblikken.’

Het begon me op te vallen dat de heer Henri Rousseau zo zelfvoldaan was dat hij steevast in de pluralis sprak. Misschien voelde hij zich na elke film een ander mens en kreeg hij de indruk dat er nu al honderd Rousseaus rondliepen. De kip begon te kakelen en Rousseau wierp ze terug op het schavot. Hij keek het dier droevig aan alsof hij zich de vraag stelde of het wel verantwoord was zo een talent te slachten. Over slachten gesproken...

‘Ik zie dat u niet vies bent van wat bloed’, zei ik. ‘Dat geeft niet. Bloed verkoopt. Maar heeft u de laatste tijd soms ook andere kippen in beeld gebracht?’

Hij keek me nors aan.

‘Wat bedoel je?’

‘Ik bedoel Susan Six en haar talent om lang te blijven bloeden.’

8.

'Wat kom je hier zoeken, ketter?' Hij keek me doordringend aan.

Ik haalde mijn schouders op.

'U was vroeger een van mijn helden. U bracht destijds een strak slipje weer in de mode.'

Hij weigerde zich te ontspannen en keek me achterdochtig aan. Toen liep hij me voorbij en bleef in de deuropening staan. Hij probeerde me de grond in te kijken. Het lukte niet. Dat moet wat respect bij hem hebben losgeweekt. Hij zei:

'Kom mee naar binnen. Het is hier te koud om herinneringen op te halen.'

Ik volgde hem naar de hoeve. Hij liet me voorgaan door de bijkeuken. Het gangetje was smaller dan een loopgracht. De living lag beneden in een put. Het was er minuscuul en Rousseau had er niets beter op gevonden dan het nog minusculer te maken. Aan de muur hingen kadertjes met dode insecten. In de haard stond een klein, leeg aquarium met zand. Ik ging op zoek naar een aandenken in dit kleine museum, maar er waren geen sporen van enig filmverleden. Henri Rousseau kon evengoed een boer uit een van zijn oude films zijn geweest. Er hingen geen gesigneerde portretten van actrices, geen certificaten van nominaties, geen trofeeën van prijzen die hij had gewonnen. Ik stapte de put in en keek aan tegen een ingelijste, dode vlieg.

'De hoofdrolspeler uit uw laatste prent?'

'Ja, hij heeft jammer genoeg zijn laatste stunt niet overleefd.'

'Een *hall of fame* is ook al veel. Ik zie geen andere herinneringen.'

'Waarom? Ik heb nog een hele carrière voor de boeg. Het is alleen jammer dat ik zoveel tijd heb verprutst met *fake* films.'

Ik ging zitten en nam een opgezette eekhoorn vast. Het was me niet duidelijk of dit een van zijn acteurs was geweest. Misschien was dit wel de James Dean onder de eekhoorns.

'U heeft tientallen meesterwerken gemaakt', slijmde ik. 'U bent meer waard dan Delvaux en Magritte samen.'

Dat was de truc. Ik moest hem wat losweken, hem een beetje in slaap slijmen en dan de vraag stellen. Rousseau voelde zich allerminst aangesproken door mijn verering.

'Die oude films waren leugens. Die heb ik voorgoed afgezworen. Ik kan ze niet meer uitstaan, net als de mensen die erin speelden. Weet je waarom ik enkel nog films met dieren maak?'

'Neen. Omdat dieren geen auteursrechten vragen?'

'Neen.'

'Maar is het geen regel om nooit met dieren te werken in de film?'

'Ja', glimlachte hij voor het eerst onbeholpen. 'De vier B's. Werk nooit met beesten, belhamels, bejaarden en *babes*. Ik wil enkel nog met beesten werken omdat die echt zijn. Ze spelen zichzelf en hebben een natuurlijke schoonheid die me soms aan het huilen brengt.'

Dat was het moment om toe te slaan. Keihard.

'Er zijn soms ook mensen die echt spelen.'

'Ik begrijp niet wat je wilt zeggen.'

'Er zijn mensen die soms zo echt acteren dat je zou zweren dat het echt is.'

'Hm', zei hij peinzend en hij kwam ook de put in. Hij hurkte neer voor het lege aquarium en zette weer een spot aan. De spot scheen mooi op de aarde in het aquarium, als de verlichting van een klein voetbalveld. Het werd een kleine arena. Maar er zat niets in.

'Ik heb alles al klaar voor die mieren. Het wordt prachtig. Het zal zelfs iets bijbels hebben. De exodus van een stel...'

Ik onderbrak hem.

'Susan Six was zo iemand die hartverscheurend echt kon acteren.'

'Wie?'

'Susan Six. Een actrice die bijna een rol te pakken had in een van uw films. Ze greep ernaast omdat u voor Gabrielle Evans koos. Enkele dagen nadien pleegde ze zogezegd zelfmoord door haar polsen over te snijden. Maar ik heb net een verborgen filmpje gezien waarop te zien is dat ze werd verminkt en vermoord. Een *snuff movie*.'

Hij bleef er opmerkelijk kalm onder. Hij ging met zijn wijsvinger in het aquarium en streek de aarde wat glad. Hij keek niet op. Hij maakte er een klein woestijnlandschap van door hier en daar een heuveltje op te hopen. Toen goot hij een beetje vocht uit een glas en maakte een kleine oceaan. Het had iets kinderlijks.

'En je denkt dat ik daar iets mee te maken heb?'

'Ik denk dat u veeleer had moeten vragen hoe ik weet dat ze is vermoord.'

'Ik heb dat grietje nooit gezien. Ik was de producer. Ik zorg voor de centen. Ik ben te oud om nog met modellen in bed te kruipen. Ik kan je dus niet verder helpen. Wat gaat de dood van die Six je eigenlijk aan?'

'Niets', zei ik. 'Ik ben in feite met vakantie.'

'Als je met vakantie bent, waarom zit je dan niet in Mallorca?'

'Ik ga liever met u op bosklassen. Ik leer graag over de eetgewoonten van mieren.'

Ik glimlachte. Rousseau kwam overeind en hief zijn glas. Hij dronk het in één teug achterover en smeet het plots kapot in de haard. Toen nam hij enkele scherven en legde die in het aquarium, als kleine luchtspiegels of fata morgana's.

'Wie heeft je naar hier gestuurd, krak?'

'Ik heb mezelf gestuurd.'

'Je hebt altijd de juiste repliek, hé.'

'Zoals ik al zei: ik ben met vakantie. Maar het werk trekt me aan. Ik heb meer werk als ik met vakantie ben. Je gaat een filmpje bekijken in de Decascoop en voor je het weet, ben je getuige van de moord op een bekende actrice. Daarna kom je in contact met een omhooggevallen witte sjaal die zich Dimi Leurs laat noemen. Hij heeft nog niet helemaal "Actie" geroepen of er valt al een tweede lijk uit de kast. Of in de kast om precies te zijn. In de poppenkast. En als dat nog niet genoeg vaart in het verhaal brengt, is er ook nog een stuk *snuff movie* in het spel waarop een meid wordt verminkt en vermoord. De meeste mensen gaan met vakantie naar de Ardennen, naar de zee of naar Ibiza. Maar ik ga naar het lijkenhuis of naar de flikken of naar een getikte oude dwaas die op zijn eiland aan het brainstormen is met een paar fruitvliegen.'

‘Dat klopt’, zei Rousseau plots geamuseerd, alsof ik nog meer zijn respect had verdiend. ‘Ik heb je nog niet verteld over mijn chef d’oeuvre, hé?’

‘Een romantische komedie met een mol en een veldmuis?’

Rousseau keek naar een hoek in het plafond. Hij wees naar een plek boven de haard. Toen stond hij weer op en knikte naar een oude klok. Het was alsof hij me behoedde voor afluisterapparatuur.

‘*Het leven zoals het is*’, zei hij. ‘Ik leg al twee jaar lang elke dag van mijn leven op film vast. De camera’s lopen alsmaar door en stoppen nooit. Ik heb er zeventien verstopt in de hoeve en in de stal. Ze registreren elke beweging die ik maak, en elke beweging heeft zin. Gisteren heb ik vier uur mijn nagels geknipt.’

Ik keek hem ongelovig aan. Ik zag de lenzen niet, maar ik wist dat hij weleens gelijk kon hebben. Herman Brusselmans was een ziener. Hij had gelijk over de rivaliteit tussen fictie en werkelijkheid.

‘Ik mis het popcorngevoel.’

‘Wie heeft je die film gegeven?’

‘Dimitri Leurs kreeg hem in de bus.’

‘Dimitri Leurs’, herhaalde Rousseau minachtend. ‘Dimi Leurs is een flapdrol die niet eens het verschil kent tussen een *travel* en een *zoom*.’

‘Hij beschouwt u nochtans als zijn vader’, loog ik om hem uit zijn tent te lokken.

Rousseau raakte om de een of andere reden nog meer van de kook. Hij stond op en begon te ijsberen.

‘Dimi Leurs, mijn zoon? Dat verbaast me niets. Het is een profiteur. Ik heb geen zoon. Ik heb enkel mijn films. Dat zijn mijn kinderen.’

‘U heeft veel kinderen.’

Ik stak een joint op. De rook vulde de hoeve als traangas. Het duurde niet lang voor ik de eekhoorns en de hertenkoppen aan de muur zag knipogen.

‘Leurs heeft het nochtans ver geschopt’, zei ik minzaam. ‘Hij is bezig aan een grote film. De bewerking van een boek.’

‘Ik zal je eens wat zeggen, ketter. *Ik* heb Leurs ver geschopt. Hij niet. Ik heb hem een trap onder zijn achterste gegeven. Hij zal die film enkel kunnen maken omdat ik erbij ben. Zonder mij kan hij geen meter film volschieten.'

'Hij gaat er prat op dat hij het vak geleerd heeft in de States.'

Dat was een goeie. Althans, dat vond Rousseau. Hij bulderde opeens zo hard dat ik vreesde dat de eekhoorns en de hertenkoppen van de muren zouden donderen. Hij begon krulletjes in zijn halve kruin te draaien en begon steeds harder te bassen.

'Leurs in Hollywood?'

'Hij heeft het me zelf gezegd.'

'Ik zeg dat ik honderd jaar zal worden. Geloof je mij ook?'

'Ja', zei ik. 'Ik kom volgend jaar zeker eens langs.'

'Ach, ik ben dit zo beu als koude gortepap.'

'Waar zat Leurs dan wel?'

'Dimi Leurs zat evenzeer in Hollywood als ik.'

Hij liet zijn stem uitsterven. Ik ging rechtop zitten. Het leek erop dat hij toch een beetje inzat met de historie van zijn benjamin. Even dacht hij het harnas van zijn lijf af te gooien en de mens aan het woord te laten.

'Waar?'

'Dimi Leurs zat een tijd in een instelling. O.k.? Daar heb je het!'

'Welke instelling?' zei ik. 'Er bestaan vele instellingen. Het ACV?'

'Een instelling die ze een tehuis noemen. Dat soort instelling.'

'Hm', zei ik. 'Daar hebben jullie elkaar dus leren kennen.'

'Heel grappig. Je moet wel nog wat aan dat accent doen om het te willen maken als grappenmaker, ketter.'

'Ik wil het niet maken als grappenmaker. Ik wil deze zaak maken.'

'Jezus, jij blijft je hele leven in je rol als speurneus zitten, hé?'

'Waarom zat Leurs in een instelling?'

'Waarom zit jij hier bij mij?'

'Weet ik veel. Waarom zit u hier in de bossen?'

'We hebben alledrie dezelfde reden. Omdat we gek zijn.'

Ik interpreteerde het maar dat hij weer in de pluralis sprak. Ik had niet veel zin om hem nog langer uit te dagen. Hij stond op het punt om te ontploffen. Ik had ergens een keer gelezen dat Rousseau op de set iemand een mes op de keel had gezet omdat die een glas in zijn rechter- in plaats van zijn linkerhand had gehouden.

'Als Leurs in een instelling heeft gezeten en niet in Hollywood, waarom gaat u dan met hem in zee om die film te maken?'

Hij liep van de ene hoek van de kamer naar de andere en deed zowat vijf keer hetzelfde terwijl hij voortdurend in een van de verborgen lenzen keek.

'Kus mijn kloten', sneerde hij.

'Mag ik dan ook een film maken?'

'Kus mijn kloten.'

Het bleef even stil. De grootmeester zat nu zelf zonder script.

'Waarom laat u Leurs die film maken?'

'Waarom Leurs? Ze zeggen toch dat je gek moet zijn om een film te maken.'

'Uhuh', zei ik. 'Niet alleen om een film te maken.'

'Neen, ook om je centen te verdienen met dit gedoe.'

'Wanneer heeft u Leurs voor het laatst gezien?'

Hij leek wat te bedaren. De hele tijd bleef hij in beweging. Hij haalde alles uit de kast wat hij in al die jaren had gezien van zijn studenten. Een koffer vol tics en handelingen die hij als een handleiding gebruikte om menselijk over te komen. Nu ging hij vermoeid voor het aquarium zitten.

'Leurs is als een slechte film. Ik wil er niet te lang bij stilstaan. Ik ben de man achter de schermen.'

Ik stond op en maakte er een eind aan.

'De man die zich niet laat zien, maar zich enkel laat horen.'

'Wat wil dat zeggen?'

'Dat wil zeggen dat u een mooie, diepe stem heeft.'

Hij zweeg.

'Een stem uit de duizend.'

Hij bleef zwijgen.

'Een stem die ik zou herkennen met mijn ogen dicht.'

Ik dacht terug aan het strookje en de stem die het meisje op de stoel toesnauwde. Het was als een song die de hele tijd in je hoofd bleef hangen. Ik kreeg het er niet meer uit. Hij hoefde zelfs niet eens dezelfde woorden te zeggen. Hij kon het telefoonboek opdreunen, dan nog zou ik die woorden horen. En hoe meer ik ze hoorde, hoe onmenselijker ze me in de oren klonken.

'Je bazelt, ketter.'

Ik liep naar de deur en knipoogde naar een van de lenzen. Rousseau kwam me achterna, bulderend als een acteur die op het toneel de verste rijen in het 'kiekeskot' moet bereiken.

'Kom, maak dat je wegkomt en laat me met rust! Ik heb genoeg mensen in mijn leven gezien!'

Het was niet nodig om me om te draaien. Ik wist gewoon dat die oude vos met grote gebaren de grenzen van het vertier overschreed. Ik liep op mijn gemak naar buiten en proefde de frisse boslucht. Ik schoot de peuk van mijn joint in het stalletje bij de kippen. Toen wandelde ik terug naar mijn Taunus. Ik raapte twee kastanjes op en stak ze in mijn zak. Het bos begon weer te leven. Toen hoorde ik een geluid van andere vogels. Rare vogels. Ze kwamen uit enkele wagens die op de kasseiweg stonden. Het leken allemaal zombies die net uit hun graf kropen en me langzaam tegemoet kwamen. Het zag ernaar uit dat ik net op tijd mijn biezen had gepakt voor de dagelijkse verering van de zonnegod van de sekte.

9.

Het waren er al bij al een stuk of twaalf. Ze waren deftig gekleed en zagen er vrij jong en groen uit. Er zaten koppels bij die ik kende uit een paar magazines. Er liepen ook enkele nieuwkomers tussen die hoopten dat ze in het volgende nummer zouden verschijnen. Welwel, Henri Rousseau, de koning van de apen en de mieren, hield een feestje. Dat leek me verdraaid ongepast gezien het feit dat hij de meest excentrieke misantroop was sedert Adolf Hitler. Maar het hoog bezoek passeerde me langs alle kanten. Opgemaakte vrouwen met lange jurken, hoge hakken en bontmantels ontweken de aarde, en mannen in smoking liepen als obers met zilveren schalen en kommen vol overdekte hapjes en toastjes naar de hoeve. Het was zonder meer surrealistisch. Een eerbetoon aan het werk van Henri Rousseau. Zijn ultieme lievelingsscène. Ik zag al bij al vijf of zes schalen onder mijn neus voorbijgaan en ze roken allemaal even vers en lekker. Ik rook warme zalm, eendenpastei, krab en oesters. Een van de mannen droeg twee zilveren emmers met flessen champagne. Niemand besteedde ook maar een seconde aandacht aan me.

Onder hen bevond zich ook de zwarte man die zo vriendelijk was geweest mij in mijn kofferbak te stoppen. Hij wachtte met opzet tot de anderen allemaal aan de voordeur van de hoeve waren aangekomen. Hij sloot de koffer van zijn zwarte BMW en controleerde het slot. Hij had ook een smoking aan, maar bij hem leek het veeleer een duikerspak. Hij droeg geen schaal op zijn hand, maar een lege bokaal. Het leek een knikker in zijn hand. Toen hij dichterbij kwam, zag ik dat de bokaal niet helemaal leeg was. Op de bodem was een legertje mieren te zien dat een orgie van je welste hield.

'Wat moet jij *here?*' vroeg hij.

'Ik heb geen hapjes mee', zei ik. 'Maar ik kan altijd wel een paar spinnen vangen.'

'Ik heb je een vraag gesteld en ik zal ze geen *second time* stellen, *dickhead.*'

'Ik heb ze gehoord en ik wil ze geen tweede keer horen.'

'Je hebt *a lot of* noten op je zang voor een *gatecrasher.*'

'Jij ook voor een koerier van *snuff movies.*'

'Ik ben geen koerier.'

Ik draaide me om naar het gezelschap dat aan de voordeur bleef drentelen. Het leek erop dat Henri Rousseau zelf nog niets wist van dit feestje. Ik gokte dat het weer zo een verrassingsfeestje was. Er bestond altijd wel een reden om te feesten. Een feest om de opnamen in te luiden, een feest om de opnamen te beëindigen, een feest om de prijzen binnen te halen, een feest om al die andere feesten te kunnen betalen. Ik zwaaide even naar het gezelschap. Enkele vrouwen hielden hun bontmantel een beetje omhoog en riepen de zwarte man toe dat hij zich moest haasten. Toen kwam er een klein heertje uit het gezelschap naar ons toe.

'Is er een *problem*, mister Blake?'

'Nope', zei Blake. *'No problem.'*

Het heertje dat de hele delegatie leek te leiden, richtte zich nu tot mij.

'Wie bent u?'

'Ik ben een kerel die wil weten wie dit hier is.'

Het mannetje schoot achteruit alsof ik net had getwijfeld aan zijn stelling dat Jezus Christus zwart was.

'Dit? Dit is de heer Justin Blake, meneer. Een heel belangrijke gast op het filmfestival van Gent. Mister Blake logeert bij de heer Henri Rousseau. Dit is trouwens privédomein van meneer Rousseau.' Hij maakte een korte beweging met zijn kin naar de oprit.

Ik bekeek Blake. Toen herkende ik zijn massieve kop met de grove gelaatstrekken en de zwarte littekentjes aan zijn slapen die als brokjes houtskool het plaatje compleet maakten. Maar er ontbrak nog iets aan het plaatje. Justin Blake poseerde nooit zonder trompet aan zijn lippen.

'Wat doet Mister Blake hier?' vroeg ik.

'Luister, als u een interview wilt, dan moet u dit via de manager van Mister Blake regelen', zei het heertje ostentatief en hij duwde me zelfs achteruit. 'Anders zal ik mij verplicht voelen de politie te verwittigen en als die ons niet wil helpen, dan vrees ik dat mister Blake zichzelf wel zal helpen. Hij is vroeger nog kampioen zwaargewichten geweest.'

Blake gebaarde dat het in orde was. Het heertje boog net niet en maakte zich uit de voeten, naar de rest van het gezelschap.

'Je zult toch geen vinger naar me uitsteken, hé Blake?'

'Waarom niet?'

Ik knikte naar zijn bokaal.

'Er zijn mieren bij.'

Hij keek over mijn schouders naar zijn vrienden en kennissen.

'Ik heb voor minder publiek in de ring gestaan', zei hij koeltjes.

Hij hield de bokaal met mieren voor zijn gezicht. Ze kropen onder en boven elkaar en leken druk in de weer.

'Wat heb je *here* te zoeken bij mister Ruzzo?'

Ik moest even lachen om zijn accent. Hij sprak de naam uit alsof het om een Italiaanse gangsterbaas ging.

'Ik kwam langs voor een interview.'

'Dat zou me verbazen. Mister Ruzzo geeft *no* interviews meer.'

'Hij maakt graag een uitzondering voor mij.'

'Wel, ik zal ook een uitzondering voor je maken. Normaal geef ik je *three seconds* om je prietpraatjes weer in te slikken en je uit de voeten te maken. Maar ik zal er dit keer *ten seconds* van maken. Gewoon omdat ik *in the mood* ben.'

Hij opende de bokaal en stak zijn wijsvinger erin. Hij liet een mier op zijn gele nagel kruipen en haalde toen zijn vinger weer uit de bokaal. Hij keek ernaar alsof het zijn beste vriendje zou worden. Toen kneep hij het miertje plat tussen zijn duim en wijsvinger. Er bleef niet meer dan een kleine sproet achter. Blake stak zijn vinger in zijn mond. Poëzie van de straat. Blake was een dichter.

'Je breekt mijn hart', zei ik. 'Moet dat mij bang maken?'

'Bedenk maar dat die mier me niets heeft misdaan. *You did*.'

Ik knikte en draaide me weer om.

'Waarom dit verrassingsfeestje, Justin?'

'Mister Ruzzo houdt er niet van om in het openbaar te verschijnen. We zijn met een paar vrienden op het idee gekomen om hem een eigen feestje te geven. Om de nieuwe film te vieren.'

'Welke nieuwe film? Die horrorfilm?'

Hij grijnsde.

'Uit respect voor mister Ruzzo zal ik je dit keer laten gaan, klootzak. Maar kom nog een keertje ongevraagd op ons feestje en je hebt je laatste *happy hour* gehad.'

Hij sloeg zijn arm rond mijn schouders en begeleidde me hardhandig naar mijn Taunus. Ik voelde dat het niet de eerste keer was dat hij buitenwipper speelde. Hij had er echt talent voor. Hij liet zich als een zak aardappelen hangen en trok mijn schouder bijna uit de kom. Ondertussen begon hij zachtjes te neuriën. Achter hem riep iemand weer dat ze niet langer konden wachten. Ik hoorde het gezelschap op de deur bonken. Toen stierven de stemmen uit en traden de feestvierders binnen in het universum van Henri Rousseau, het eiland van dr. Moreau. Justin Blake zette me als een braaf baasje bij mijn wagen af. Maar toen iedereen achter ons de hoeve binnen was, trok hij de vest van zijn smoking uit en stroopte zijn mouwen op. Ik zei:

'Je zei dat je me met geen vinger zou aanraken.'

'Ik zal je niet aanraken. Ik pak die oldtimer van je aan, *man*.'

'Raak mijn wagen aan en je raakt mij aan', zei ik. 'Tegen hem is tegen mij.'

'Jullie kunnen het wel met elkaar vinden', grijnsde hij. 'Echte *soulmates*.'

Justin Blake hief zijn rechtervoet omhoog en schopte de voorbumper van mijn Taunus af. Hij liep op zijn gemak langs de zijkant en streelde met de toppen van zijn vingers het vinyldak. Toen haalde hij uit en stak zijn vuist door het dak. Het scheurde even snel aan flarden als een stukje wc-papier. Ik riep:

'Hé!'

Maar om de een of andere reden wist ik dat ik er niets tegenover kon stellen. Ik probeerde het toch, maar Blake haalde uit en ik vloog achteruit tot tegen een boom. Toen trok hij de beide kanten van de stof nog verder uit elkaar tot er een groot gapend gat te zien was waarin de gele en rode herfstbladeren als sneeuwvlokken zachtjes neerdaalden. Ik krabbelde overeind en zocht in mijn zak naar een joint. Ik vond er geen. Justin Blake opende het portier. Het kraakte langs alle kanten. Hij opende het en deed het weer dicht. Hij knikte nonchalant toen hij zag dat het niet langer kraakte, maar schreeuwde. Hij opende het opnieuw en sloeg het weer dicht. Toen keek hij me even aan en begon troosteloos het hoofd te schudden. De derde keer kon hij het portier niet meer dichtdoen. Het was er gewoon afgevallen en lag als een ingetrapte deur op de grond. Hij stapte in de wagen en klopte het dashboard aan flarden. Ik zag hem even aarzelen. Hij had het op de radio en de taperecorder gemunt. Hij keek me weer aan. Ik zei:

'Niet de taperecorder.'

'Waarom niet?'

'Er zit jazz in.'

Justin Blake haalde er eerst de tape van Dave Holland uit. Hij hield hem tegen het licht en keek naar het doorschijnende lint terwijl hij met zijn andere hand de recorder eruittrok en door het andere raam kapotgooide.

'Wie?'

'Dave Holland', zei ik.

'Dave Holland is goed.'

'Ja', zei ik hoopvol.

'Dit is een tape.'

'Ja', zei ik minder hoopvol.

'Het is niet het origineel.'

'Ik koop meestal nieuwe', begon ik.

'Ja, maar dit is niet het origineel. Dat is afzetterij.'

'Maar ik zit momenteel nogal krap bij kas, dus...'

Dus brak Blake de tape van Dave Holland gewoon in tweeën.

'Je zult zelf een beetje moeten zingen, *man*.'

'Ik heb een slechte stem.'

'Je moet oefenen, *man*.'

Hij haalde het lint uit de cassette en hing het aan mijn spiegel.

Toen hij zijn gezicht in de spiegel zag, klopte hij ook de spiegel kapot, met de mededeling:

'Ik haat het om mezelf te zien.'

'Ik haat het ook om je bezig te zien.'

'Je poetst dat chroom elk jaar op, hé', vroeg hij sarcastisch.

'Ik poets het meer dan mijn eigen tanden.'

'Wel, je zult even op je tanden moeten bijten, *man*.'

Justin Blake keek rond om te zien of er nog iets te pakken viel. Hij probeerde hier en daar nog een klink te strikken, trok er even aan, maar liet hem toen met een wegwerpgebaar los. Hij hield zijn zware, zwarte handen nu op het stuur en luisterde naar het getik van het klokje. Het was de hartslag van de wagen. De wagen kreeg een hartinfarct. Toen hij eruitkwam, haalde ik opgelucht adem omdat de schade nogal meeviel. Maar de tweede ronde moest nog beginnen. Ik wendde het hoofd af en begon uit pure miserie op een kastanje te kauwen. Blake nam achtereenvolgens nog de achterbumper, de wieldoppen en de koffer onder handen. Toen hij de koffer opende, vond hij een krik en schudde glimlachend zijn hoofd. Hij beklaagde zich dat hij die krik niet eerder had gevonden. Blake stond ermee in zijn hand, bestudeerde hem even en gebruikte hem toen als een *baseballbat* om alle ruiten in te slaan. Hij schudde zijn schouders los en wandelde rustig rond de wagen. Ik liep op hem af:

'O.k., je hebt je punt gemaakt', zei ik.

Maar Blake zwierde de krik in mijn richting.

'Ik wil voor mijn record gaan.'

Aan het eind bukte hij zich bij de banden, maar hij vond gelukkig geen mes om ze aan flarden te rijten. Een geluk bij een ongeluk. Ik draaide me weer om. Ja, je zou kunnen stellen dat het nog altijd een Taunus was en voor de meeste mensen had hij wellicht niet veel in waarde ingeboet. Maar ik voelde mijn hart breken. Mijn vriend lag in een coma.

'Twintig dagen en het was een oldtimer', constateerde ik.

'Ja, ik heb het eens twintig ronden volgehouden tegen Sugar Ray Robinson, maar in de *last round* ging ik toch voor de bijl', zei Blake serieus.

Hij zuchtte een beetje. Hij gaf me de krik. Ik nam hem aan. Het had geen zin naar hem uit te halen. De man was een bokser. Hij kon zelfs een orkaan ontwijken door een centimeter zijn hoofd te draaien.

Hij trok zijn jasje weer aan en nam zijn bokaal mieren op. Ja, ik kon natuurlijk die bokaal mieren kapottrappen. Maar wat schoot ik daarmee op? Ik zuchtte en keek naar mijn oude vriend die te kreupel was om nog een krimp te geven.

Blake wandelde naar de hoeve en checkte ondertussen nogmaals zijn mieren. Binnen was er muziek te horen en voor de lichte gordijntjes waren de silhouetten te zien van het gezelschap. Een Ford Taunus, de beste vriend van Pat Somers, wordt kort en klein geslagen en vermoord, maar Henri Rousseau filmt binnen liever een paar toastjes met krabsla. Ik ging achter het stuur zitten en keek op de kilometerstand.

'We hebben samen heel wat meegemaakt, ouwe jongen', zei ik.

Ik word niet snel sentimenteel, maar dit keer kon ik me niet bedwingen. Ik voelde de tranen opwellen. Het was niet makkelijk toen ik terugdacht aan al die momenten: die vele *stakeouts*, die achtervolgingen of die keren dat ik zelfs bij hem was blijven pitten. Het was een ding met karakter en dat laat je niet snel koud. Ik slikte mijn trots in.

'Kijk 's wat hij met je gedaan heeft', besloot ik.

Ik keek nu zelf in wat ooit een spiegel was en zag een gebroken man achter het stuur zitten. Helemaal vervormd en zo voelde ik me ook. Ik was een ruiter zonder ros. Ik stak de sleutel in het contact en startte de wagen. Hij deed het nog, maar het was onbegonnen werk om zo naar huis te rijden. De schaamte was veel te groot. Dat kon ik hem niet aandoen. Ik haalde de sleutel dus weer uit het contact en dacht na. Dave Holland was er ook niet meer om soelaas te brengen. Toen nam ik mijn praatpaal uit mijn binnenzak en toetste het nummer dat het laatst was ingebracht. Het was dat van een andere vriend die er al even lelijk uitzag en al even troosteloos achter het verleden aanhuppelde.

10.

De zware motor kwam over de hobbelige kasseiweg gereden als een gevaarte uit een andere tijd. Ik zag veldmuizen opschrikken en in paniek het bos inrennen. Herman Brusselmans zat op zijn gemak op zijn *shopper*, in dezelfde houding als wanneer hij een meesterwerk schrijft. Het kwam allemaal uit zijn vingers. Hij stopte net achter de Taunus en gaf nog wat gas. Toen legde hij het beest stil. Hij bleef zitten en trok zijn motorbril van zijn hoofd. Een Herman Brusselmans draagt geen helm en dus zag zijn lange haar eruit als de vossenstaart van een Hell's Angel. Hij droeg leren handschoenen. Hij stapte af als een cowboy en zette zijn beest op een poot.

'*Shit*, gast', begon hij. 'Vertel me wie dit gedaan heeft en ik schrijf direct een column over hem.'

'Laat maar zo, Herman', zei ik. 'Hij zal het toch niet kunnen lezen.'

'Weet ge, gast, zulke dingen maken me triestig.'

'Ik wist dat jij de enige was die me kon begrijpen.'

'Begrijpen? Ik voel met u mee, Patrick.'

Hij zwaaide zijn bos haar los en stapte rond de Taunus. Ik meende de sporen aan zijn laarzen te horen klikken, maar dat kon natuurlijk niet. Herman zette zijn voorhoofd tegen de kapotte ruit en keek naar binnen. Hij siste en klakte weer met zijn tong.

'Wie heeft dit gedaan?'

'Ik vertel het je liever onderweg.'

Ik liep naar de *shopper*. Ik ken niets van *shoppers*. Ik weet alleen dat ze niet dienen om te *shoppen*, maar om traag rond te rijden, zodat iedereen je kan zien. Het probleem met een *shopper* is dat de passagier niet zomaar achteraan kan zitten. De bestuurder zit daar en dus moest ik wel ergens op de benzinetank plaatsnemen.

'Ik bel straks de garage wel', zei ik.

'Waarom? Neem gewoon die banden mee en bespaar u de moeite.'

Ik keek naar de Taunus.

'De banden? En de rest dan?'

'De rest?'

Herman Brusselmans grijnsde nu niet. Hij lachte.

'De rest laat ge toch gewoon staan. Die vogels kunnen het gebruiken als vogelkast.'

Het was nu mijn beurt om hardop te lachen.

'Herman, ik denk dat we een beetje naast elkaar aan het praten zijn. Je denkt toch niet dat ik hem hier zomaar achterlaat?'

Hij keek me niet-begrijpend aan. Toen keek hij naar de hoeve.

'O, ge bedoelt die gast die die kar zo heeft aangepakt. Wel, Patrick, ik ben een schrijver, geen vechter...'

'Neen', zei ik. 'Ik bedoel de wagen. Hij is bijna even oud als ik. We zijn samen opgegroeid. Ik kan hem hier niet zomaar in een bos achterlaten.'

Hij kwam op zijn stappen terug. Hij draaide zich bruusk om alsof hij elk moment kon uitbarsten omdat ze hem uit zijn concentratie haalden. Hij zei:

'Patrick, ge zijt al lang alleen, hé?'

'Hm.'

'Ge vergeet dat dit een stuk oud ijzer is. Als dat spul al ooit een geest heeft gehad, dan heeft het die nu voorgoed gegeven.'

'Je begrijpt het niet.'

Hij begreep het inderdaad niet. Herman Brusselmans kon het wel begrijpen, maar daarvoor kenden we elkaar nog niet lang genoeg. Hij kon nog niet begrijpen dat de Taunus een speciale waarde had. Een waarde die je nooit zou kunnen afkopen. Ik wilde het weleens uitleggen, maar dit was de plaats noch de tijd, en dus zei ik:

'Ik bel straks de garage wel. Kunnen we hier nu als de bliksem ons *schup* afkuisen?'

Dat deden we. Ik kroop achter hem en hij startte de machine. Die krijste, brulde en ging flink tekeer en boven dit alles riep Herman dat ik me goed moest vasthouden. Ik probeerde zo cool mogelijk te blijven zitten voorzover dat mogelijk is op een *shopper*. Ik plaatste mijn sneakers op de pedalen en maakte me klaar voor de lancering. Herman zette zijn stofbril weer op en maakte rechtsomkeer. Algauw voelde ik de wind als een haardroger in mijn gezicht blazen. We reden dit niemandsland in geen tijd uit en zoefden terug naar Gent. Onderweg stopten we nog even bij een benzinestation waar Herman zijn ros het nodige vocht moest geven. Toen hij stond aan te schuiven aan de kassa, werd hij aangesproken door een paar vrachtwagenchauffeurs die dachten dat hij een van hen was. Herman grijnsde naar mij en begon aan een potje vuilbekkerij dat de vrachtwagenchauffeurs met rode oortjes terug naar hun koffietafeltje zond. Tegen een uur of twee in de namiddag reden we via Onderbergen de binnenstad in.

De Abajour lag erbij als een schilderij van Hopper. Er was niets veranderd sedert die ochtend. Er zaten twee klanten aan de toog en de barman hing nog steeds aan de telefoon. Het was er nog altijd donker en het rook er heel erg naar de leren jekker van Herman Brusselmans. Het was een tijdloos plaatje, een beetje als het café van het hiernamaals. Ik kreeg de indruk dat alle dode cultfiguren hier elke dag samenkwamen, als geesten in de onderwereld. Herman leefde volledig op toen hij binnenkwam. Hij nestelde zich knusjes in zijn vaste zithoek en geloof het of niet, geen minuut later kwam zijn levensgezellin binnen en ging naast hem zitten. De twee hadden telepathisch contact met elkaar.

Ik bestelde wat er op de kaart te vreten stond en moest genoegen nemen met een toast cannibal. In afwachting nam ik plaats voor de twee duistere tortelduifjes uit het schimmenrijk en keek rond.

'Wat was dat gedoe met die wagen, Patrick?'

'De zwarte componist van Henri Rousseau wil me het liefst uit zijn buurt houden.'

'Wie is die gast?'

'Een kerel die denkt dat hij Shaft is.'

'Wat zijt ge daar eigenlijk gaan doen?'

Ik vertelde hem over mijn gesprek met Rousseau, over zijn epos met de kippen en de mieren en over de verfilming van zijn eigen leven.

'Jezus, gast, soms denk ik dat ik de enige normale ben.'

Hij glimlachte schuchter naar zijn vrouw die hem door de haren aaide en hem op zijn neus kuste. Hij prutste wat met een nagel in een van de kratertjes in zijn gezicht en stak een sigaret op. Ik kreeg mijn toast cannibal voor me. Een echte kannibaal kreeg meer waar voor zijn geld. Het goedje zag eruit als een kruising tussen een stuk pudding en een nier.

'Rousseau zegt dat Leurs nooit een voet in Hollywood heeft gezet.'

'Nee?'

'Hij zegt dat hij veeleer een paar maanden in een instelling heeft gezeten.'

'Is dat niet hetzelfde?'

Hij grijnsde.

'Rousseau heeft geen hoge pet op van Leurs. Hij vindt hem een halvegare.'

'Dat is zo'n beetje de klerepot die de klereketel verwijt, hé?'

'De man weigert inderdaad een mier te tutoyeren', legde ik uit.

'Maar is het waar?'

'Is het waar dat Leurs in een instelling heeft gezeten? Weet ik veel. Jij kent hem beter dan ik.'

Herman knikte naar de toast, alsof hij wilde zeggen dat ik hem niet koud mocht laten worden, of dat ik even moest wachten tot er nog wat meer rook en stof als een straf pepersausje was neergedaald. Ik probeerde niet aan het woord kannibaal te denken, maar ik werd er wat misselijk van.

'Dat moet ge juist aan mij vragen, gast', zei Herman. 'Ik denk dat iedereen gek is.'

'Ja, behalve wij.'

'Wat gaat ge doen?'

'Eerst van mijn hart een steen maken en dit zeemvel naar binnen spelen. Daarna denk ik dat ik hem eens aan de tand ga voelen om te zien of hij echt in een instelling heeft gezeten. Het hoeft natuurlijk nooit zo erg te zijn. Een depressie is al voldoende om opgenomen te worden.'

Ik had een gevoelige snaar geraakt. Hermans vrouw begon zachtjes over zijn been te wrijven. Ze pakte de hand vast waarin zijn sigaret stak en zette die aan haar mond. Ze nam een trekje en blies wat rook in zijn oor. Herman sloot de ogen. Hij moest iets doorslikken. Ik wilde er niet verder over uitweiden. Ik wist dat de Jonge God geregeld last had van depressies. Hij had ze vroeger bestreden met drank, seks en drugs, en nu zocht hij zijn heil bij *Big Brother*.

'Wat ga jij doen?'

'Wat denkt ge, gast? Bekomen van al die actie, natuurlijk. Als ik me niet vergis, zijn die *losers* in dat huis nu aan het slapen. Ik hoop dat ik nog niets gemist heb. Ik wil er zijn als ze wakker worden.'

Toen stond hij op, nog altijd van de kaart door die depressies. Hij legde een hand op mijn schouder alsof hij verwachtte dat ik er de mijne zou opleggen. Hij stak een vinger op naar de barman. Ik zag hem met zijn vrouw weggaan. Ik duwde de toast cannibal weg en haalde de laatste Guggenheimerroman boven. Ik droeg hem steeds bij me, zoals mijn trouwe kompaan, de luger. Wanneer het eventjes te bont dreigde te worden, wist ik zelfs niet zeker welk wapen het best zou werken: het boek of de luger. Ik bladerde het boek door tot het midden. Het eerste stuk had ik al gelezen, of liever, gezien. De werkelijkheid was een beetje anders dan het origineel, een beetje beleefder en fijner, maar ik wist hoe het verhaal was begonnen. Het einde kende ik nog niet. Ik nam de draad weer op na het voorval in het Huis van Alijn.

Het volgende hoofdstuk werd Guggenheimer wakker met een fikse kater. De volgende drie pagina's komt hij uit zijn bed en strompelt naar zijn badkamer. In de volgende dertien pagina's schenkt Guggenheimer zich een glas wodka in en schept op over een 'nachtelijke escapade' met Els Thibau. De volgende twee pagina's zijn een beschrijving van het lichaam van Els Thibau. De volgende zes pagina's maakt Guggenheimer er een kunst van om zijn zwarte Mercedes zo dicht mogelijk in de buurt van de bibliotheek te zetten op het Wilsonplein van Gent. En op de volgende pagina ten slotte heeft hij een afspraak met een filmregisseur die hij het hoekje om helpt. Typisch Brusselmans om een hele pagina te wijden aan de slechte adem van Leurs en om met geen woord te reppen over de plaats van de misdaad.

De filmregisseur wordt gewoon vermoord maar waar, daar heeft iedereen het raden naar. Ik klapte het boek dicht. En bedacht dat het tijd was om Dimitri Leurs aan de tand te voelen, voor een begrafenisondernemer hetzelfde zou doen.

11.

Ik ontvluchtte de Abajour en zocht mijn eigen wereld weer op. Het deed me pijn om te voet, zonder Taunus, door de straten te wandelen. Ik dacht terug aan vroeger. Ik probeerde zelfs een ritme van John Scofield te neuriën, maar de bewoners van het Oudburg, de Turken en de Marrokanen, vonden mijn gezang heiligschennis en meldden me dat het Mekka-uurtje nog niet was aangebroken. Ik kocht een warme Luikse wafel in de Lange Munt en at hem onderweg naar de Hoogpoort op. Ik had het niet bewust gekozen, maar de Bal Infernal leek me wel een fijne plek om met een *fruitcake* als Dimi Leurs af te spreken.

Ik voelde me zo weemoedig dat ik mijn eigen verleden opzocht. Dat kwam ervan als je te lang met HB over depressies sprak. De Bal Infernal stond bekend als het huis van de Lunatics, het Gentse improvisatiegezelschap van *stand-up comedians*. Het was een tijd geleden dat ik mijn oude vrienden nog eens aan het werk had gezien, vooral omdat ik zelf zoveel aan het werk was. Het was ergens wel ironisch en een grap op zich dat zij zich elke vrijdagavond uitsloofden om grappig uit de hoek te komen, terwijl ik me elke vrijdagavond uitsloofde om niet in elkaar te worden geslagen. Ik ging binnen en merkte dat er weinig was veranderd sedert ik vier jaar geleden de hobby van beschimpen en belachelijk maken vaarwel had gezegd. Ik had er nu mijn beroep van gemaakt. En meestal maakte ik mezelf belachelijk. De eerste die ik tegenkwam, was *Mean Machine* Marvin wiens echte naam iets minder *mean* is. Hij herkende me meteen en kwam van zijn barkruk op me afgelopen.

'Hé Marvin, wat is er tegenwoordig niet grappig?'

'Een dom blondje in een Smart is niet grappig.'

'Jaja', zei ik grijnzend. 'Hoe gaat het?'

'We gaan dit jaar al tien jaar mee, Pat. Jij had erbij kunnen zijn.'

Marvin was een rasechte Gentenaar, met Amerikaanse ouders. Hij was de oprichter van de Lunatics en zag eruit zoals elke *stand-up come-*

dian eruitziet. Hij liep rond als de eerste de beste tiener met een grote muil, een afgewassen jeans, een T-shirt en een warrig hoofd. De Lunatics hebben geen stijl. Ze hebben geen stijl nodig. Ze vegen met alles en iedereen de vloer aan en dan heb je geen stijl nodig. Net als hun helden Richard Pryor en Robin Williams in de jaren zeventig, kleden ze zich als mannen van de straat zodat ze zich alles kunnen permitteren.

'Wat doe je om het te vieren?' zei ik.

'We hebben vanavond een klein feestje hier op het podium. Je kunt het beste een plek reserveren, Pat. De tent zit hier altijd bomvol. Het publiek houdt niet langer van sitcoms met een lachband waarop mensen zitten te gieren die al vijftig jaar dood zijn. Ze willen weer het echte spul.'

Marvin is een fervent aanhanger van Mort Sahl, de eerste echte *stand-up comedian*. Sahl hanteerde een stijl van praten die dicht bij de jazz aanleunde. Later kwam de legendarische Lenny Bruce, een zielsverwant van Herman Brusselmans, die pas echt jazz in zijn act stak. Bruce improviseerde rond bepaalde thema's, zoals jazzmuzikanten met muzikale thema's improviseren. Hij begon in stripclubs en kleine zaaltjes, en gebruikte enkele vaste blokjes of kapstokjes om er maar op los te associëren. Een optreden van Lenny Bruce was één langgerekte jazzsolo à la John Coltrane. Hij stond meer dan wie ook voor de echte oorsprong van de *stand-up comedian*: de 'standwerker', de benaming voor een marktkramer die zo grappig mogelijk bleef om zijn waar aan de voorbijgangers kwijt te kunnen.

Ik ging voor Marvin aan een tafeltje zitten. Hij had die bekende blik in zijn ogen, op zoek naar iets om over te lullen. Marvin was een hypernerveuze dertiger die overdag zijn brood verdiende als boekhouder, en zich 's avonds uitleefde met dwergen, huisvrouwen en Steve Stevaert.

'Wat heb je hier te zoeken, Pat?'

'Ik heb een afspraak met een artiest', zei ik. 'Ik wil een afspraak maken.'

'Ja? Ben je bezig aan een zaak?'

Ik vertelde hem over de dood van Gabrielle Evans, van de klankman en over de akelige verfilming van de nieuwste Guggenheimer. Ik vertelde hem ook over de *snuff movie* waarop de stem van Henri Rousseau te horen was en over die meid die erin vermoord werd. En toen vertelde ik hem er ook maar bij dat ik een afspraak zou maken met Dimi Leurs om hem ervoor te behoeden dat hij de volgende in het rijtje zou zijn die in het hiernamaals Orson Welles kon gaan interviewen. Ik probeerde het allemaal als een grap van de hand te doen, maar er was gewoon geen beginnen aan. Dit viel niet als een grap te vertellen.

'Jezus, serieuze kost', zei Marvin. 'Ik zie dat je echt wel genoeg had van al onze grapjes.'

'Ja, al kan ik er soms wel nog een paar gebruiken.'

Op het podium was een kerel aan het repeteren voor zijn optreden van vanavond. Hij deed alsof hij in de Carnegie Hall stond, nipte regelmatig van zijn glas water, keek tegen de lege stoelen aan en maakte groteske bewegingen. Het was surrealistisch om een improvisator te zien repeteren, want wat valt er dan nog te improviseren? Niemand improviseert nog vandaag. Daarom ben ik ook privéspeurneus geworden. Zo bots je zo nu en dan nog eens op een verrassing, een improvisatie, een leuke wending, een vuist in je gezicht wanneer je het het minst verwacht. De kerel was jong en zat vol branie en hij wist nog niet dat deze repetitie eigenlijk beter was dan de eigenlijke avond met het kabaal van glazen, stemmen, boeren, gemompel en rinkelende telefoons. Ik pikte een paar dingen van hem op:

'Weet je, laatst was ik op vakantie in zo een van die landen, Madagascar was het, denk ik, of Burundi. Ik schiet zo'n heel filmrolletje met fantastische plaatjes. Haal ik dan dat rolletje uit het toestel en wat blijkt? Er is daar nergens een fotoshop te vinden om dat spul te ontwikkelen. Tja, dan heb ik zoiets van: hallo, dit is toch een ontwikkelingsland? Waar kun je anders nog een fotorolletje laten ontwikkelen...?'

Ik keek naar *Mean Machine* Marvin.

'Jezus', zei ik.

'Ja', zei Marvin. 'Ze zijn soms niet allemaal even goed.'

'Die kerel is een groot talent. Om op de markt handtassen aan de man te brengen. Of om begrafenisspeeches te schrijven.'

Marvin wreef onder zijn kin en keek naar het podium. De kerel schudde zijn schouders los, zoals ik Justin Blake al een paar keer had zien doen, en draaide zijn rug naar ons toe. Hij knipte een paar keer met zijn vingers om in 'de zone' te geraken. Maar als hij zich al in een zone bevond, dan moest het wel de '*dead zone*' zijn. Hij draaide zich weer om en gaf een tweede lading.

'Ik zag laatst een aflevering van de Smurfen op televisie. Ik heb het altijd al gehad voor die Smurfin, weet je wel. Die blauwe teef met haar lange wimpers. Je ziet zo dat al die andere Smurfen op haar geilen, maar ik denk dat ik een goeie kans maak, want ik heb in mijn leven al vele blauwtjes opgelopen...'

'Jezus', zei ik weer. 'Je programmeert hem toch niet in het begin, zeker? Die kerel zou zelf moeten betalen om die troep rond te mogen strooien.'

'Ja', zei Marvin. 'We missen je, Patje. We missen je erg.'

'Het is al lang geleden.'

'Ja, maar eens een Lunatic, altijd een Lunatic.'

'Ik maak straks een afspraak met een echte Lunatic.'

Ik dankte hem voor de geste. We bekeken nog even de kerel op het podium die wellicht dubbel in de knoop lag bij een grap van Geert Hoste. Ik dacht even terug aan mijn laatste optreden in de Bal Infernal.

'Ik had het op het einde steeds moeilijker om grappig te zijn.'

'Je was wel grappig', zei Marvin. 'Maar je wilde het niet zijn. Ze hielden van je, Pat. Maar jij pinde je vast op die ene man die niet zat te schaterlachen. Je hebt de meeste fans verloren met die imitatie van een kapstok.'

'Ja', zei ik. 'Ik was toen erg onder de indruk van Andy Kaufman. Je weet wel, die man die om het publiek te pesten, puur voor de gein een heel boek voorlas.'

Marvin knikte.

Het deed deugd om terug te denken aan de periode waarin ik enkel met het woord mensen in het harnas kon jagen. Nu deed ik dat nog altijd, maar het bleef niet bij de imitatie van een kapstok. Het werd nu steeds vaker de imitatie van een gebroken potlood. De komiek in wording op het podium knikte tevreden en knipoogde naar Marvin. Toen verdween hij achter het podium.

'Daar gaat de nieuwe Woody Allen', zei Marvin.

'*Really*', zei ik.

Een andere gozer kwam het podium op en deed zijn ding. Ze verschenen allemaal achter elkaar en deden allemaal te hard hun best om zichzelf te blijven. Het was zoals in het leven zelf. Je moest een eigen stem hebben om eruit te springen en als je die niet had, dan kon je zelfs de beste grap ter wereld niet verkopen. Je kon bij wijze van spreken met éénzelfde mop ofwel de zaal laten leeglopen ofwel laten losbarsten in de grootste lachbui. Het hing er gewoon vanaf welke stem de mop vertelde. De tweede man op het podium deed het een stuk beter dan de vorige, maar je zag zijn moppen nog sneller aankomen dan een verpleegster in een ziekenhuis.

'Weet je, mensen, ik heb een tijdje in een inrichting gewerkt om wat bij te verdienen. Jongens, de dingen die je daar ziet. Ik werkte eerst op de afdeling Schizofrenie. We moesten eens een brandoefening in elkaar steken en aan het eind van de oefening telde ik de patiënten in de tuin. Ik had er negen en ik riep: "Negen. Zijn dat ze allemaal?" Waarop een van de verpleegsters terugriep: "Ben je gek? Het zijn er achtentwintig". Neen, echt gekkenwerk.'

Ik draaide me om naar Marvin en haalde mijn praatpaal boven. Ik zocht in mijn binnenzak naar het visitekaartje van Dimitri Leurs. Ik zat er een beetje mee te spelen tot dat gevoel van weemoed en nostalgie verdwenen was, en toen keek Marvin me aan en zei:

'Wip vanavond eens binnen, Pat. We hebben een speciale gast trouwens. Een speciale dame die de boel komt opfleuren met een paar liedjes uit de oude doos.'

'Is ze grappig?'

'Ze hoeft niet grappig te zijn', zei Marvin. 'Ze heeft geen grappen in huis. Ze heeft benen in huis.'

Hij stond op en keek me aan.

'Hé, Pat?'

'Ja.'

'Wat is bruin en zit op je been?'

Ik haalde mijn schouders op.

'Een drol met heimwee.'

Ik gniffelde. Hij ook.

'Je kunt het nog steeds, Marv.'

Toen zag ik hem naar de toog stappen. Hij nam de lijst met grappenmakers door en keek nog twee keer op terwijl hij met zijn schouders schudde. Ik toetste op mijn praatpaal het nummer van Leurs in en dacht aan het woedende gezicht van Henri Rousseau, toen hij me als een boer van zijn erf joeg. Mijn gezicht viel al snel weer in de juiste plooi. Ik kreeg hem onmiddellijk aan de lijn.

'Leurs? Pat Somers hier.'

'Ja?'

'Wat ben je aan het doen? Aan het brainstormen met de Teletubbies?'

'Ik doe niks vandaag, Somers. Dus ook niet reageren op domme grappen.'

'Als je niks te doen hebt,' zei ik, 'zul je er ook wel niks op tegen hebben om vanavond naar de Bal Infernal te komen. Het is *stand-up comedy*-avond.'

'Ik ben niet in de stemming', klonk het koeltjes.

'Ik zal je eens een voorproefje geven van een grap. Een man zegt tegen iedereen dat hij in Hollywood zat, maar eigenlijk zat hij de hele tijd in een instelling. Wat vind je daarvan? Ik kom alleszins niet meer bij van het lachen.'

Het bleef stil.

'Wat is er, Dimi? Zo goed was hij ook weer niet. Je hebt je toch niet doodgelachen?'

'Je hebt een absurd gevoel voor humor, Somers.'

'Ja, maar als je me niet snel vertelt wat hier aan de hand is, dan zul je niet de kans hebben om je dood te lachen. Jij bent de volgende op het lijstje.'

Het bleef weer even stil. Ik keek naar het podium en zag de grappenmaker iets vertellen. Het drong niet tot me door. Ik had een muur rond me opgetrokken, een wal. Ik wachtte tot Leurs zou antwoorden. Ik kon me niet voorstellen dat het grappig zou zijn, maar met iets anders was ik al heel tevreden geweest.

'Denk je dat ik dat al niet weet, Somers?' vroeg hij. 'Jij denkt zeker dat ik mijn eigen script niet ken?'

'Wat wil je er dan aan doen?'

'Waarom denk je dat ik vandaag niet buitenkom?'

'Omdat je een puist op je kin hebt?'

Zijn stem begon onrustiger te klinken, als een van die grappenmakers daar op het podium die even uit de zone is geraakt en de draad kwijt is.

'Weet je, Dimi', zei ik. 'Je hoeft niet eens buiten te komen. Je kunt ook per ongeluk met je hoofd in je wc-pot verdrinken.'

Ik wilde hem net bang genoeg maken om hem over te halen naar de Bal Infernal te komen. Ik had er eigenlijk alles voor over om hem te beschermen, maar ook om de waarheid uit zijn kast te halen.

'Je kunt je het best beschermen door me meer te vertellen, Dimi', probeerde ik. 'Wat deed je daar in die instelling en waarom heb je de hele tijd gelogen?'

'Wat denk je dat dit is, Somers? Denk je dat ik het me als Woody Allen kan veroorloven om beste vriendjes te zijn met een psychiater? Ik kon een film regisseren, man! Hier in Vlaanderen. Dat is bijna even opmerkelijk als Dirk Frimout die naar de sterren vliegt.'

'O.k.', zei ik. 'Rustig aan. Wat deed je in die instelling belanden?'

'Je bent een speurneus, Somers, je bent geen zielenknijper.'

'Ik weet nog niet of jij een ziel hebt om in te knijpen, Dimi.'

Hij zuchtte.

'Wat deed je in die instelling belanden?'

'Ik vertel het je vanavond wel, o.k.? Het is in ieder geval niet wat, maar wie.'

'Wie? Rousseau?'

Hij begon opeens te lachen, maar door de telefoonlijn klonk het als een storing, alsof hij tegen de wind inliep.

'Rousseau? Neen.'

'Wie dan wel? Had het iets te maken met dat meisje op die filmstrook?'

Hij zweeg.

'Die Susan Six, die live werd gemarteld en vermoord?'

'Je hoort het vanavond wel.'

'Geef me een hint, Leurs. Het is die meid, hé?'

'Het is die meid, ja', zuchtte hij. 'Het was een klassemeid en ze was mijn klassemeid. Susan Six en ik waren een koppel. O.k.? Daar heb je het. Toen ik haar niet de rol van haar leven kon geven, liep het mis tussen ons. Ik zat er echt mee in, maar ik kon haar niet helpen. Toen gingen we uiteen en een paar dagen later lees ik dat ze zelfmoord heeft gepleegd terwijl ze eigenlijk werd vermoord in een *snuff movie*. Wat vind je daarvan als hint?'

Ik had moeite om het allemaal bij te houden. Ik zag de bewegingen van de komiek op het podium en soms kwamen zijn bewegingen overeen met de triestige stem van Dimitri Leurs. Net een mimespel met Leurs als vertelstem.

'Dat is geen hint meer', zei ik. 'Dat is een hele biecht.'

'Je zult nu misschien begrijpen waarom ik niet altijd alles vertel.'

'Dat begrijp ik.'

'Henri Rousseau is een grote heer in de filmwereld, Somers', zei hij driftig. 'Zijn stem staat op die *snuff movie*. Daarom heb ik die band ook in jouw wagen gedropt.'

Het leek me wat vergezocht. Maar ik moest er genoegen mee nemen. De tijden van de grote Vlaamse boerenfilms waren inderdaad voorbij en gevestigde namen konden in de plaats van een oscar, een stempel bij de VDAB afhalen. Maar de tijden waren nog niet zo slecht dat je als regisseur puur om den brode *snuff movies* hoefde te maken. Aan de andere kant was Henri Rousseau geen regisseur als een ander, en als hij een kip kon slachten, dan zag ik hem ook wel een meid als Susan Six de keel oversnijden.

'Dus na de dood van je vriendin Susan kwam je in die instelling terecht.'

'Jij noemt het een instelling, ik noem het een bezinningsoord.'

‘Ja’, zei ik. ‘En Auschwitz had ook een leuk zwembad. Wat deed je daar om je te bezinnen? Samen met de rest van de pyjama’s in een cirkel zitten en zakdoekje leggen?’

‘Je hebt kennelijk nog nooit een geliefde verloren, Somers.’

‘Jawel. Ik heb daarnet mijn beste vriend verloren.’

‘Luister, ik vertel het je vanavond wel’, besloot hij.

‘Waarom zou ik erop vertrouwen dat je echt komt?’

‘Omdat ik je wil inhuren om te achterhalen wat er met Susan is gebeurd.’

‘Waarom?’

‘Ik wil weten wat er op die strook gebeurd is. Dat is de laatste keer dat ik haar in leven heb gezien. Ik werd zelfs niet uitgenodigd op haar begrafenis.’

Ik keek naar het podium. Het was leeg. Er was niets meer te zien. De artiesten hadden hun gal gespuwd. Marvin stak een hand op en verdween achter het zwarte gordijn dat achter het podium hing. Ik voelde me een moment lang verweesd, als een kind dat de rest van zijn klas op bosklassen ziet vertrekken, en dat door een gebroken been thuis moet blijven. Ik wou dat ik mijn been had gebroken.

‘Je hoeft me daar niet voor in te huren’, zei ik. ‘Ik ben er al mee bezig en ik doe het voor mijn eigen plezier.’

Hij nam geen genoegen met een zachte weigering.

‘Je bent door niemand ingehuurd, Somers. Je bent een figurant die op de set wat ronddwaalt. Ik dacht eerst dat ik je het beste wandelen kon sturen, maar ik denk dat ik je promoveer tot bijrol. Je mag een klusje opknappen. Ben je niet blij?’

‘Ik hoef jouw klusje niet, Leurs’, zei ik bitter. ‘Jouw klusje was eerst mijn klusje.’

‘Hé, ik wil je enkel betalen om je van dat vakantiegevoel te verlossen.’

Ik dacht opeens terug aan het wrak dat ooit mijn Taunus was geweest. Ik had er nog niet echt lang bij stilgestaan, maar het zag er naar uit dat ik mijn verzameling jazzplaten toch op de oude rommelmarkt op het Sint-Jacobs van de hand zou moeten doen om hem in leven te houden. Als Dimitri Leurs per se een paar centen te veel had...

‘We spreken er straks wel over’, zei ik. ‘De Bal Infernal. Negen uur. Kom niet te laat of je wordt het mikpunt van de hele avond.’

Ik hing op en staarde naar het lege podium. Ik had de indruk dat er opeens een half dozijn danseressen de Franse cancan kon komen huppelen. Er gebeurde niets. De voorstelling was afgelopen. Ik had de grappen al gehoord. Ik kon alleen maar hopen dat ze vanavond beter waren. En ik kon alleen maar hopen dat ik uit Dimitri Leurs kon krijgen wat ik er nu nog niet had uitgekregen. Namelijk: waarom hij per se wilde dat ik meer te weten kwam over Susan Six. Ik zat te wachten op een stem uit de hemel die me het antwoord gaf. Toen klonk er plots een signaal van een microfoon en uit de luidsprekers schalde nog een laatste grap. Het duurde niet lang voor ik wist dat de grap persoonlijk aan mij gericht was:

‘Weet je, mensen, privéspeurneuzen zijn rare beestjes. Pat Somers, een speurneus, werd door de Gentse flikken opgepakt om een verdachte te identificeren. Toen de flikken hem een foto voorhielden en vroegen om hem te beschrijven, zei Somers: “De man heeft maar één oog.” Waarop de flikken Somers uitlegden dat het een profielfoto was. “Hij heeft maar één oor”, zei Somers, waarop de flikken boos herhaalden dat het een profielfoto was. “O.k., de man droeg lenzen”, zei Somers plots en toen de flikken hem vroegen waarom, zei Somers dat de man nooit een bril kon dragen met één oog en één oor.’

De stem gaf zelf een aanzet tot een lachbui. Maar het bleef stil. De microfoon werd uitgezet. Ik kon er niet om lachen. Maar ik voelde me wel gevleid. Ik stond op en riep naar boven, naar de verdieping waar het mengpaneel en de lichtbediening stonden opgesteld:

‘Marvin? Ben jij dat?’

Ik liep op een drafje naar de trappen toen ik plots een achterdeur hoorde opengaan. De grapjas van dienst gebruikte de artiestenuitgang. Ik sprong over de bar en liep de keuken door. Het was een grote, witte ruimte met flikkerend neonlicht, echt de beste plek om voor je optreden even je mond te spoelen. Ik zag nog net een glimp van de grapjas die de deur uitliep. Het was niet Marv. Ik riep, maar hij trok de deur achter zich dicht. Ik schopte een paar pannen omver en deed hem na. Toen kwam ik op een koertje dat volledig was ingesloten met vuile muren, vuile vuilniszakken en vuile katten. Ik zag nog net een laatste hand over de muur glippen. Ik dacht er een seconde over na. Ik was niet het type om een achtervolging in te zetten op een mislukte clown. Ik was ook niet eerzuchtig en voelde me zeker niet op mijn tenen getrapt. Maar er was iets anders. Ik ging op een van de containers staan en kroop op mijn beurt over het muurtje. We legden de ratroute doorheen Gent af. Koertjes en steegjes waarvan ik het bestaan niet kende. Ik probeerde hem bij te houden, maar hij was me steeds te snel af. Na het derde muurtje sloeg ik mijn enkel om bij het neerkomen. Ik bevond me nu in het smalle graffitisteegje aan de Hoogpoort. De graffiti-impressionisten van deze tijd hadden het volgekladderd met felle, kleurrijke taferelen, zodat je het gevoel kreeg in een tweedimensionele straat te wandelen. Ik moest hem laten gaan en zag zijn langgerekte schaduw langzaam verdwijnen op de kunstzinnige wanden. Ik had er geen idee van wie de grappenmaker was. Eén zaak stond vast: ik vond mijn grappen beter.

12.

American Best Cars is een kerkhof waar de laatste sacramenten worden toegediend aan oude wrakstukken. Het is gelegen aan de Victor Braeckmanlaan die vanaf de Dampoort uit Gent vertrekt, richting Lochristi. Op de rand van Gent doemt het uithangbord vlak na een bocht voor je op, als een vergeten neonlicht van een Amerikaanse goktent op een snelweg in Las Vegas. De paar keer in mijn leven dat ik er voorbij ben gereden, leek het me een kapotgeschoten niemandsland, een apocalyptische hel waar Mad Max elk moment op een ineengeflanste tractor uit de garage kon stormen. Sommige stukken op het parkeerterrein zijn te koop, met kartonnen bordjes tussen de ruitenwissers, waarop de prijs van een mooi kostuum. Maar ik had geen kostuum nodig, wel een heler.

Het was bijna drie uur. Ik stapte uit de takelwagen en dankte de kerel die me de hele weg uit Drongen tot hier het reglement van de Truck Fights had uitgelegd. Ik betaalde hem en hij bleef in zijn truck zitten tot er iemand van de garage mijn Ford Taunus kwam afhalen. Ik passeerde de klassebakken die als oude Rat Pack Crooners achter de draad stonden opgesteld. Ik zag er Ford Mustangs uit '72, Ford Capri's uit '70 en zelfs een Triumph uit '68. Het waren allemaal oude familieleden, geesten die langs de kant stonden en het snelle verkeer vandaag becommentarieerden als die twee oude knorpotten in de Muppet Show.

'Op zoek naar iets nieuws?' vroeg een man die uit het kantoortje kwam.

'Pardon?'

'Ik bedoel, iets anders.'

'Ik heb een oude Taunus klaar staan die gereanimeerd moet worden.'

Het mannetje volgde me op de voet tot bij de takelwagen die nog altijd voor de oprit stond geparkeerd. Behalve zijn overall, zag hij er vlekkeloos en afgelikt uit. Zijn zwarte haar glansde. Misschien gebruikte hij zijn olie ook als haargel. Hij had het typische uiterlijk van een monteur: borstelige wenkbrauwen, een stevige kin en de onvermijdelijke kauwgom. Hij droeg witte, plastic handschoenen. Een chirurg die zijn nagels niet wilde breken.

'Gereanimeerd is 't verkierde woord, maane goeie,' zei de garagist, 'geluufde gij in reïncornotie?'

Daar moest hij zelf luid om lachen. Hij liep rond de takelwagen en nam een zijspiegel van de Taunus vast. Ik verwachtte elk moment dat hij me zou geruststellen dat er veel werk aan was, maar hij zei niets.

'Ik neem aan dat je serieus bent,' zei hij ten slotte.

Toen de wagen met horten en stoten van de takelwagen werd gehaald, stapte de chauffeur nog altijd niet uit. De garagist opende het enige goeie portier en zette de handrem af. Toen probeerde hij het portier te sluiten. Het lukte niet.

'Wat is het verschil tussen een oude Ford Taunus en een Getuige van Jehova? Bij een Getuige kun je de deur nog dichtdoen.'

'Ja...'

Ik leefde plots in een wereld waar iedereen grappig wilde zijn. Hij ging achter de Ford staan en gebaarde dat ik hem moest helpen meeduwen naar de oprit.

'Ik weet dat er wat werk aan is...' begon ik.

'Wat werk aan? Er is minder werk aan de heropbouw van Irak.'

We duwden rustig verder. De garagist liet de wagen uitbollen tot het midden van het parkeerterrein. Hij stond er wat naar te kijken.

'Wat is er gebeurd?' vroeg hij ten slotte kauwend.

'Een wilde achtervolging', loog ik. 'Ik ben privédetective.'

'Ja? Ook uit 1978?'

Hij keek me aan alsof hij me zelf ook uit elkaar zou halen.

'Dan heb ik een leuk zaakje voor je, speurneus', zei hij. 'Je kunt op zoek gaan naar een nieuwe kar.'

'Je begrijpt het niet', zei ik. 'Die kar is bijna vijfentwintig jaar oud. Ik hoef je niet te vertellen dat een wagen na vijfentwintig jaar als een oldtimer wordt erkend.'

De garagist schudde zijn hoofd. Hij liep zijn kantoortje in en riep me naar binnen. Hij had er een stoffen draaistoel achter een stalen bureau, en achter hem hing een prikbord met een paar oude sleutels. Naast het prikbord, de gebruikelijke decorelementen die de plek de nodige flair gaven: een naaktkalender van blote missen en een foto waarop de garagist trots poseerde naast Tanja Dexters. De garagist werd serieus en gaf een teken dat ik mocht plaatsnemen voor hem aan het bureau. Hij stond op en sloot het gammele deurtje, alsof hij me wilde ondervragen over massavernietigingswapens. Ik zag in de werkplaats een oude Ford Galaxy die op een operatiebrug een volledige transplantatie onderging. Toen hij achter zijn stalen tafel zat, trok hij traagjes zijn handschoenen uit. Hij tikte ermee op het staal en draaide de kauwgom rond zijn voorste tanden.

'Ik heb slecht nieuws, vrees ik', begon hij.

'Ik kan aan veel geld geraken', probeerde ik onmiddellijk.

'Het gaat hem niet om het geld, vriend. Ik kan die kar van jou fiksen. Het zal een uitdaging worden, maar ik ben de beste in mijn vak. Dat is het niet.'

'Wat is het dan wel?'

Hij zuchtte en vouwde zijn handen samen op zijn borst. Hij was verdomme serieuzer dan een chirurg die de familie moest meedelen dat de patiënt het net niet had gehaald. Hij opende een lade van zijn bureau en haalde een oude, vuile catalogus boven. Hij draaide het magazine naar me toe en begon erin te bladeren, op zoek naar de juiste pagina. Ik zag de prenten van de klassiekers aan mijn neus voorbijgaan.

'Wat is dit?'

'Dit zijn oldtimers, vriend', zei hij. 'Je ziet dat jouw kar niet in het jaarboek is opgenomen.'

Ik draaide een paar pagina's terug en wees naar een prent van een kanariegele Ford Taunus, tweedeurs, vinyldak, bouwjaar 1976.

'Deze dan?'

'Ja', zuchtte hij. 'Ik had die vraag verwacht. Maar het probleem is dat jouw kar een Ford Taunus 1978 is. Er is een verschil tussen een Ford Taunus 1976 en een Ford Taunus 1978. De een is een oldtimer en veel geld waard. De andere is oud schroot en minder waard dan een plaat van Nicole en Hugo.'

Ik zat verbaasd naar de foto te kijken. De Ford op de foto stamde van dezelfde familie. Hij was gewoon iets ouder, zag er nog een stuk sportiever uit en had lage bumpers. De achterlichten waren iets smaller en de neus iets spitser, maar voor de rest waren ze als broeders. Ik kon het niet geloven. Ik was mijn hele leven blijven geloven in een sprookje dat mijn Ford Taunus waardig oud zou worden. Nu sloeg die garagist met zijn plastic handschoentjes de droom aan flarden.

'Er zit amper twee jaar verschil tussen', mopperde ik.

'Ik weet het, maar dat zijn de wetten', zei hij. 'Ik wou dat ik ze kon veranderen. Maar jouw kar is twee jaar te laat geboren. Hij behoort tot een andere generatie. De generatie die niets meer opbrengt.'

Het was een bittere pil om te slikken. Ik zocht naar iets om me aan vast te klampen. Maar er was niks. Ik zat bij een vreemde en ik vond geen begrip. Het was alsof mijn hele leven op een paar dagen tijd niets anders dan een sprookje was geweest. Duke, die vreemd deed, en de Ford Taunus die de hele tijd een leugen was geweest. Maar ik hield er nu nog meer van dan vroeger. Ik zou hem zelf wel in ere herstellen.

'Je bedoelt dat hij nooit een oldtimer kan worden?'

'Wie weet, het zal wel nog een tijdje duren.'

We bleven zitten in stilte. De garagist maakte een paar keer een beweging alsof hij elk moment de radio weer kon aanzetten voor de dodenmars. Maar hij ving mijn verdriet goed op. Hij stond op en gaf me een zacht schouderklopje.

'Je ziet dat het weinig zin heeft om hem op te lappen', zei hij en hij ging voor het stoffige raampje van zijn kantoor staan. 'Ik heb daar wel nog ergens een Kadett staan, als je...'

Ik zag in de weerspiegeling hoe hij berustend de ogen sloot, wetende dat hij me ferm had beledigd.

'Het spijt me', zei hij zelf. 'Ik wilde je niet beledigen.'

'Die wagen was van mijn vader', zei ik plots.

De woorden rolden zomaar over mijn lippen. Daar zat ik dan. In een vuil kantoortje van een garagist die ik amper een kwartier kende en ik begon over mijn vader te praten. Een onderwerp dat ik maar één keer om de tien jaar ophaal en dan meestal gewoon bij mezelf omdat ik nog altijd niet kan geloven dat hij dood is. Zijn dood was als het ware mijn eerste zaak. Ik mocht niet naar zijn begrafenis en dus dacht ik lange tijd dat hij ergens een ander leven was begonnen. Nu kon ik mezelf niet inhouden. Het was bizar, maar ik kon het niet tegenhouden.

'Je zult dit misschien vreemd vinden', zei ik. 'Maar mijn eerste herinneringen liggen in die wagen. Het eerste beeld dat ik terug kan oproepen, van toen ik vijf jaar oud was, ligt in die wagen. Die leren zetels gaan nog altijd mee. Mijn vader heeft dat stuur vastgehouden. Hij heeft de as van zijn Belga's in die asbak geplet. Hij heeft die klinken vastgenomen. Er zitten misschien nog altijd vingerafdrukken van hem op. Ik kan hem niet zomaar uit mijn leven bannen. Ik *mag* hem niet zomaar uit mijn leven bannen.'

De garagist zweeg en staarde nog altijd naar buiten. We speelden net een stuk van Pinter. Ik nam zijn handschoenen van het bureaublad, stond op, ging naast hem staan en legde die handschoenen op zijn schouder.

'Mijn vader stierf toen ik elf was', zei ik plots. 'Ik heb hem amper gekend. Het vreemde is dat ik hem nu beetje bij beetje begin te kennen door de dingen te doen die hij deed: met zijn Ford rondrijden, zijn platen draaien.'

'Jij wilt niet dat ik je wagen herstel', zei hij. 'Je wilt dat ik je leven herstel.'

'Ja, misschien wel', zei ik. 'Je hebt mensen die teruggrijpen naar de mode uit de jaren zeventig. Die broeken met wijde pijpen dragen, naar funk luisteren, bakkebaarden laten groeien. Dat is gewoon een trend. Ik doe die dingen ook, maar ik hou niet enkel van de jaren zeventig, ik *wil* ook terug naar de jaren zeventig. Ik wou dat ik de tijd echt kon terugdraaien en dat ik weer achterin de wagen van mijn vader de bomen op de snelweg zie voorbijflitsen. Soms rij ik zo snel dat ik hoop door een of andere tijdspoort te dringen die me terugflitst.'

De garagist draaide zich om. Ik had hem niet zover gekregen dat hij een traan wegpinkte, wel zover dat hij amper durfde op te kijken naar zijn naaktkalender. Hij zei:

'Ik kan je helpen met je probleem met je wagen, maar met dat andere probleem niet.'

'Ik betaal je wat je maar wilt.'

'Ik doe het ook niet voor het geld, vriend', zei hij. 'Ik begrijp wat je doormaakt. Die wrakken zijn mijn kinderen.'

'Die wagen is het enige wat ik nog heb.'

Het was nog even stil, maar toen besloot hij het toch te doen. Ik vulde een paar formulieren in en gaf mijn sleutels af. Het gebeurde allemaal in stilte en we keken elkaar een paar keer doordringend aan. Toen dreunde hij pro forma een paar vervangwagens op, maar ik voelde er niets voor om de dorpsidioot te gaan uithangen in een rode Kadett. We spraken af dat ik hem tegen het einde van de week eens mocht komen bezoeken. De garagist beloofde te doen wat hij kon. We konden alleen hopen dat er zich geen complicaties voordeden. Ik dankte hem en liep zijn kantoor uit. Ik had er een goed gevoel bij.

De laatste keer dat ik over mijn vader begon, was tegen een verkoper in de Music Mania in de Bagattenstraat toen ik mijn beklag deed omdat ze geen plaat van Freddie Hubbard in huis hadden. Toen had ik het over zijn passie voor jazz. Daarvoor had ik enkele korte relaties met vrouwen, zeer gevoelige vrouwen die openstonden voor een diepe babbel. Maar geen van hen kreeg één woord over mijn vader uit mijn mond. Ik zat en zit, denk ik, nog altijd met een probleem.

Ik liet me meedrijven in de bus en passeerde de Kasteellaan, Sint-Anna, en stapte uit aan het Wilsonplein. Ik keek tegen de stadsbibliotheek aan. Het was bijna sluitingsuur, maar als ik me haastte, kon ik het nog halen. Terwijl ik binnenstapte, vroeg ik me af waarom ik het allemaal deed. Ik was nergens voor ingehuurd. Ik was getuige geweest van twee moorden op medewerkers van Dimitri Leurs, die de volgende op de lijst was. De dader heette Guggenheimer en wilde blijkbaar niet dat het boek van Brusselmans verfilmd werd. Daarom speelde hij het script zelf in levenden lijve. Ik was ook getuige geweest van een *snuff movie* waarin Susan Six, de vriendin van Leurs, werd verminkt en vermoord. De stem in de film was die van Henri Rousseau.

Ik wist dat er een verband schuilde tussen de twee zaken. Jazeker, het enige verband tot nu toe was mijn persoontje, bovendien net met vakantie. Er was meer. Ik had het gevoel dat ik dat straks in de Bal Infernal zou vernemen.

Ik liep de glazen draaideur door en kwam in de hal van de bib, die eruitzag als de vertrekhal van een vlieghaven. Ik passeerde de balie, stapte op het gelijkvloers langs de rekken van thrillers en detectiveromans, en haalde mijn neus op. Ik nam een van de twee liften en keek ondertussen naar buiten, naar het mierennest onder me, en voelde me alsmaar meer omhoog stijgen alsof ik het gevoel had boven de wolken te belanden. Op de derde verdieping stapte ik uit en ging de afdeling 'Non-fictie' binnen. De geur van oude boeken was universeel en tijdloos, en bracht me tot rust. Het was een plek die troost bood. Er was niet veel volk. Enkele slungelachtige studenten zaten in de zetels met een handboek op hun schoot. Ik zocht in de achterste rij van de gang 'Kunst en Cultuur' naar een jaarboek van de Belgische Filmindustrie. Ik vond er *Wie is wie*, maar ik was op zoek naar *Wie vermoordt wie*.

Dimitri Leurs werd in het jaarboek omschreven als: 'Jong, aanstormend talent dat naam maakte met zijn eindwerk *Schot in de roos*, een kortfilm waarin een jonge vrouw zich verwent met een pistool. De film kreeg onmiddellijk de prijs voor de beste nieuwkomer op het Filmfestival van Brussel. De jury prees onder meer de sterke emotionele geladenheid en de onderhuidse spanning. Daarna mocht Leurs van producer en aartsvader Henri Rousseau een paar televisiefilms draaien. Later trok Leurs naar Hollywood om er, naar eigen zeggen, "het vak" volledig onder de knie te krijgen. Er zijn plannen om een grootse, internationale productie te draaien met in de hoofdrol de Engelse actrice Gabrielle Evans. Dimitri Leurs is achtentwintig, woont en werkt in Gent.'

Ik keek naar de foto. Leurs, met de eeuwige witte sjaal, gaf op een set een aanwijzing aan een acteur. Er was niets mis mee. Maar daar stopte de bijdrage van Leurs tot de Vlaamse filmwereld en zoals het er nu naar uitzag, zou hij zijn laatste kikkerperspectiefshot draaien vanuit een graf op Campo Santo, waar alle bekende Gentenaars begraven lagen.

Ik bladerde verder, vond geen Susan Six. Het was natuurlijk wel een pseudoniem, maar ze moest bestaan. Toen zocht ik naar het cv van Henri Rousseau. Het nam zowat een derde van het boek in beslag en de lijst met films was langer dan een bladzijde uit de Gouden Gids. Ik scheurde het deel over Rousseau uit het boek en stak het in mijn binnenzak. Als je me daar zo zag zitten, kon je in geen duizend jaar vermoeden dat ik razend benieuwd was naar wat Dimitri Leurs me die avond in de Bal Infernal aan de neus zou hangen. Echt niet.

Ik ging te voet naar mijn kantoor in Onderbergen en kocht onderweg een broodje gezond in de Martino. Een broodje gezond betekende in mijn geval dat ik maar één kant met mayonaise liet insmeren. Thuis verzamelde ik de post en wierp de rekeningen in mijn bokaal. Ik liet water in het bad lopen en zette Branford Marsalis luid genoeg zodat hij tot in de badkamer geraakte. Het lichtje van mijn antwoordapparaat flikkerde. Ik luisterde naar het bericht. Het was de stem die ik ook al in de Bal Infernal had gehoord. De grapjas die mij als testpubliek voor zijn waardeloze grappen had uitgekozen.

'Hé, waarom heeft Pat Somers zo'n witte tanden? Zodat je er ook in het donker kunt op kloppen.'

Ik wiste de grap. Ze werden lamlendiger met het uur en ik was al niet echt in de stemming. Ik nam een heet bad, een joint en las ondertussen nog een passage uit *Guggenheimer strikes back* van Herman Brusselmans. Ik had de indruk dat ik het boek achterstevoren aan het lezen was. Ik liet me leiden door de stem van HB en de groove van Marsalis' sax, en verloor mezelf in een diepe slaap.

In mijn droom sta ik op een kerkhof in de herfst. Ik sta voor het open graf van mijn vader. Dat is vreemd want ik ben niet naar zijn begrafenis geweest. Het is een loodzware dag met een strakke wind en ik kijk naar het bleke gelaat van mijn vader. Naast mij staan enkele figuranten. Justin Blake blaast op zijn trompet de *Last Post*. Dimitri Leurs meet met een lichtmeter de grijze lucht en Henri Rousseau roept: 'Cut!' Opeens komt mijn vader uit zijn graf gekropen en vraagt aan Rousseau of hij niet te veel heeft bewogen. Rousseau antwoordt: 'Het gaat om de illusie, niet om de werkelijkheid.' En dan knipoogt mijn vader naar me en veegt de bleke crème van zijn gezicht. De crème hangt zowat overal in zijn baard en in zijn zacht krullende haar. Dimi Leurs moppert over het licht en vraagt een tweede take, maar mijn vader is een man van zijn stuk en antwoordt:

'Als je denkt, snotneus, dat ik een tweede keer terug in die put kruip omdat de lichtval te duister is, dan heb je het mis.'

Hij trekt zijn colbert van een oud bruin kostuum aan en luistert naar Justin Blake die is overgeschakeld op een deuntje van John Zorn. Mijn vader slaat zijn arm om mijn schouder en blijft bewonderend kijken naar Blake.

'Kijk, jongen, da's nu het echte leven', zegt hij. 'Als ik een tweede leven kreeg, dan trok ik naar de stad en leefde voor een paar stuivers per dag van mijn jazz.'

Dimitri Leurs meldt dat er een paar mensen van het kerkhof op komst zijn en dat we moeten voortmaken. We helpen hem het echte lijk terug in de put te gooien en snel met wat aarde te bedekken. Wanneer het lichaam op de rug naar de hemel ligt te staren, star als een stuk glas, merk ik dat het Susan Six is. Haar gezicht is helemaal weggerot en Henri Rousseau zegt:

'Zelfs als lijk deugt ze niet. Kom, op naar de volgende scène.'

Ik werd wakker en keek rond. Het boek was drijfnat. Het eerste wat ik deed was de joint doven. Dat spul én een boek van Herman Brusselmans zorgden voor een dubbele dosis. Ik voelde me rot. Ik had best nog wat langer in die droom willen blijven. Maar ik merkte dat het water in het bad vuil was, dus stapte ik eruit en begon alle illusies van mijn lijf te vegen.

13.

Het was even voor negen toen ik de Bal Infernal binnenwandelde. Er zat al wat sfeer in de keet.

'Hé, Pat, blijf nog even hangen voor de pauze', zei Marvin. 'Dan zul je een echt duifje zien. Een echte *lovebird*.'

'Kan ze op een stokje zitten en fluiten als een nachtegaal?'

'Kan een vis in het water zwemmen?'

'Kan een hond op drie poten pissen?'

'Kon Romain de Coninck een mondje Gents?'

We begonnen allebei een beetje te grinniken. Marvin schudde glimlachend het hoofd.

'Ze is er nog niet, Pat. Je zult haar pas na de act kunnen grijpen.'

'Ik word een beetje te oud voor die dingen. Ik ben al vijfendertig.'

'Ik heb het gevoel dat jij vijfendertig blijft.'

'Ik ben al vijfendertig sinds ik drie was', zei ik.

Marvin lachte weer. Het grappige en meest ontroerende aan *stand-up comedians* is dat ze al die tijd kleine kinderen blijven die niet willen opgroeien.

'Wie wil je hier precies aan de tand voelen?'

'Ik heb hier afgesproken met een witte sjaal die kan spreken', zei ik en ik beschreef Dimi Leurs in drie woorden: pretentieus, pretentieus en pretentieus.

'Je zoekt in deze tent iemand die arrogant is?' vroeg Marvin zich af. 'Dat is als een zelfmoordenaar zoeken bij Hamas.'

'Ja', zei ik. 'Maar deze arrogante jongen doet het niet voor de lol. Hij is gewoon zo. Het is een filmregisseur.'

'Heb hem nog niet gezien', zei hij. 'Ik zou hem wel herkennen. Net zoals ik een roze olifant op een driewieler zou herkennen.'

'Je weet hoe filmregisseurs zijn, hé', zei ik. 'Ze komen altijd te laat op de set.'

'Zeg, kan ik je iets te eten brengen?' vroeg Marvin.

Ik begon me steeds meer als de verloren zoon van de maffia te voelen. Al Capone die na een verre zakenreis weer onder zijn familie was en nu de beste sigaar voor het uitkiezen had.

'Kan ik je wat fruit brengen van het huis?'

'Fruit? Bestaat dat nog?' vroeg ik. 'Neen, dank je.'

Hij stond opeens op en applaudisseerde mee met de rest van de tent. De komiek op het podium nam het applaus in ontvangst en verliet de scène. Meteen klonk de stem van de presentator die boven bij het mengpaneel de lichten bediende en voor de soundtrack zorgde. Het was dezelfde plek waar deze ochtend nog een of andere gek dacht dat ie grappig was.

'Dames en heren, dat was Timmy Hooper. En dan zou ik nu uw aandacht willen vragen voor een heel speciale dame. Zij brengt voor ons twee nummers uit *Cabaret.* Dames en heren, de fantastische, fenomenale, *foxy* Susan Spinelli!'

Marvin liet zich weer in zijn stoel droppen en grijnsde naar me. Hij vormde met zijn lippen het woord 'benen' en maakte toen het picobelloteken. Ik keek voor me uit en probeerde door het rookgordijn en de rode gloed een glimp op te vangen van de benen. Ze kwam op in een lange, zwarte bontmantel en op hoge hakken. Het luchtige pianothema van *Cabaret* begon te spelen en een hese, verschroeiend hete stem begon te fluisteren.

'Life is a cabaret, old chum,
Come to the cabaret,
Come taste the wine,
Come hear the band,
Come blow a horn,
Start celebrating right this way,
Time for a holiday.'

Toen liet ze de zwarte bontmantel als een zwarte slaaf van haar schouders glijden en toverde iets anders te voorschijn dan een gebroken potlood. Ze was een grotere goochelaar dan Timmy Hooper. Ze had haar eigen trukendoos mee en opende die beetje bij beetje. Het begon bij haar witte, melkkleurige schouders die op en neer gingen, als de pianotoetsen tijdens een virtuoos concert. Daarna werkte ze haar weg naar beneden af en schudde de mantel als een hoelahoep van haar middel. Hij bleef verslagen en nederig aan haar voeten liggen, in opperste bewondering. Ze droeg niets anders dan een paar zwarte netkousen met jarretellen, een zwart negligé met een fluwelen rode roos en de fameuze bolhoed die ook in de echte *Cabaret* werd gedragen. Onder de bolhoed school een foxtrotkapsel, en lange, al even zwarte wimpers die meer omhoog krulden dan de snor van Hercule Poirot. Ze was in alle opzichten beter dan de echte Liza Minelli. Ze had geen *funny face*, maar een *fantastic face*. Blozende wangen en een verrukkelijke kin die uitdagend omhoog knikte. Af en toe gluurde ze vanonder de bolhoed vandaan en deed een paar mannen afvragen waarom ze niet Tom Cruise heetten. Haar benen, die gruwelijk mooi waren en Marlene Dietrich in haar graf deden omkeren van jaloezie, waren in vergelijking met de rest nog een handicap.

'Wat vind je ervan?' vroeg Marvin.

'Ze draagt een mooie bolhoed.'

'Ja, de kleren kraken de man.'

'Waar heb je haar vandaan gehaald?'

'Ze stond op een ochtend voor de deur', legde Marvin uit. 'Je zult dit niet geloven, maar ze komt werkelijk uit een andere tijd. Ze had eerst een paar andere dingen uitgeprobeerd die op niets waren uitgedraaid en toen belde ze hier gewoon aan, met een koffer in de hand en die bolhoed rond haar vinger. Ik vroeg haar of ze grappig was.'

'En?'

'Ze zei dat ik grappig was.'

'En wat zei jij daarop?'

'Ik zei niets daarop', zei Marvin. 'Ik deed iets. Ik plaste in mijn broek.'

'Je bent inderdaad grappig', zei ik.

'Ze is zelf niet grappig, maar ze maakt anderen grappig. Dat is speciaal.'

'Ze is inderdaad heel speciaal', zei ik, terwijl ik vooroverboog om haar gezicht iets beter te kunnen bestuderen.

‘Ze is geen Lucille Ball, maar Lucille Ball had ook geen zulke benen. Wat heb je aan waanzinnig grappig zijn als je simpelweg waanzinnig bent?’

Susan Spinelli zat nu omgekeerd op een stoel en vlechtte haar benen als twee slangen in elkaar. Ja, dit schepsel had geen paal nodig om rond te slingeren en ze had ook geen vulgaire grappen nodig om mannen uit hun vel te laten springen. Al was ze daarnet doormidden gezaagd door een mislukte goochelaar, dan nog konden haar benen een eigen leven leiden zonder van een uitkering te moeten genieten. Ze legde haar puntige ellebogen zachtjes op de rand van de stoel en streelde de rand van haar bolhoed. Het waren clichés, zo groot als het Belfort en het Sint-Baafs samen, maar je hoeft niet altijd onder de indruk te zijn van een goeie grap. Grappen worden vaak vermoeiend. Mooie benen en een bolhoed houden het langer uit dan de vastenperiode. Ze ging door met lispelen, fezelen en fluisteren.

‘The day she died, the neighbours came to snicker:
Well, that’s what comes off too much pills and liquor.
But when I saw her laid out like a queen
She was the happiest corpse I’d ever seen.’

Ik keek om me heen en merkte dat de Bal Infernal door één song van één verschijning was omgetoverd tot een vooroorlogse zuiptent voor matrozen, vissers en pooiers. Toen het nummer afgelopen was, stak Susan Spinelli haar bolhoed uit en verdiende op twee minuten meer dan ik in een hele week. Maar nog was het niet genoeg. Ze ging op de rand van het podium zitten, zodat de schijnwerpers nog meer het contrast belichtten tussen haar witte, frêle schouders en haar zwarte, vlezige, opgespannen dijen. Ze sprong zachtjes en frivool van het podium en zette een volgende song in terwijl ze op haar gemak tussen de tafeltjes paradeerde. Toen ze voorbij ons tafeltje liep, kruisten onze blikken elkaar. Ik zei:

‘Wat weet je nog meer over haar?’

‘Wat wil je nog meer weten? Wanneer ze voor ’t eerst op hakken kon lopen?’

'Waarom ze bijvoorbeeld een pruik draagt.'

'Dat is haar act, Pat. Ze is wie ze is.'

'Ja, maar wie? Weet je haar echte naam?'

'Kijk 's om je heen, Pat. Dit is een stukje paradijs. Denk je dat die mensen hier haar echte naam of haar schoenmaat willen weten? Ik weet toch ook niet hoe Madonna echt heet.'

'Ik dacht dat het hier om de grappen ging', zei ik bitter. 'Dat dit de enige plek was waar alles nog puur was.'

'Komaan, Pat', suste Marvin ineens. 'Waarom zo bitter? Er is een moment voor een lach en een moment voor een traan.'

'Wat is dit moment dan?'

'Waarom ben je nu ineens zo bitter? Je zei zelf dat de grappen deze middag niet deugden.'

Ik snoof en zag Susan Spinelli op haar hoge hakken weer het podium opkruipen. Ze was aan het einde van haar song en kreeg het moeilijk. Ze werd geholpen door een oude dikzak die haar een hand toestak en daarna zijn vuist omhoogstak, net wereldkampioen geworden. O.k., het was maar een luchtig intermezzo, maar ik had het gevoel dat Susan Spinelli, wie ze ook was, hier niet thuishoorde. Dit was een jongenskot, een soldatenlokaal om vuile moppen te vertellen. Wie ze ook was, vroeger werd ze nooit uitgenodigd op ons verjaardagsfeestje.

'Ja, maar deze dame deugt niet', zei ik. 'En als ik kan kiezen tussen grappen die niet deugen en vrouwen die niet deugen, dan kies ik liever het eerste, want die kun je nog verbeteren.'

Marvin was teleurgesteld en ook wel op zijn teentjes getrapt. Hij leunde achterover en kruiste zijn armen, nors als een kleine kleuter.

'Je bent veranderd, Pat.'

'Ja, ik lust zelfs geen spruitjes meer', zei ik. 'Die dame deugt niet.'

'Waarom niet? Omdat je niet houdt van madammen met een bontjas?'

'Waar woont ze ergens?'

Marvin leek uit zijn lood geslagen. Hij keek naar het podium. Susan Spinelli speelde haar rol van stout meisje verder toen ze de laatste woorden van de song alsmaar bleef herhalen. Ze nam de bolhoed van haar hoofd en wierp hem toen de bar in. Een kerel met bretellen ving hem op alsof het het boetekleed van Jezus Christus was. Susan Spinelli maakte nog een kniebuiging, bleef een tijdje zo zitten en loerde weer onder haar lange wimpers de zaal in. Ze kon nog echt toveren ook, want ze lachte en toonde een parelwit gebit.

'Weet ik veel waar ze woont, Pat', zei Marvin. 'Ze zei iets over een kamer boven Hotel Den Yzer hier in de Vlaanderenstraat.'

'Je weet niet wat ze vroeger allemaal heeft gedaan?'

'Jezus, Pat, ze was kamermeid op het paleis. Wat heb jij ineens?'

'Ik heb twijfels.'

'Ik ook', zei Marvin. 'Ik twijfel of ik je nog wel ken.'

'Waarom?'

'Je was vroeger een kerel om wat mee af te lullen. Nu zit je precies op een eiland en beschouwt de rest van ons als lastige toeristen.'

'Het spijt me', zei ik. 'Ik wil je ster niet met de grond gelijkmaken, maar...'

'Waarom stel je dan zoveel vragen over haar?'

'Omdat ze normaal gezien braafjes in een kist moet liggen.'

'Wat?'

'Ze moet normaal even dood zijn als die vos die daar aan haar voeten ligt. Ik geef toe dat ze echt wel een paar truukjes kent', zei ik. 'Het is niet makkelijk om uit de dood terug op te staan.'

'Waar heb je het in hemelsnaam over?' zei Marvin en hij stond op. Marvin legde een hand op mijn schouder, maar ik bleef naar het rode gesloten gordijn staren. De scène was leeg, maar dit keer was mijn hoofd niet leeg. Het was een netwerk van gedachten.

'Ik dacht trouwens dat je die witte sjaal moest spreken?'

'Wie?' vroeg ik wazig.

'Die filmregisseur.'

Ik antwoordde niet. Ik keek op mijn horloge en zag dat het al bijna halftien was. Dimitri Leurs mocht dan wel pretentieus zijn en als regisseur te laat op de set verschijnen, op mijn set zou hij het niet durven. Er was iets tussengekomen. Ik hoopte enkel dat dat geen schaar of mes was. Ik stond op en stapte tussen de tafeltjes naar het podium. Een komiek maakte zich op om beter te doen dan Susan Spinelli. De koran in het Gents vertalen leek me haalbaarder. Ik glipte langs de zijkant naar de backstage. Ik maakte me niet langer druk om Dimitri Leurs. Er was nu iemand anders die mijn aandacht meer verdiende. Ik hoorde achter me nog net de stem:

'Weet je, ze zeggen weleens dat liefde blind is. Dat klopt, want ze heeft me nog niet gevonden.'

Ja. Boehoe.

14.

'Ik ben onder de indruk van je act', zei ik als eerste.

'Je komt een heel eind op hoge hakken.'

'Ik had het niet over *die* act.'

'Neen? Ken jij mij nog van vroeger dan?'

Ik wist niet waar die vraag op sloeg, maar ik hield mijn hoofd bij de zaak.

'Neen, ik had het over die act van Elvis. Je weet wel, terug levend worden.'

'Ik weet niet waarover je het hebt', zei ze knorrig.

'Die truc moet je me ook maar eens leren.'

'Het is niet zo moeilijk', zei ze. 'Maar een goochelaar laat niet in zijn kaarten kijken.'

'Wat bedoelde je daarnet over vroeger?' vroeg ik. 'Toen je nog niet dood was?'

Ze antwoordde niet meer.

'Toen je zat te hengelen naar een hoofdrol in een Vlaamse film, maar een vishaak in je gezicht kreeg?'

Ze ging op een stoel zitten en zette haar zwarte foxtrotpruik af. Ik vroeg me af waarom ze een pruik droeg, want haar echte haar was nog zwarter. Het was wel iets langer en meer gekruld. Ze zette de pruik op een versleten lampenkap. De coulissen waren eigenlijk niet veel meer dan een bijkeuken met een vloer in schaakbordmotief. Er stond een espressomachine op een werktafel om de grappenmakers bijdehand te houden, en een kapstok met een paar armzalige kostuums en hoeden, zodat de slechte grappenmakers hun identiteit niet hoefden prijs te geven. Boven de werktafel hing een kalender met een paar aangekruiste dagen en een paar prikbordadvertenties. *'Wie heeft aflevering 23 van Monthy Python met de dodelijke grap nog op video? Bel me.'*

Een keer in de maand werd het publiek getrakteerd op een heus peloton van grappenmakers die dan in bepaalde formats grappen vertelden. Onder de noemer 'Imponerende Improvisatoren' kregen de grappenmakers een situatie aangebracht uit het publiek en moesten er dan een grappige scène rond schetsen. Ik dacht onmiddellijk aan een situatie uit het leven van Pat Somers: een man zit in een luchtballon met een moordenaar. Verzin daar iets grappigs rond.

Susan Spinelli of Susan Six bleef rustig op haar stoel zitten en geneerde zich niet om haar netkousen een voor een traagjes uit te trekken, alsof ze haar benen epileerde. De ruimte dampte in de duisternis en werd nu en dan opgelicht door een zachte, rode flikkering van een spot op het podium achter ons. Er werd bitter weinig gelachen. Ook backstage.

'Je hebt veel succes', zei ik. 'Die arme drommel zal afgaan.'

'Wil je me eens zeggen wat je hier te zoeken hebt?' vroeg ze ten slotte vermoeid, terwijl ze een paar valse nagels uittrok. Het was alsof ze schelpen op het strand verzamelde en er later een kettinkje van zou maken.

'Ik zoek een reden om niet onmiddellijk naar de flikken te gaan', zei ik ijzig kalm. 'En ik denk dat jij me die reden wel kunt geven.'

'Waarom zou je naar de flikken hollen?' vroeg ze me, nog altijd niet-aankijkend. 'Dit is een deftige tent. Ze hebben hier een vergunning.'

'Ja? Een vergunning om doden terug op te roepen?'

'Je hebt nog minder te vertellen dan die gozer achter ons, *chum*', ging ze verder op haar Cabarettoontje. 'Waarom ga je niet braafjes terug tussen de rest van die geile bokken zitten en meelachen met een mop over een dom blondje?'

'Ik lach niet met domme blondjes', zei ik. 'Ik lach zelfs niet met domme zwartjes. Dat zie je toch?'

Ze draaide zich nu voor het eerst om en streelde haar pruik. Ze had nog altijd haar make-up op, en deed nu ook de wimpers af. Het zag ernaar uit dat er straks niet veel meer van haar overbleef, gemeten de snelheid waarmee ze zichzelf uit elkaar vees. Ze legde de wimpers, de pruik en de nagels op de werktafel en vormde er een gezichtje mee.

'Waarom denk je dat ik dom ben?'

'Omdat je niet slim genoeg bent om op mijn vragen te antwoorden. Dit is geen mop. Het is geen grap. Het optreden zit erop.'

'Ja', zei ze en ze draaide haar rug weer naar me. 'Ja, en ik praat niet over koetjes en kalfjes met fans. Dit is inderdaad een act. Ik ben niet diegene die je daarnet op het podium zag.'

Ik zuchtte en ging half op de werktafel leunen. Achter ons bleef het akelig stil. Het kon best zijn dat de kerel van dienst uit pure miserie zijn boxershorts van Goofy aan het publiek toonde.

'We zullen maar eens bij het begin beginnen', zei ik monter. 'Jij bent inderdaad niet de persoon van daarnet. Jij heet niet Susan Spinelli. Je heet Susan Six. Of staat Six voor het zesde leven dat je net vaarwel hebt gezegd?'

'Wie is Susan Six?'

'"Ken uzelf", zei Socrates', zei ik. 'Jij bent Susan Six.'

Ze stond op en nam een dikke mosgroene wollen trui van de kapstok. Ze trok hem aan en ik had de indruk dat ze in die paar seconden dwars door de wol naar me aan het staren was. Toen trok ze hem helemaal aan. De mouwen waren een stuk te kort.

'Je vertelt moppen die ik niet begrijp, *chum*', zei ze. 'Ik zei het al: je moet een act vinden die iedereen begrijpt.'

'Ik heb een leuke act die iedereen begrijpt', zei ik. 'Zal ik je hem eens vertellen? Hier komt-ie. Een privéspeurneus ziet een strookje film waarop een jonge vrouw wordt verminkt. Hij hoort dat het meisje later zelfmoord heeft gepleegd omdat ze net naast een hoofdrol greep. Een paar dagen later ziet hij datzelfde meisje een dansnummer opvoeren. Wat vind je daarvan? Ik vind het een giller.'

Ze reageerde amper. Ze schoot in een zwarte jeans en liet de knoop openstaan. De netkousen rolde ze samen tot een bolletje en stak ze in haar achterzak. De pruik en de andere dingen stak ze in haar handtas.

'Het mist iets', zei ze eentonig. 'Ik weet het: het mist een pointe.'

'Ja, ik zit te wachten tot jij me die geeft.'

'Ik geef je niets, *chum*', zei ze beslist. 'Ik heb net het beste van mezelf gegeven en dat is alles wat ik vandaag nog geef. Ik ben leeg.'

Ik nam haar bij de schouders vast. Ze keek me heel lang aan, met een mengeling van afschuw en nieuwsgierigheid. Ik las de woede die met de seconde toenam. Toen liet ik mijn blik glijden van haar koraalblauwe ogen naar haar neus en haar mond die me al twee keer in vervoering had gebracht toen ze '*chum*' had gezegd. Het was een vies en gemaakt woord, maar het stond wel bij haar lippen. Ik werd onbewust weer meegezogen naar haar ogen, waar een lichte fonkeling in te zien was, als een zachte weerkaatsing van de zon in het ijs. Die fonkeling bleef er, valse wimpers of niet. Ik liet haar los.

'Je ziet me voor iemand anders aan, *chum*.'

'Ja, misschien wel.'

Ik bleef haar gezicht afzoeken. Ik was op zoek naar sporen van geweld, naar een litteken, een dode plek op haar wang waarop ooit een sigaret was uitgeduwd. Maar ik vond er geen. Haar gezicht was bijna even gaaf als een sneeuwlandschap. Ik raakte het zelfs even aan.

'Hé, laat dat. O.k.?' riep ze. 'Ik ben nog niet zo leeg dat ik me maar laat doen.'

Ik liet haar los. Ik voelde de vertwijfeling toenemen. Ja, misschien had ze gelijk. Misschien geloofde ik enkel wat ik wilde geloven. Al bij al had haar dood in de kranten gestaan en was Dimitri Leurs er zo het hart van in dat hij in een gesticht kroop. En al bij al had ik Susan Six maar enkele seconden gezien op film. Film, de wereld van de leugen. Maar het waren wel de belangrijkste seconden uit haar leven.

Ik deinsde een paar stappen achteruit en bleef haar verstomd aankijken.

'Je zit met een groot probleem, *chum*', zei ze nonchalant. 'Je wilt iemand die iemand anders voor je wil zijn. Ik kan je dat niet geven, maar als je een paar briefjes in je zak hebt zitten en naar het Glazen Straatje overwaait, dan vind je heus wel iemand die voor mijn part je moeder kan spelen.'

Ik deinsde nog wat meer achteruit. Achter me maakte de grappenmaker zijn laatste grap af. Ik wist dat het zijn allerlaatste grap zou worden. Susan Spinelli liep langs me heen. Ik liet haar gaan. Ik moest haar laten gaan. *Mean Machine* Marvin had misschien wel gelijk als hij beweerde dat ik zozeer opging in mijn eigen wereld dat ik de rest van de wereld rondom mij vulde met mijn eigen personages. Dit was een dame zonder veel verleden. *So what*? Ze had misschien een paar dingen om zich over te schamen in een vorig leven. *So what*? Misschien was ze wel fan van Jo Vally. *So what*? Ik hoorde haar langs achteren buitengaan. Tegelijkertijd kwam de grappenmaker van het trapje en keek me niet-begrijpend aan.

'Hé hé', zuchtte hij. 'Ik denk dat ik ze daar echt bij de ballen had.'

'Ik hoorde niemand lachen.'

'Ik ben een komiek die nooit lacht', lichtte hij toe. 'Een beetje zoals Buster Keaton.'

Dat kon best zijn, maar een van beide partijen moest wel een beetje lachen en als de komiek niet lachte, dan was het aan het publiek. Ik liet hem even kauwen op dat vraagstuk, en voor het volgende lam naar de slachtbank werd geleid, trok ik mijn das recht en volgde de weg die Susan Spinelli had genomen.

De regendruppels waren even fijn als zoutkorreltjes en deden het bruine leer van mijn overjas glanzen. Het was een regen die alles nieuw maakte: de straten, de tegels, de daken en de nacht. Susan Spinelli wandelde in haastige pas de Hoogpoort uit en sloeg rechts de Belfortstraat in. Ik wist niet of ze naar huis ging of ergens anders haar jarretellen ging laten zien, maar ik wist wel dat ze me probeerde af te schudden. Ik zag haar voor de eerste keer omkijken aan het einde van de Belfortstraat voor het stadhuis. Ik liep aan de overkant en hield halt aan de Raadskelder. Haar hoge hakken klakten op het trottoir als een metronoom. Toen stak ze het Emile Braunplein en het kleine parkeerterrein over, naar de Sint-Niklaaskerk. Ik deed hetzelfde en passeerde het lege hokje waar overdag een parkeerbewaker de tijd zat te doden. Ik hield de hele tijd mijn ogen op haar bevallige rug gericht. Toen keek ze een tweede keer om. Aan de poort van de Sint-Niklaaskerk keek ze niet om maar naar de overkant van de straat. Niet ver van de McDonalds stond een groepje jongens met sporttassen en hagelwitte sneakers haar in de gaten te houden. Ik zag haar bruusk omkijken, en toen deed ze haar jas open en trok ze in een ruk een paar knopen van haar trui. Ze draaide zich naar mij en riep luid genoeg zodat ze het zelfs in het Patershol konden horen.

'Wat wil je van me!'

Ze bleef staan.

'Laat me met rust, zieke geilaard', riep ze. 'Blijf van me weg of ik ga naar de flikken!'

Ze keek naar de overkant van de straat met wat op het eerste gezicht op een wanhoopsblik moest lijken. Toen ging ze langs de glazen deur de Sint-Niklaaskerk binnen en profiteerde van het nachtelijke bezoekuur in het kader van 'Gent Verwent'. Ik wilde me eerst uit de voeten maken, maar toen besefte ik dat ik mijn eer moest redden. Het groepje jongens stak de straat over met een air alsof ze in hun sporttassen een paar uzi's hadden. Ze waren met z'n vijven en stonden op de tram te wachten, maar ze leken niet meteen naar huis te moeten. Ze drukten me als het ware de Sint-Niklaaskerk in. Ik zei:

'Wacht 's even, jongens. Dit is een misverstand. Ik ken die dame niet eens.'

'Het is duidelijk dat zij jou ook niet wil kennen', zei de grootste van de hoop. 'We zullen eens gaan vragen waarom ze dat niet wil, hé?'

'Ik ken mijn eigen gebreken wel al', probeerde ik er onderuit te muizen.

'Kom, naar binnen, zeikerd', zei een andere. 'Dit is de perfecte plek om iets op te biechten.'

Hij deed niets, maar ik ging toch als eerste binnen. Susan Spinelli zat op de voorste rij stoelen in het maanlicht dat door de grote glasramen naar binnen viel. Voor de rest was de kerk weinig of niet verlicht en was de stilte nu niet sereen, maar luguber. Ik kreeg een duwtje in de rug en dipte mijn vinger in het wijwater waarmee ik een vluchtig kruisteken sloeg. Toen ik me in het midden van de kerk omdraaide, zag ik dat ik met het halve team van de Gentse basketbalclub Falco te maken had. Ze droegen allemaal dezelfde jekkers en trainingspakken en ze waren allemaal groot genoeg om zonder ladder op de spreekstoel te springen. Ik was een lilliputter. Meer nog, ik was een lilliputter op verplaatsing.

'Ik zal het nog een keer zeggen', fluisterde ik. 'Ik heb die dame met geen vinger aangeraakt. Dit is een misverstand.'

'Je liegt het best niet voor de Lieve Heer, zeikerd', zei een van de vier blanke jongens. 'Je weet wat er gebeurt als je liegt.'

'Ja, dan zal ik drie keer kraaien.'

Een van hen stapte naar het altaar en begon een praatje te maken met Susan Spinelli. Je hoefde geen ogen in je kop te hebben om door te hebben dat ze hem iets wijsmaakte. Ze toonde hem de gescheurde trui en knikte toen naar mij. De basketbalreus bleef iets te lang naar de trui kijken en kwam toen weer bij zijn spelmakkers staan.

'Hij heeft haar in een nis van een winkelgalerij geduwd en wilde haar pakken. Ze zegt dat hij haar al dagen volgt.'

Ik zei: 'Ik ken haar pas en ik stik in winkelgalerijen.'

Ze keken me allemaal aan en een paar van hen zetten hun sporttassen op een van de banken. Ik keek om me heen. Het huis van de Heer was een toevluchtsoord voor verloren zielen, maar hier zou ik evenveel bescherming vinden als een oester op een receptie. De spreuk 'drink mijn bloed om mij te gedenken' was nog nooit zo van toepassing geweest.

'Je hebt gelogen, zeikerd', zei de hoogste wolkenkrabber. 'En je hebt haar aangerand. Dat zijn twee hoofdzonden.'

'Je hebt mijn andere zonden nog niet gehoord.'

'Ik heb geen zin om ze te horen.'

Ze kwamen op me af zonder een plan af te spreken. Ik vermoedde dat het een spelletje *freestyling* zou worden. Geen tactiek, geen samenspel, gewoon zo snel mogelijk naar de korf en *dunken.*

'Moeten jullie niet eerst de handen op elkaar leggen en een kreet slaken?'

'We gebruiken onze handen voor iets anders, klootzak, en als er iemand een kreet zal slaken, ben jij het wel.'

Ik deinsde een paar stappen achteruit tot ik met mijn rug tegen de biechtstoel aan de zijflank van de kerk kwam. Ik dacht opeens terug aan al die ellendige biechten op het college toen ik een paar zonden moest verzinnen om mijn imago hoog te houden. Mijn enige zonde bestond erin om voor een luttel bedrag de zonden, de weesgegroetjes en de onzevaders van mijn makkers op mij te nemen. Eigenlijk stond het toen al in de sterren geschreven dat ik op een dag ook de schuld van anderen op mij zou nemen.

'Ik ben altijd wel voor een spelletje te vinden, jongens', zei ik zo luchtig mogelijk. 'Waar is de bal?'

'Jij bent de bal', zei Steltenloper nummer twee droog.

'O.k.', constateerde ik. 'Ik ben de bal, zij is de scheidsrechter en jullie zijn de Gentse Giants. Maar ik heb het niet zo voor straatbasketbal en ik vrees dat de scheids in dit spel niet onpartijdig is.'

Ik keek naar Susan Spinelli die voor het altaar als een Maria Magdalena toekeek. Ik begon een schijnmanoeuvre te maken. Maar het is nogal moeilijk om een schijnmanoeuvre te maken als er vijf gorilla's rond je staan, met handen zo groot als tennisrackets.

'We spelen het spel zuiver, zeikerd', zei de kapitein. 'We vervangen elkaar om de twee minuten en als er iemand vier fouten op een rij maakt, dan moet die op de strafbank.'

Dat was de grappigste van de vijf. Ik keek naar een torenhoog schilderij dat er in hun bijzijn uitzag als een postzegel. Het vertelde het verhaal van de kruisiging van JC en ik voelde de pijn in zijn ogen als nooit tevoren. Ik keek omhoog. Vanaf het balkon waar het kerkorgel stond, was dit schouwspel wellicht een even barokke scène. Een arme man die het goede geloof verkondigde in een leren overjas en in mirakels geloofde. Het mirakel dat ik hier heelhuids uit zou geraken.

'Ik ben het niet waardig dat gij tot mij komt', zei ik plechtig.

Ze achtten me wel waardig en kwamen tot mij. Ik speelde niet graag vals, maar omdat ik weet dat basketbal een contactsport is en ik niet graag in de preekstoel werd *gedunkt*, haalde ik mijn luger uit mijn zak. Ik zei:

'Het spijt me, jongens. Maar ik speel beter voor publiek. We zullen het een andere keer overdoen. O.k.?'

Ze staarden allemaal naar de luger, alsof ik net vijf broden en twee vissen te voorschijn had getoverd.

‘Hé, man, we wilden je gewoon eens testen.’

‘Wat denk je dat ik ben? Een nieuw paar basketbalschoenen?’

‘Je bent de man, man’, zei er een die terstond dertig centimeter leek te krimpen.

‘Ik stel voor dat je thuis je mond gaat spoelen en Falco eindelijk eens naar de eerste afdeling dribbelt, jongens’, zei ik. ‘Dit is niets voor jullie.’

‘Neen, dit is niets voor ons’, zei de kapitein. ‘Niets voor ons.’

‘Dit ding in mijn hand kan ook een eindje in het wilde weg preken.’

‘We geloven je op je woord, man.’

Ze namen hun tassen weer op en als ze hadden gekund, waren ze er zelf ingekropen. Ze sloegen geen acht meer op Susan Spinelli. Ik ook niet. Ik zou haar later wel aanpakken als de groentjes weer netjes op de tram zaten. Ze sloften lamlendig naar de deur, zoals enkel basketbalspelers en ijsberen dat kunnen, en keken nog een laatste maal naar een paar kaarsen. Toen hoorde ik de deur zachtjes dichtslaan en was het stil. Ik draaide me om, maar Susan Spinelli was, na herrezen te zijn, opeens weer verdwenen.

‘Het spijt me’, zei ik naar de welving en de houten balken van het middenschip kijkend. ‘Het spijt me als ik U heb gestoord in Uw bezigheden. Ik moet U wel vertellen dat ik niet meer in U geloof. Ik moet het ergens verloren hebben toen ik met dit beroep begon. Maar ik wil zeker geen lafaard zijn die gelooft om te geloven en om zich in te dekken. Je hebt zo van die mensen die het onzekere voor het zekere nemen en geloven op goed geluk, en als er dan niets blijkt te zijn, niets verloren hebben. Ik geloof niet in U omdat ik te veel respect heb en wat er dus ook is, ik geloof er niet meer in. Misschien bent U al doodgegaan aan een ziekte of door ouderdom of door een dom verkeersongeluk. Maar mocht er nu natuurlijk toch iets zijn na dit tranendal, kunt U me dan voor dat respect niet belonen door te doen alsof ik wel geloof?’

Ik merkte dat ik een beetje in de knel zat.

‘Wel, we zullen wel zien, hé?’ (4)

Ik ging in vrede en verliet de kerk.

15.

De volgende dag was ik vroeg uit de veren en maakte ik een ontbijt voor Duke. Hij at het op omdat hij weet dat ik niet vaak de chef in mij loslaat, maar twee minuten later vond ik het alweer terug op het parket van de hal. Het was alsof hij het niet lustte, terwijl het toch zijn lievelingsmaal was. Hij liep terug naar de kamer, maar kroop niet in zijn mand. Ik merkte onmiddellijk dat er iets aan hem veranderd was. Hij ging gewoon naast zijn mand op de koude vloer liggen. Als je Duke een beetje kent, dan weet je dat hij minder *naast* die mand te vinden is dan Eddy Wally in een bibliotheek. Ik hurkte neer.

'Wat scheelt eraan, jongen?' vroeg ik, terwijl ik hem aaide en er een pruik aan haren aan mijn vingers bleef hangen. 'Waar doet het pijn?'

Duke gromde. Ik gromde hem na.

'Ja, daar kan ik van meespreken.'

Ik stond op en ging de woonkamer in. Twee minuten later sleurde ik het televisietoestel de keuken in en zette het voor de mand van Duke. Ik had evengoed een Chinees wandscherm kunnen verplaatsen. Het deed hem niets. Ik stak het aan en zocht een oude aflevering van *Scoobidoo*, weliswaar in het Duits. Duke reageerde niet. Ik stond hem eventjes te bekijken en nam toen de telefoon.

'Goeiemorgen, met Pat Somers', zei ik tegen de dierendokter. 'Ik vrees dat er iets mis is met mijn hond.'

'Wat heeft hij?'

'Hij doet niks', lichtte ik toe. 'Dit is erger dan die keer dat hij werd gedumpt.'

De dokter zuchtte. Hij maakte een uurtje vrij om Duke te onderzoeken. Duke was eigenlijk wat je zou kunnen noemen een hondenhypochonder. Ik verdenk hem ervan dat hij zo deed omdat hij anders elke dag het park in moest.

'*Oh, nee, Pat*', hoor ik hem dan soms zeggen. '*Ik denk niet dat het zo verstandig is om nu naar buiten te gaan. Ik voel een angine opkomen en er staat een flink briesje buiten.*'

Ik luisterde naar wat de dokter te zeggen had. We maakten een afspraak die avond om halfzeven.

'Pat?'

'Ja?'

'Je weet dat er ooit een moment zal komen waarop je je zult moeten voorbereiden. Duke is al oud. Er komt een dag dat een verkoudheid voor hem even erg is als een kogel tussen jouw ribben.'

'Ja, wel, maak je maar geen zorgen over mijn ribben en ook niet over Duke, doc', zei ik. 'Ik ken hem. Het is een lijntrekker. Wacht maar tot je die spuit bovenhaalt vanavond, dan zal je hem weer zien rennen alsof hij Lassie is.'

Ik hing op en kleedde me aan. Ik stond met mijn hand aan de klink toen ik Duke zei: 'We zullen je vanavond eens laten testen, jongen.'

Hij maakte met zijn rechteroor een wegwerpgebaar.

'De dokter zal een beetje bloed nemen. Ik weet dat je niet zo happig bent op bloed, maar een beetje bloed moet, hoor. Je bent de laatste tijd toch...weet je wel, voorzichtig geweest tijdens je afspraakjes?'

Hij antwoordde niet. Duke was een *stud*, maar hij had hersens in zijn kop. Ik liet hem dromen over de tijd toen hij nog jong was en één keer in de week naar de hondentraining ging. Ik trok de deur achter me dicht en zette me aan het werk.

Ik liep te voet Onderbergen uit en stak de Veldstraat over. Ik liet de Voldersstraat snel achter me en passeerde de krantenkiosk waar ik *De Gentenaar* kocht. Er stond een artikel in over de plotse dood van een klankman in het Huis van Alijn. Ik liep voorbij de talrijke interimkantoren van de Vlaanderenstraat en zag de advertenties aan me voorbijgaan. Er werden veel verkopers en arbeiders gevraagd. Nergens zocht men een privéspeurneus. Ik dacht er twee seconden over na om op goed geluk zo'n kantoor binnen te wippen en de rest van mijn leven flesjes chocomelk in te pakken. De wereld zou er niet minder om draaien zonder dit werk. Integendeel zelfs, maar ik deed het niet. Net zoals ik er ook altijd op het nippertje van afzag om een *Bed en Breakfast* te beginnen in Zuid-Engeland.

Ik stopte bij het oude hotel Den Yzer in het tweede deel van de Vlaanderenstraat. Zoals altijd brandde er licht en leek het er op een

Parijse bistro anno 1900. Iets verder lag het Glazen Straatje, maar zoals *Mean Machine* Marvin me gisteren had verklapt, was Susan Spinelli een dame die zich graag *liet* bedienen. Ik stapte Den Yzer binnen. Het was een tent die me wel aanstond. De bruine en oranje bankjes waren in de jaren zeventig nog hip geweest, maar nu gewoon kapot. In het midden van de ruimte stond een grote ellipsvormige bar en achterin een kleine balie met een lift. Er was bijna geen volk. Twee duistere buitenlanders zaten in een hoekje een ontbijt te verorberen. Achter de balie stond een oude man die vergeten was zijn piccolokostuum aan te trekken. Ik ging aan het dichtstbijzijnde tafeltje zitten en bestelde van op afstand een koffie. Het was halftien. In deze buurt van Gent was dat de tijd om onder de wol te kruipen. Maar ik gokte erop dat Susan Spinelli na die late misviering als een herboren mens zou ontwaken. Ik las met een half oog *De Gentenaar* en moest even lachen om de melding dat Jeroen ten koste van Jens in het *Big Brother*-huis mocht blijven. Ik wilde de smoel van Herman Brusselmans weleens zien.

Het werd tien uur en het werd halfelf. Het werd buiten een stuk klaarder, maar Den Yzer is zo een tent die dag en nacht de verlichting laat branden om te tonen dat er nog leven is. Om kwart voor elf kende ik alle bewoners van *Big Brother* uit het hoofd en voelde ik me als de motor van een nieuwe Ford Taunus die genoeg olie had om vijf keer de Rally van Dakar te trotseren. Ik legde de krant weg en keek voor de dertienduizendste keer naar de goederenlift. Hij was al een paar keer in gang geschoten, met het geluid van een stoommachine, maar er was niets vitaals uitgekomen. Net toen kwam de man van de balie me vragen of ik nog wat olie wilde.

'Ik denk dat ik scherp genoeg sta', zei ik.

'Wat zit je hier eigenlijk te doen?'

Het was een vraag die direct en onaangenaam klonk, maar dit was dan ook een directe en onaangename buurt. Geen buurt voor beleefdheden en smalltalk. Ik knikte naar de oude lift.

'Ik zit te wachten tot Al Capone uit die lift stapt en Elliot Ness die deur binnenstapt.'

'Je zult nog lang zitten wachten', glimlachte de man. 'Wat ben je?'

Weer zo'n vraag. *Wat* is in deze buurten belangrijker dan *wie*. Ik besloot het erop te wagen. Waarom niet? Ik kende er nu eentje van nabij en zo speciaal waren ze toch niet. Ik haalde een pen uit mijn binnenzak en mijn zwart boekje met babysitters voor Duke te voorschijn.

'Ik ben schrijver', pochte ik.

'Ik zag het meteen', zei de man vrolijk rondkijkend. 'We krijgen hier alleen maar randfiguren binnen. Ik zag het zo.'

'Ja? Ik heb nochtans mijn vlinderdasje thuisgelaten.'

'Het doet me plezier', glunderde hij verder. 'Het betekent dat mijn tent nog niet zo veel aan waarde heeft ingeboet. Weet je, vroeger kreeg ik hier echte dichters over de vloer, die je soms niet van pooiers kon onderscheiden en omgekeerd.'

Ik zat er al een tijdje om te beseffen dat Den Yzer het soort hotel was waar Elvis, Marilyn Monroe, JFK en Humphrey Bogart boven op een groezelige kamer een spelletje poker hadden kunnen spelen. Het behangpapier had zelfs mythische allures. De barkeeper besloot me verder met rust te laten.

'Ik zal je maar laten werken', zei hij.

'Ja', zei ik. 'Ik ben op zoek naar mijn muze. Je weet dat schrijvers altijd werken, hé, en nog het meest als ze op hun luie gat zitten.'

Hij lachte me toe en beschouwde me als een van hen. Ik was verbaasd dat het zo makkelijk ging. Iedereen kon zeggen dat hij schrijver was. Iedereen had natuurlijk ook bijna een boek geschreven. Toen ging ik rechtop zitten, want mijn muze kwam uit de goederenlift gestapt. Ik hield de krant voor me en gluurde.

Ze droeg een donkergroene jurk, schoenen met bruine, hoge hakken en dezelfde ouwe vosmantel als gisteren in de Bal Infernal. Haar donkere haar viel vol en glanzend op haar schouders, wat me deed vermoeden dat ze het net gewassen en gebrusht had. Ze knikte vriendelijk naar de barkeeper en wiegde met haar glorieuze lenden naar de deur, die ze met een snok opentrok. Het was alsof ze zich kleedde naar de sfeer van de tent. Ik wachtte een paar seconden en verliet mijn tafel.

‘Geen inspiratie vandaag, Hemingway?’ vroeg de barkeeper bezorgd.

‘Te veel inspiratie’, zei ik. ‘Je moet de muze grijpen voor ze weer weg is.’

‘Je hebt niets opgeschreven.’

‘Het zit al allemaal in mijn hoofd’, riep ik, terwijl ik de vlucht naar buiten nam.

Het zat inderdaad al allemaal in mijn hoofd. Deze keer volgde ik haar niet op de voet. Ik had geen zin om na Falco Gent ook nog eens het volledige Buffaloteam tegen het lijf te lopen. Ze sloeg linksaf naar het Wilsonplein. Ik had zo wel al een idee dat ze niet naar de bibliotheek zou gaan om het Verzamelde Werk van Stijn Streuvels onder de loep te nemen. Ze liet de bibliotheek dus letterlijk links liggen en betrad de microkosmos van het shoppingcenter. Ik voelde me lekker in mijn vel toen ik dacht aan al die arme schepsels die daar de hele dag als vissen in een aquarium leefden en werkten. Een paar skaters en spijbelaars verstopten er zich voor de echte wereld en speelden op videogames. Ik tuurde naar beneden en zag Susan Spinelli al via de roltrap naar de patio afdalen. Ze keek rond, maar zag me niet. Ik holde op een drafje naar de roltrap en voelde me als een personage in een videogame dat naar het volgende *level* zakt. Ze treuzelde een beetje en ging toen shoppen in de supermarkt op de benedenverdieping. Ik had geen zin om me te laten brainwashen door muzak en dus wachtte ik tot ze terugkwam. Dat deed ze met twee plastic zakken in haar rechterhand. In haar linkerhand hield ze een minuscuul mobieltje. Ik verschool me achter een van de enorme varens en ving een flard van een gesprek op. Ze moest luid spreken om zich in dit wespennest verstaanbaar te maken.

‘Ja, ik ben het. Susan. Ben je er klaar voor?’

Het was duidelijk dat de andere persoon er niet klaar voor was.

‘Er is geen enkel probleem. Je zei vorige week dat je het zag zitten.’

Susan Spinelli ging plots op een bankje zitten, voor me. Echt waar, ik had me nooit zozeer een gendarme van Saint-Tropez gevoeld als toen. Net alsof ik vanachter een parasol de monokini’s op het strand in de gaten hield. Susan Spinelli was een meid die kon overtuigen.

'Ik zweer je dat het geen kwaad kan.'

Ik begon me meer en meer af te vragen wat er geen kwaad kon. Hoe langer ik Susan Spinelli aan het achtervolgen was, hoe meer ik ervan overtuigd was dat ik ook Susan Six aan het achtervolgen was. Ik had er een nachtje over kunnen slapen, maar het spookbeeld was niet geweken. Ik was er vrijwel zeker van dat dit dezelfde vrouw was als in de *snuff movie*.

'Neen, dat beloof ik je, Evi', zei Susan beslist. 'Dat geef ik je op een blaadje. Hij zal er niet bij zijn.' Susan zweeg even.

'Ik heb het hem zelf gevraagd. Hij weet dat het je eerste keer is', zei Susan nu. 'Ik heb het hem uitgelegd en hij snapt hoe gevoelig het ligt. Ik herinner me nog goed mijn eerste keer. Hij was er toen ook niet...'

Ze begon te knikken.

'O.k., maak je maar geen zorgen. Ik kom je oppikken.'

Ze bleef knikken en stond op.

'Ook goed. Zoals je wilt. Jij hebt het voor het zeggen, Evi. Ik zie je straks dan wel in het hotel.'

Ze stopte haar praatpaal in haar handtas en haalde met een lippenstift uit de Match een portie *fun* boven. Er leek iets te gebeuren. Jammer dat Pat Somers niet op het feestje was uitgenodigd.

Ik bleef haar volgen tot ze weer de roltrap naar boven nam en via de platenwinkel Het Muziekdoosje terug op het Wilsonplein arriveerde. De wind stond strak en kwam als een dolle stier op me af. Ik stak mijn hoofd in de kraag en keek al uit naar mijn eigen feestje aan een tafeltje in Den Yzer, langzaam aan een koffie nippend en nadenkend over een boek dat ik toch nooit zou schrijven. Ik wachtte tot ik haar door het raam de lift naar boven zag nemen. Toen ging ik terug binnen en nam plaats aan hetzelfde tafeltje. De barkeeper stond op dezelfde plek. Alles was bij hetzelfde gebleven, behalve de schorre stem van Adamo die iets over de sneeuw zong.

'En, heb je je inspiratie gevonden?'

'Ik heb een paar ideetjes', zei ik. 'Maar het wordt een werk van lange adem.'

'Ik lees graag', gaf hij me opeens te kennen, alsof ik dat zou verwerken. 'Ik lees alles wat mijn oog tegenkomt. Advertenties, doodsberichten, verpakkingen, kruiswoordraadsels, menukaarten. Ik kan het niet helpen. Ik moet lezen, anders word ik gek.'

'Werkelijk?' zei ik. 'Je bent nog een van de weinigen. Welk boek ben je nu aan het lezen?'

'Wat? Een boek? Heb ik iets over een boek gezegd?'

'Je zei dat je niet kon stoppen met lezen.'

'Ja, lézen bedoelde ik', verduidelijkte hij. 'Ik heb het toch niet over boeken. Jezus, man, waar kom jij nog mee af? Het enige boek dat ik nog lees, is mijn spaarboekje en ik kan je vertellen dat het de verrassendste thriller is die ik ooit heb gelezen.'

'Uhuh.'

Ik bekeek de kaart en zag gerechten en drankjes die uit het Neolithicum stamden. Ik legde de kaart weer weg en haalde mijn boekje te voorschijn. Ik zuchtte. Ik keek op naar de belezen barkeeper en zuchtte nog meer.

'Wat scheelt er? Heb ik ergens een fout in het menu geschreven?'

'Neen', zei ik. 'De spelling is ondertussen al zeven keer veranderd, maar dat is het niet.'

'Wat dan?'

'Ik kan me hier niet concentreren.'

Ik keek om me heen en besefte dat er nog altijd weinig of geen volk was. Een paar oude dametjes zaten bij het raam en hadden misschien net een 'Warme Vlaemsche Wafel' besteld. Ik verlegde mijn blik naar de goederenlift.

'Kan ik hier soms een kamer boeken?'

'Je wilt hier een kamer boeken om een boek te schrijven', lachte de lettervreter. 'Dat is eens iets anders. Doe maar. Ik zal je de suite geven, maar dan moet je me wel vermelden in je boek.'

'Ik kan beter doen', zei ik. 'Je mag het zelfs proeflezen.'

'Ja', aarzelde hij. 'Ja, ik vrees dat ik daarvoor geen tijd zal hebben.'

Ik kreeg de sleutel van kamer zeven en een korte wegbeschrijving om er te geraken. Toen nam ik mijn spullen en voelde de behoefte om een koffer op te pakken waar mijn schrijfmachine in stak, een beetje als die verloren gloriën, die scenaristen van het oude Hollywood die elke dag in een witte ruimte van een bungalow zaten te schrijven tot ze er gek van werden en in een andere witte ruimte werden ondergebracht. Misschien kwam ik over een paar uur à la Brusselmans eens naar beneden om een paar koffies naar binnen te gieten.

16.

Ik trok de traliedeur van de goederenlift open met hetzelfde gemak waarmee John Massis ooit met zijn tanden een locomotief voorttrok. Het spul slaakte een schreeuw als een olifant met aambeien. De gang van het hotel was zo mogelijk nog ouderwetser dan de menukaarten. Het appelblauwzeegroene tapijt had een paar vuile tatoeages van gemorste whisky en as, en met bruin behangpapier kun je natuurlijk nooit de 'Special Wonen' van *Weekend Knack* halen. Er waren een tiental kamers en de mijne lag ongeveer in het midden van de gang. Ik stak de sleutel in het slot en verwachtte een of andere handelsreiziger die zich had opgehangen aan een vliegenvanger aan het plafond. Ik had geluk en ongeluk. De handelsreiziger was er niet, maar de vliegenvanger wel, wat me liet vermoeden dat deze kamer de herfst nog niet had gezien. Ik haalde onmiddellijk mijn boekje en mijn balpen boven en legde ze op het bureau tegen de muur. Ik stak een bedlamp aan. Toen liet ik de deur openstaan en legde mijn oor te luisteren bij de andere kamers. Het was niet zo moeilijk de kamer van Susan Spinelli te vinden, vooral omdat een jong meisje net uit de goederenlift kwam gestapt en bij kamer twee aanklopte. Ze keek me angstig aan. Ik keek haar betrapt aan en verdween terug in mijn eigen hol waar ik een aantekening maakte.

'Jonge vrouw, een- of tweeëntwintig. Lichtbruin lang haar. Smalle ogen met korte oogleden en vreemd welvende wenkbrauwen, wat haar een prettig gezicht geeft. Een brede mond met smalle lippen. Gekleed in een strakke, sportieve sweater, een loszittende broek, sneakers, en een rugzakje.'

Ik wachtte een tijdje en ging op het bed liggen. Ik hoopte een paar geluiden op te vangen uit de andere kamer, maar die lag te ver. Er kwam een stuk behang los van het plafond, wat de kamer als een monster tot leven liet komen. Mijn keel begon zuur te smaken. Toen stond ik op en liep weer de kamer uit. Ik ging tegenover kamer twee zitten, met mijn rug tegen de muur, en had nu een betere plaats voor het hoorspel.

‘Wanneer krijg ik het geld?’ vroeg een van de gedempte stemmen.

‘Ik wil het je nu al geven’, hoorde ik de stem van Susan Spinelli rustig zeggen. ‘Als dat je wat meer op je gemak stelt.’

‘Ik ben bang’, klonk het plots anders en stiller.

‘Je hoeft nergens bang voor te zijn. Ik ben hier.’

‘Dat maakt me net bang’, zei het jonge meisje met de prettige wenkbrauwen.

‘Ik zal je zeker geen pijn doen’, zei de ander weer. ‘Als ik je pijn doe, dan moet je maar eens gillen.’

De stemmen zwegen even, maar er was wat kabaal te horen: een paar meubels werden verschoven, een toilet werd doorgespoeld, het scheuren van papier. Daarna hoorde ik enkel het tikken van de verwarming. Het bleef enkele minuten rustig en ik dacht dat de twee vrouwen misschien een boodschappenlijstje aan het samenstellen waren. Maar toen hoorde ik een stille kreet die gepaard ging met een zacht slaan van een hand, alsof iemand klappen uitdeelde. Ik ging rechtop staan en keek naar de deur. Ik wachtte op mijn signaal om in beeld te komen en Evi gaf me dat door nog eens zachtjes te gillen. Ik zette me af van de muur en stampte de deur in. Ik had niet gedacht dat het in één keer zou lukken.

‘Ik dacht dat er iemand in de problemen zat’, zei ik toen ik opkeek van de grond.

‘Jezus, wie is dat?’ gilde Evi.

‘Als er iemand in de problemen zit, dan ben jij het wel, knalpot’, siste Spinelli als een slang.

‘Susan, wie is die griezel?’ vroeg Evi zich paniekerig af.

‘Dat is *‘em* niet, liefje’, antwoordde ze. ‘Wees gerust. Ik weet niet wie dit is, maar ik weet dat het een korte dag voor hem zal worden.’

Ik strompelde recht en spoelde de film even terug, tot net voor het moment dat ik met mijn smoel in het tapijt naar termieten ging zoeken. Het was een beeld dat op mijn netvlies was blijven plakken. Maar het was niet zo gruwelijk als de scène uit de *snuff movie*. Het was wel even ongewoon en bevreemdend, maar gruwelijk zou je het niet kunnen noemen. Er zat inderdaad niemand in de problemen, behalve ik. En als deze twee vrouwen al in de problemen zaten, dan kwam dat doordat ze met hun armen en benen in de knoop waren geraakt. Susan Spinelli en haar vriendinnetje lagen immers een plaatje uit de Kamasutra uit te beelden. Ze waren naakter dan een pasgeboren baby en gingen letterlijk en figuurlijk in elkaar op. Het meisje dat Evi heette, trok snel haar knieën tot haar kin.

'Je hebt er geen idee van waar jij je allemaal mee bemoeit, *chum*', zei Susan.

'Sorry als ik je uit je concentratie haalde', zei ik. 'Let maar niet op mij.'

'Zoals de rest van de wereld?'

'Ik heb hier een kamer in de gang', lichtte ik toe. 'Jullie begonnen opeens te gillen, dus ik dacht: ik ga maar eens kijken waar die muizen zitten.'

'Als de kat van huis is,' zei Susan, 'dansen de muizen.'

'Wie is de kat?'

Ze hield de hele tijd het laken rond haar middel en zette een kleine camcorder af die voor de spiegel stond opgesteld. Hij was zo klein dat ik hem nog niet eens had opgemerkt. Er waren natuurlijk verzachtende omstandigheden waarom ik hem nog niet had opgemerkt. Susan Spinelli ging voor de lens staan.

'Ik zie dat je hier een leuke set hebt opgebouwd', zei ik. 'Niet meteen *Lawrence of Arabia*, maar dat is niet erg. Ik heb het ook meer voor kleine *art-house* films zonder veel dialoog.'

Ik keek de kamer rond. Er viel behalve die camera geen enkel spoor te vinden van de filmwereld.

'Waar is de crew?'

'Wij zijn de crew.'

'Jullie zijn de cast én de crew', zei ik bewonderend. 'Worden jullie dan ook dubbel betaald?'

Susan Spinelli antwoordde niet. Het meisje had inmiddels een T-shirt en haar slipje aangetrokken.

'Wie ben jij?' vroeg ik haar.

'Je hoeft niets te zeggen, Evi', zei Susan.

'Je hoeft ook niet in de lik te belanden, Evi', zei ik haar.

'Waarom zou ze in de lik belanden, *chum*?' zei Spinelli. 'Dit is een vrij land. Wij zorgen ervoor dat de economie blijft draaien. We redden de mensheid van verkrachters, kinderlokkers en dierenbeulen. Als je 't mij vraagt, doen wij meer voor de arme belastingbetaler dan jij ooit zal doen. Als ik tenminste juist ben wat je luizige beroep betreft.'

Ik zweeg even, zoals ik altijd zwijg. Niet omdat ik het meer glans wil geven, maar omdat ik het zelf bijna nooit kan geloven.

'Ik ben privédetective', zei ik.

'Ja, ik wist niet dat het zo erg was', zei Susan. 'Ik dacht dat je een pooier was.'

'Als ik een pooier was, dan wist ik ze wel beter uit te pikken.'

Dat snoerde haar even de mond.

'Je praat als een pooier, *chum*', zei ze, maar dat was niet goed genoeg.

'Je kunt beter dan dat, *chérie*', zei ik. 'Maar nu we toch zo open en bloot zijn, jij lijkt echt wel met je gat in de boter te zijn gevallen. Het is de derde keer dat ik je zie en de tweede keer tijdens een filmopname. Alleen jammer dat je sets altijd zo neerslachtig zijn.'

Evi, het meisje, staarde nu meer naar Susan dan naar mij. Dat was een van mijn talenten. De aandacht van mij laten afstralen op de andere persoon in de kamer. Maar Susan Spinelli bleef er opmerkelijk rustig bij.

'Dit is iets helemaal anders. Dit is een stuk van het aanbod op een gigantische vraag. Je kunt je niet voorstellen hoe simpel het vandaag is. Je stelt die camera op en doet je ding. Je hoeft niet in te zitten met de belichting, de scherpte of de beweging. Vroeger had je drie dagen nodig om zo'n film te draaien. Nu zit de klus er in drie uur op. Je steekt de stekker in een laptop, in minder dan geen tijd staat de film op het net en hop, je hebt ineens tienduizend toeschouwers per minuut.'

Het ging me eventjes te snel voor mijn goed. Ik had geen idee waarover ze het had. Ik tikte mijn dreigbrieven naar de flikken nog altijd met de hand op een oude schrijfmachine en het woord 'netwerk' deed me eerder denken aan het prostitutienetwerk dat de Gentse kolderbrigade al jaren probeerde op te lossen.

'Wie steekt de stekker in?' vroeg ik. 'Wie zet jullie op het net?'

Susan keek opzij naar haar vriendin. Evi zat haar angstig aan te kijken.

'Weet je wat', zei ik. 'Ik geef jullie een naam en jullie geven mij een naam. O.k.?'

Ze zwegen nog altijd.

'Pat Somers', zei ik.

'Wie is dat?'

'Dat ben ik.'

'Dat is jouw naam?'

'Ja, wie zet je onder druk om dit te doen, Evi?'

Evi keek richting Susan. Susan schudde het hoofd en antwoordde in haar plaats.

'Evi staat niet onder druk', zei ze. 'Ze doet dit vrijwillig om haar studie te kunnen betalen.'

'Ja?' vroeg ik. 'En haar cursus is de Kamasutra.'

Ik zag dat het meisje niet wilde loskomen. Ze hield me in de gaten, maar ik wist dat ze meer kwijt wilde dan alleen maar haar slipje. Ik haalde een kaartje uit mijn binnenzak en liep naar haar toe. Ze trok haar knieën nog hoger op. Het scheelde niet veel of ze begon te klappertanden. En ik had niet eens look gegeten. Ik legde het kaartje sereen in haar schoot.

'Je mag me altijd bellen als je hulp nodig hebt om je studie te betalen', zei ik. 'We vinden wel iets. Desnoods mag je op mijn zieke hond babysitten.'

Ik gaf een knikje naar de deur van de badkamer. Evi nam met permissie van Susan de rest van haar kleren en sloot zich op in de badkamer. Ik maakte het bed een beetje op en stak een peuk op. Ik ging even op het bed liggen, maar zat vrij snel weer rechtop toen ik bedacht hoe dit overkwam voor Susan Spinelli. Ik kuchte een paar keer om de stilte te doorbreken en inspecteerde de camera. Het was een nieuw ding, maar al die dingen leken even hard op elkaar als een paar bakstenen.

'Waarom denk je dat dit anders is dan je vorige rol die ik gezien heb?'

'Dit is *fun*', zei Susan Spinelli. 'Dat andere was... iets anders.'

'Ja, het was iets anders', zei ik. 'Maar het was niet iemand anders. Het was twee keer jij.'

'Dat heb je goed gezien', zei ze. 'Als je denkt dat je daarmee een rol in deze film kunt winnen, zit je ernaast.'

Ik lachte.

'Ik heb al genoeg aanbiedingen. Wie was de kerel die je de vorige keer verminkte? Was dat dezelfde kerel die deze film ook in handen heeft?'

Ze week geen centimeter. De kamer was bijna even sober en miezerig als een verhoorlokaal bij de flikken. Daar waren meestal ook een spiegel en een camera aanwezig. Maar iets vertelde me dat het hier toch beter vertoeven was dan in de verhoorkamer. Ik nam luchtig een dildo in de hand en krabde ermee in mijn haar.

'Ik ben mijn eigen baas', zei Susan Spinelli resoluut. 'Ik buig voor niemand.'

'Je boog daarnet wel voor iemand anders.'

'Je hoeft hier niets achter te zoeken. Jij, als speurneus, moet toch weten dat we niemand pijn doen. Je bent bij de verkeerde om iemand op overspel te betrappen. We zijn niet getrouwd. We hebben zelfs geen vriendje.'

'Ik zoek nergens iets achter', legde ik uit. 'Ik ben eigenlijk met vakantie. Maar jij had wel een vriendje. Hij heette Dimitri Leurs en je liet hem op zijn blaren zitten. Hij denkt dat je dood bent.'

'Hij is niet de enige.'

'Ik kan begrijpen dat je met hem wilde breken', zei ik. 'Er bestaan andere manieren om met iemand te breken dan te doen alsof je vermoord wordt.'

'Ik werd vermoord', zei ze plots harder.

Ik keek haar strak aan. Ze stond met haar lichaam te pronken.

'Sorry', zei ik. 'Ik weet dat je daarnet in de zevende hemel zat, maar kom alsjeblief terug naar planeet aarde. Als jij werd vermoord, met wie sta ik hier dan te praten? Met de geest van La Cicciolina?'

'Ik werd vermoord als artieste', verduidelijkte ze.

'Ja, dat heb ik daarnet gezien.'

'Jij weet niet hoe het voelt om ambitieus te zijn.'

'Een ambitieus mens is een ongelukkig mens.'

'Ik had die rol bijna te pakken.'

'Je vriendje Leurs had ze bijna te pakken, bedoel je.'

'Ja, maar de deal sprong op het nippertje af.'

Ik liet het even bezinken. Evi had blijkbaar veel werk in de badkamer. Ik keek naar de dildo, de vibrator en de buikriem die als speeltjes op het bed lagen.

'Maar je vond al snel een andere rol', zei ik. 'Die van een lijk.'

Ik verwachtte een reactie, maar ze nam de rol van lijk weer op zich. Ze zweeg als een graf.

'Waarom veranderde je van naam?'

'Het kan geen kwaad om eens met een nieuwe lei te beginnen', zei ze stil en voor het eerst gekwetst.

'Het kan geen kwaad als je iets op je kerfstok hebt', zei ik. 'Maar jij had niets op je kerfstok. Hoe kwam je in die *snuff movie* terecht en wie pakte je daar zo hard aan? Was het Rousseau?'

Ik hoorde plots een bonk in de badkamer. Susan stootte zich van de muur af en liep naar de deur. Ze klopte beleefd en vroeg:

'Evi, liefje, wat is er?'

Ik kwam erbij staan en duwde Susan opzij. Ik wachtte op een tweede signaal. Ik klopte nog een keer, maar er kwam geen reactie. Susan keek me afwachtend aan in de hoop dat ik mijn intrede van daarnet eens dunnetjes kon overdoen. Ik had er geen zin in. Ik voelde mijn schouder nog altijd kloppen. Ik riep nog een keer Evi's naam en voelde toen aan de klink. De deur ging verrassend genoeg open. Bijna even verrassend was het rubberen voorwerp dat als een sloopbal op mij af kwam. Ik had geen tijd om te zien wat het precies was, en geen zin om ernaar te raden, want het zag er nog vunziger uit dan een dildo. Ik kreeg 'het' vlak in mijn rechteroog en alsof dat nog niet grotesk en wansmakelijk genoeg was, kreeg ik een tweede stoot op mijn mond. Ja, het leven was inderdaad een cabaret, Somers. Het ding kwam bijna even hard aan als een ploertendoder. Ik merkte dat Susan Spinelli weinig aanstalten maakte om dit vluggertje langer te rekken. Het kwam haar wellicht goed uit dat ik de 'kleine dood' beleefde. Ik kreeg nog een laatste stamp en viel toen met mijn voorhoofd op de rand van de toiletpot. Het was inderdaad een vluggertje geweest. Ik was buiten adem en buiten zinnen, het enige ongemak was nu dat ik geen *sloffie* kon opsteken.

17.

Geen dromen dit keer. Ik werd wakker en bleef in de nachtmerrie. Ik zat vastgebonden aan de enige stoel in de kamer en beleefde mijn eigen *snuff movie*. De meiden hadden hun speelgoed meegenomen, behalve hun handboeien en voetkettingen. Ik probeerde mijn welbekende Houdini-act om mijn schouder uit de kom te halen en zo los te komen, maar zo'n act werkt natuurlijk enkel als je schouder al eens eerder uit de kom is gegaan. Ik had geen zin om nu voor de primeur te zorgen. Dus wipte ik met de stoel tot bij de antieke draaitelefoon naast het bed en belde de receptie. Of ze iemand naar boven konden sturen.

'O.k.', zei de barkeeper, toen hij in de deuropening stond. 'Wat is hier aan de hand, pennenlikker?'

'Ik heb me van kamer vergist.'

'Jij hebt een heel aparte manier van schrijven', zei hij zonder ook maar aanstalten te maken om me te helpen.

'Ik heb de neiging om eerst alles zelf te beleven.'

'Wat denk je?'

'Ja, het is geloofwaardig genoeg', zei ik. 'Als je me nu eens losmaakte, dan kan ik het snel neerpennen voor het weer gaat vliegen.'

'Ik zal het voor je neerpennen, Hemingway', zei hij droog. 'Je mag het me dicteren. Vertel me je verhaaltje. Wat zit je daar op die stoel te doen?'

Ik bekeek de situatie. Het zag er niet al te best uit. Het zag er om te beginnen al niet echt zeer hoogstaand uit, met al die dildo's en vibrators op de grond. Ik zei:

'Dit is niet wat het lijkt.'

'Ik ben ook wel te vinden voor een spelletje zo nu en dan', zei de hotelmanager. 'Maar dit gaat me eerlijk gezegd te ver. Ik begrijp niet hoe jullie soort het zo ver gaat zoeken om aan je trekken te komen. Ik begrijp het gewoon niet. Het is ziekelijk.'

Er was een tijd en een plaats om met de waarheid uit de hoek te komen. Ik kon dat spelletje van schrijver nog wel een tijdje volhouden, maar ik bereikte er weinig mee, behalve de spot van een mislukte Basil Fawlty.

'O.k.', zei ik. 'Ik zal open kaart met je spelen. Ik ben geen schrijver, ik ben een privédetective.'

'Het wordt steeds leuker', zei hij even droog als een stuk vloeipapier. 'Wat ben je morgen? Een wapeninspecteur?'

'Als je me niet snel losmaakt, word ik straks een privédetective met de pest erin. Ik wil je graag in vrede laten genieten in dit oubollige pension, maar ik kan ook evengoed naar de flikken stappen en melden dat hier vaker pornofilms worden gedraaid dan er wafels worden geserveerd.'

Hij reageerde er niet echt op. Ik zag dat hij wist wat er zich onder zijn dak afspeelde. Misschien kreeg hij zo nu en dan zelf een cameo in een van die films. Het hotelwezen is ook niet meer wat het geweest is. Je moet iets doen om bij te verdienen. Hij verloste me van de handboeien en de ketting en keek me aan met een blik alsof hij verwachtte dat ik zelf alles mooi zou opruimen. Ik vroeg hem hoe Susan Six werkelijk heette, maar ik kon evengoed een kat om een boekbespreking van *Pitface* vragen.

Ik liet hem met de rommel achter en graaide mijn spullen uit mijn kamer. Ik wandelde door regen en wind naar mijn hoofdkwartier in Onderbergen en nam een warme douche. Ondertussen maakte ik een vergelijking tussen de dildo die me buiten westen had geslagen en de dildo die tussen mijn benen hing. Het werd een ex aequo. Ik trok een vers pak aan en een droog paar Adidassen, en greep naar de telefoon. Ik had honger. Maar ik was ook hongerig naar iets anders. Susan Six en Susan Spinelli waren dezelfde vrouw. De vraag die zich dan ook stelde, was waarom ze zich zogezegd liet vermoorden in een *snuff movie* van Henri Rousseau. Het spoor liep twee kanten uit. Ik sloeg een eerste richting in, maar kwam in een doodlopend straatje terecht. Dimitri Leurs was onbereikbaar.

'De heer Leurs is ziek', meldde een meisje van het productiehuis.

'Ik weet dat hij ziek is', zei ik, maar ik bedoelde het anders dan zij.

'U kunt altijd een boodschap achterlaten', zei ze vriendelijk.

'Dan moet u eerst "biep" zeggen.'

Dimitri Leurs had alle medewerkers van zijn kantoor naar zijn hand gezet. Dat wil zeggen: hij had alle humor van het oud behang gekrabd.

'Weet u ook wáár de heer Leurs ziek is?' vroeg ik ten slotte.

'Waar? Wilt u zijn adres?'

Het was het antwoord dat ik zocht. Het schepsel was niet ingelicht over een of andere instelling waar Dimi Leurs geregeld met vakantie ging. Ze veronderstelde dat hij in zijn flat netjes onder een dekentje aan een kop hete soep aan het lurken was. Ik dankte haar en hing op. Ik had het adres van Leurs, maar ik reed het doodlopende straatje uit en probeerde eerst een andere richting. Ik belde het nummer van Sammy 'de Prins' Weller. Sammy, een oude vriend van het college, had vroeger al de bijnaam van de Grote Winkler Prins, omdat hij nu eenmaal een wandelende encyclopedie was die meer over de filmwereld wist dan Patrick Duynslaegher en Roel van Bambost samen. Hij had een tijdje in het Filmmuseum gewerkt, maar bezat sinds kort zijn eigen filmmuseum, in zijn flat op het Sint-Michielsplein, boven de eettent De Medici Steps. Het gerucht deed de ronde dat het hele gebouw was ingenomen door een vreemde sekte, onder leiding van een soort oude yogameester die zich specialiseerde in 'nieuwe films', die enkel konden worden bekeken en begrepen mits je een stevige portie gras achter de kiezen had. De Prins nam onmiddellijk op.

'He, Prins, met Somers hier', zei ik. 'Stoor ik?'

'Hé, Pat', zei hij. 'Ik was net *Stalker* van Tarkovsky aan het herbekijken. Ik denk dat ik hem eindelijk begin door te hebben.'

'Ja? Ik dacht dat je hem al een paar keer had gezien?'

'Ik ben afgestapt van de idee dat je een film maar één keer kunt bekijken, Patje', zei hij. 'Ik denk dat ik die prent nu al, laat eens even kijken, ja, als ik het goed heb, negenenzeventig keer heb gezien.'

Ik wist dat er mensen bestonden die nog nuttelozer werk uitvoerden dan ik. Daarom beschouwde ik hen als mijn vrienden. Ik wist dat De Prins in zijn leven al meer films had gezien dan er effectief waren gemaakt. Maar de laatste jaren had hij zijn lijstje beperkt tot twee films, waarvan *Stalker* er een was.

'Ik ontdek elke dag nog iets nieuws', voegde hij er trots aan toe.

Tarkovsky was voor De Prins heiliger dan de paus en de Lieve Heer samen.

'Luister', zei ik. 'Ik weet dat het niet echt je ding is, maar ik moet een paar dingen weten over de Vlaamse Tarkovsky.'

'Pat, Pat, Pat', zei hij geërgerd. 'Je doet me pijn.'

'Ik weet het. Het is te veel eer. Ik heb het over Henri Rousseau.'

'Wat moet je over die misantroop weten?'

'Alles wat niet in de echte encyclopedieën staat.'

'Waarom? Ik dacht dat Rousseau niet meer buitenkwam?'

'Dat dacht ik ook', zei ik. 'Maar hij kan het blijkbaar niet laten om te regisseren. Lukt het vandaag nog?'

Ik hoorde hem zuchten alsof hij veeleer van plan was om *Stalker* voor de tachtigste keer te bekijken. Het was eigenlijk ironisch: hij ontpopte zichzelf tot een *stalker* van *Stalker*.

'O.k.', zei hij. 'Omdat jij het bent, Patje. Maar ik moet nog een recensie schrijven ook.'

Ik dankte hem en zette vaart naar de Sint-Michielshelling. Als je geluk hebt, zie je De Prins soms 's avonds een folder in alle brievenbussen van Gent steken. Hij schrijft wekelijks een recensie over *Stalker* en biedt die geheel kosteloos en vrijwillig aan de volledige Gentse bevolking aan. De ene keer behandelt hij de belichting in het dertiende shot van de zevende sequentie. De andere keer heeft hij het over het kapsel van een figurant in de laatste scène.

Het was een korte wandeling tot bij De Medici Steps. De deur van het restaurant stond open en ik liep de beroemde, beschilderde trappen op, die bewust deden denken aan de meesters van Venetië. Op de eerste verdieping klopte ik aan en De Prins kwam opendoen. Zoals altijd droeg hij een lange, stoffige mantel met kap en een paar sandalen. Hij had een volle baard die vals leek, en ogen die zo diep in zijn oogkassen verscholen zaten dat het rozijntjes leken.

'Kom binnen, Somerski', zei hij. 'Kijk eens aan.'

Hij toonde me een stil beeld op zijn breedbeeldtoestel dat panoramischer was dan een venster op de Grand Canyon.

'Kijk eens aan, weet je wat dat is?'

'Een karakterkop?'

'Dat is een schilderij, Somerski', zei hij. 'Tarkovsky was een schilder.'

'Hm.'

'Hij is de reden waarom er beter geen films meer worden gemaakt.'

'Ik begrijp wat je bedoelt', zei ik om me heen kijkend.

'Zie je die initialen op die helm op de achtergrond?'

Je kon nog beter een suikerklontje in een sneeuwman zien.

'Zie je dat? AT. Meesterlijk. AT! Andrei Tarkovsky!'

'Je moet het zien om het te geloven', zei ik.

'Je moet het negenenzeventig keer zien om het te zien', verbeterde hij.

De hele flat was ingericht voor en door filmobjecten. Ik dacht dat ik tegen een zwart wandscherm aankeek, maar bij nader inzien bleken het duizenden videobanden te zijn die allemaal netjes gerangschikt tegen de muur stonden. Een andere stapel videobanden vormde een kleine tafel waarop een asbak en een pakje Tigra lagen. De Prins gebruikte zelfs kapotte videolinten als vliegenvangers die hij aan het plafond hing. Lege videodozen deden dienst als pennenzak en als mand voor beleg. De Prins opende zijn koelkast om me een blikje fris bier te geven en ik zag een lading pellicule liggen, genoeg om vijftig remakes van *The Godfather* te maken. Hij heeft ooit zelf eens een kortfilm gemaakt, opgedragen aan Tarkovsky, over een oude man die elke dag tegenover een graf zit te schaken en op het einde zijn hoofd eraf knalt omdat hij schaakmat wordt gezet. Echt een luchtig tussendoortje. Het heeft twee dagen als voorfilm gelopen tot de helft van Gent een petitie indiende.

'Henri Rousseau', zei hij terwijl hij ging zitten en een grote map opende waarin het hele Roswelldossier kon worden opgeborgen.

'Ja, ik ben in de bib geweest', zei ik. 'Maar dat was enkel een bloemlezing van de heilige vader.'

Hij opende de map, en een pak vergeelde krantenknipsels deden me bijna naar een fles vlugzout grijpen. Het pakje was bijna even dik als het telefoonboek, maar De Prins had met zijn analytische geest natuurlijk al lang een selectie gemaakt.

'Wat wil je precies weten, kameraadski?'

'Alles wat eigenlijk niet mag geweten zijn.'

'Ik heb ze daarnet al eens doorgebladerd', zei hij. 'Ik kan je een korte resumé geven, als je dat wilt.'

Ik dacht aan het begrip 'kort'. De Prins had al bij al ooit eens een recensie van vijfduizend woorden geschreven over een titel.

'Een vreemde vogel als je 't mij vraagt, die Rousseau.'

Ik keek hem aan. Hij wuifde zichzelf weg.

'Zoals je weet, heb ik 't wel voor mensen die een fase in hun leven voor gezien houden en opeens alles vaarwel zeggen en opnieuw beginnen. Wel, ik ben eens op zoek gegaan naar de reden waarom Henri Rousseau na al dat succes opeens geen zin meer had om grote films te maken.'

'Hij zei me persoonlijk dat hij genoeg had van de hele santenkraam.'

'Hij liegt', zei hij streng als een Russische generaal. 'Die vent is op een bepaald moment gekraakt.'

'Wat heeft hem precies gekraakt?'

Hij haalde een krantenknipsel boven dat er ouder uitzag dan een Grieks perkament van Plato.

'Dit hier.'

'Wat dan?'

'Henri Rousseau is twee keer getrouwd geweest', lichtte hij toe. 'De eerste keer zonder kinderen. Het huwelijk duurde niet langer dan twee jaar. Zijn vrouw was een van zijn vroegere actrices. Het tweede huwelijk hield een tijd langer stand. Die vrouw verdient eigenlijk een medaille en een baronnentitel omdat ze het langer dan dertien jaar heeft volgehouden met die knorpot.'

Het krantenartikel dateerde van een zevental jaar terug en bevatte een kort portret naar aanleiding van de laatste grote film die de dramaturg Rousseau zou draaien. Het stuk prees de emotionele draagkracht en in een kort interview liet Henri Rousseau heel even in zijn kaarten kijken.

'Wat zegt hij?' vroeg ik aan De Prins.

'Hij zegt dat het zijn beste film is omdat die hem het meest na aan het hart ligt. De vader-zoonrelatie is echt een kolfje naar zijn hand, zo laat hij duidelijk blijken. Rousseau en zijn tweede vrouw Reinhilde hadden één zoon die ze Sergei doopten, naar het grote voorbeeld van Rousseau, Sergei Eisenstein. Dat was in 1977, net toen Rousseau overschakelde van televisie- naar bioscoopfilms. Pure kamikaze, maar goed, dit moet je de man nageven: hij deed altijd zijn eigen zin.'

'Wat was die Sergei voor iemand?' vroeg ik naar het krantenknipsel kijkend.

'Het levende cliché van de zoon van een bekend filmer. Een echte *fils à papa*. Sergei Rousseau heeft meer in jeugdhuizen en instellingen gezeten dan ik in de Sfinx. Die jongen was een echt probleemgeval en leek dus in de wieg gelegd om later artiest of kunstenaar te worden. De Rousseaus waren een deftig, gerenommeerd koppel met vele verplichtingen, en dus maakte zoonlief Sergei daar gretig gebruik van om zijn ouders, en dan vooral zijn vader, met een schuldgevoel op te zadelen, zo groot als het Empire State Building. Het ging van kwaad naar erger. Sergei Rousseau van zijn kant kampte met een enorm gebrek aan zelfvertrouwen en had blijkbaar steeds het gevoel dat hij alles minstens even goed hoefde te doen als zijn vader.'

Hij haalde er een ander bewijsstuk bij dat iets recenter, maar daarom niet minder afstotelijk was. Dit was een dubbelinterview uit het weekblad *Humo*.

'Kijk, als je dit leest, dan merk je algauw dat dit het eeuwenoude verhaal is van rivaliteit tussen vader en zoon. Vader wil dat zoon zijn eigen weg vindt en kan hem daarbij enkel op weg zetten. Zoon vindt dat vader makkelijk praten heeft en dat hij recht heeft op een steuntje in de rug. Vader hoopt heimelijk dat zoon een totaal andere richting uitgaat. Zoon doet er alles voor om vader te plezieren, maar belandt uiteindelijk in hetzelfde schuitje. Vader ten slotte wil zoon niet voortrekken. Je ziet, stof genoeg om een drieluik over te maken.

Sergei Rousseau maakt zijn studie niet af en stort zich in het nachtleven. Hieruit blijkt dat hij boordevol plannen zit om net als zijn vader films te maken en dat hij enkel hoopt op een beetje geld dat hem uit de startblokken zou helpen. Maar Henri Rousseau, traditioneler dan de paus, wil eerst dat zijn zoon zijn filmstudie afmaakt. Als je dit interview tussen de regels leest, dan merk je dat het een vuurgevecht is van verwijten. Sergei merkt slimmetjes op dat hij het vak al grondig kent door zijn vader zo vaak aan het werk te zien en Henri repliceert dat hij de waarheid niet in pacht heeft. Het gevolg laat zich raden: een vlammende ruzie waarvan de brokken tot op heden nog niet zijn gelijmd.'

De Prins stak het document weer in de map. Ik vermoedde dat hij ergens een bovenverdieping huurde als archiefruimte.

'Het is bijna freudiaans', zei ik. 'De zoon die in de voetsporen van zijn vader wil treden, en de vader die dat als concurrentie ziet.'

'Ja, maar er is nog iets anders', zei De Prins.

'Wat?'

'Ik weet niet. Een onderwerp dat in enkele interviews een paar keer ter sprake komt, maar Henri Rousseau weigert er pertinent op in te gaan. Het heeft ook te maken met zijn zoon, maar het ligt precies dieper.'

'Een of ander familiegeheim?'

De Prins knikte en krabde in zijn baard.

'Het zou best kunnen', opperde hij. 'Je laat je enige zoon niet zomaar in de steek omdat hij per se een film wil maken en omdat hij als het eerste het beste rijkeluiszoontje in de onderwereld terechtkomt.'

'Wat bedoel je met "onderwereld"?'

De Prins haalde zijn schouders op. Hij zocht in zijn map naar andere stukken, maar vond er geen.

'Wat doet Sergei Rousseau nu voor de kost?' vroeg ik me hardop af.

'Ik heb me laten vertellen dat hij er nu alles aan doet om zijn vader te pijnigen.'

Hij pauzeerde even.

'En als je bekijkt dat Henri Rousseau zowat de peetvader is van de traditionele, Vlaamse film, dan moet je Sergei volgens mij gaan zoeken in het andere uiterste.'

Ik deed een poging.

'Pornofilms?'

'Je staat ervan versteld hoeveel echte Vlaamse regisseurs hun brood verdienen met het regisseren van een echte lul in plaats van een of ander opgefokt konijn. Dominique Deruddere heeft zo zijn sporen al verdiend in Duitsland en hij is niet de enige. Hij is wel de enige die ervoor uitkomt en dat siert hem. Sommigen doen het voor de kick, anderen omdat ze het geld nodig hebben en weinig voldoening halen uit het filmen van een bruisend glas bier. De vraag die zich hier stelt, is of de jonge Sergei in de pornowereld afzakte omdat hij zijn vader wilde dwarsbomen, of dat zijn vader niets meer van hem wilde weten nadat hij in de pornowereld was afgedaald. Het is de vraag van de kip of het ei', besloot hij bijna filosofisch.

Ik dacht na over het verhaal dat De Prins net aan mijn neus had gehangen. Ik dacht terug aan mijn eigen vader en ik vroeg me af hoe het allemaal zou zijn gelopen als hij nog in leven was geweest. Misschien had ik me dan ook wel willen bewijzen tegenover hem en had ik een totaal ander beroep gekozen. Of misschien was ik juist wel in zijn voetsporen getreden en was ik ook dokter geworden. Een dokter helpt mensen. Een privédetective helpt ook mensen. Het was verleidelijk om er dieper over na te denken, maar ik hield het liever bij de gedachte dat het zo moest zijn en dat ik werd gevormd door de dood van mijn vader.

'Hoe weet jij dat allemaal?' vroeg ik vol bewondering.

'Ik heb zo mijn bronnen', glimlachte hij. 'Er is weinig bloot in Tarkovsky te vinden, Somerski. Ik zit soms zo lang naar *Stalker* te kijken dat ik mijn hersens hoor kraken en dan is het tijd om eens een verrijkend magazine uit de kast te toveren. Iets zoals *Hustler* of *Playboy*.'

'Weet je per toeval ook of Sergei Rousseau in het land is?'

'Waarom niet?' zei hij. 'Tenzij hij misschien een Rotten Tomato Award is gaan afhalen.'

Het werd me opeens een stuk duidelijker. Volgens de geruchten beschouwde Dimitri Leurs tot voor kort Henri Rousseau als zijn vader. Dimitri Leurs stond in voor de verfilming van de nieuwe Guggenheimerroman van Herman Brusselmans. Sergei Rousseau was al een tijdje uit de gratie gevallen bij zijn vader en kwam nergens meer aan de bak, behalve in kaskrakers als *Miami Spice* en *Dirty Harriet*. Ik verplaatste me even in de huid van Sergei Rousseau en kwam tot de conclusie dat de echte zoon van Rousseau redenen genoeg had om de nieuwe film van zijn vader en Leurs te boycotten. Maar dat verklaarde nog altijd de stem van Henri Rousseau in de *snuff movie* niet. Tenzij de stemmen van vader en zoon op elkaar leken en Sergei Rousseau op zijn eigen manier wraak nam.

'Dank je wel, Prins', zei ik. 'Wanneer krijg jij nu eindelijk eens je eigen filmprogramma?'

De Prins stond moeizaam op en haalde een pijp uit zijn mantel.

'Ik héb mijn eigen programma, Somerski', zei hij. 'Ik neem elke week een opname van mezelf hier in deze zetel en bespreek *Stalker*. Een week later steek ik de opname dan in de recorder en bekijk ik het resultaat. Soms ben ik mis, soms ben ik juist. Maar een echt programma op de zender? Dat denk ik niet, kameraad. Ik denk dat mijn voorbeschouwing vaak langer zou duren dan de film zelf.'

Ik stond op en dankte hem.

'Hé, heb je geen zin om nog een stukje mee te kijken?'

'Neen', zei ik. 'Het is tijd dat ik zelf iemand stalk.'

Twee minuten later stond ik weer op straat met een duidelijke opdracht.

18.

'Pat?'

'Ja, Herman?'

'Pat. Ik ga dood.'

'Het is allemaal niet zo erg, Herman.'

'Ik meen het. Ik ga mezelf van kant maken.'

'Waarom, Herman? Je bent de beste in je vak.'

'Ik speel in tweede klasse, Pat.'

'Maar nee toch, Herman.'

'Ik speel in tweede klasse, gast. Wie hou ik hier nu eigenlijk voor de gek? Mezelf of al de rest?'

'Je houdt niemand voor de gek. Je bent uniek, Herman.'

'Ik ben even uniek als een wieldop, Pat. Ik kan het niet meer.'

'Wat kun je niet meer?'

'Ik kan niet meer schrijven. Ik zit vast. Ik schrijf in cirkeltjes en er komt maar geen eind aan die cirkeltjes, ik geraak er niet meer uit. Ik word er gek van. Het leven is een sleur, maar het schrijven nog meer.'

Ik zat naast het standbeeld van Romain de Coninck op de trappen voor de Minard, de schouwburg in de Walpoortstraat, en nam net dezelfde houding aan. Ik zette mijn linkerhand op mijn linkerdij en begon na te denken. Het enige verschil was dat mijn praatpaal aan mijn oor hing en dat er bij het standbeeld een mus uit zijn oor aan het eten was. Ik had HB zelf gebeld en dat was natuurlijk om moeilijkheden vragen. Het was crisisuurtje ten huize Brusselmans.

'Weet ge wat het ergste is, gast?'

Ik zei dat ik het niet wist.

'Het ergste is dat die hufter van een Jeroen nog altijd het mooie weer maakt in dat klotekot van *Big Brother*. Het ergste is dat zo'n *losers* het leven als een spel van verderf en plezier opvatten, terwijl het eigenlijk om te schreien is.'

Ik wilde het gesprek een andere wending geven.

'Over hufters gesproken, Herman', begon ik. 'Heb je nog iets gehoord van Leurs?'

Hij leek zich te herpakken. Het woord 'Leurs' gaf hem nieuwe moed. Hij begon wat op te leven nu hij besefte dat een sneer naar een nul als Leurs weer wat pit gaf aan zijn leven.

'Ik heb geprobeerd hem te bellen', zei hij. 'Ik wilde het nog eens hebben over die cameo die hij me wilde opleggen. Ik was van plan om hem te vertellen waar hij die cameo kon steken, maar ze zeiden dat hij ziek was.'

'Hij is ook ziek', zei ik. 'Hij is zieker dan een gorilla die denkt dat hij Mike Tyson is. Hij is ook zoek. Ik hoop maar niet dat hij behalve ziek en zoek, ook nog eens dood is.'

'Ze wilden niets zeggen, gast', zei hij ontgoocheld. 'Ik dreigde er nog mee om die secretaresse eens goed onder handen te nemen en mijn snikkel in haar...'

'Als je 't mij vraagt, is onze vriend Dimi Leurs niet alleen ziek en zoek, maar ook zeer slim. Hij zit met een ei zo groot als een sloopbal. Het is duidelijk dat de hele cast en crew van jouw film een voor een deze wereld uit wordt geholpen. Leurs weet dat hij een van de volgende is. Waar denk je dat hij zich het best kan verstoppen?'

Ik wist dat Herman niet echt begaan was met mijn vraag. Ik had hem evengoed kunnen vragen waarom wilde katten een dikkere staart hebben dan huiskatten. Maar ik wist het antwoord wel.

'Volgens mij zit Leurs ergens aan het einde van de wereld', zei ik. 'Waar de zon nooit schijnt en waar een wit nachthemd weer helemaal in de mode is.'

'Een instelling?'

'Ik zou zelfs zeggen: dé instelling. Instellingen zijn als cafés. Als je er tevreden bent, dan ga je niet op zoek naar een andere. Jij zweert toch ook bij de Abajour, Herman?'

Hij zweeg. We waren al op een punt aangekomen dat ik door de telefoon zijn pijn en gekwetste ego kon voelen.

'Ik wil niet zeggen...'

'Ik weet wat ge niet wilt zeggen, gast', zei hij. 'Ge hebt gelijk. Maar hoe komt ge erachter welke instelling Leurs altijd boekt?'

'Er zijn er niet zo veel', zei ik. 'Ik vind het wel. Ik kom uit een heel vreemde familie.'

Ik hing op en veranderde van houding. Naast me bleef Romain de Coninck naar de overkant van de straat staren. Zijn blik ging dwars door de etalage van een schoenenwinkel. Je had overal ter wereld instellingen of gekkenpaleizen nodig. Ook in Gent. Ik kende er een paar uit het hoofd. Het Guislaininstituut was natuurlijk het bekendste, maar er waren nog andere: het Sint-Camillusinstituut bij Sint-Denijs-Westrem, de K 12 F-Afdeling van het Universitaire Ziekenhuis, en nog een handvol privé-instellingen. Je had gemeentelijke instellingen, katholieke instellingen, staatsinstellingen, maar ze kwamen allemaal op hetzelfde neer: het waren allemaal toevluchtsoorden voor mensen die dachten dat ze van een Rode Planeet kwamen of Bart Kaëll een verdienstelijke zanger vonden. Ik stond op en streek mijn broek glad, blij dat ik toch dat streepje voor had op Romain.

Ik wandelde een paar meter verder en bestudeerde het menu van Het Gebed Zonder Eind, een minuscuul eetcafé met oude, houten meubeltjes en antieke stoven en oude bebop. Het eten was er gelukkig niet oud en dus nam ik er een klein dessert en een cognac. Twintig minuten later liep ik weer naar buiten. Ik had een paar euro's verloren, maar een paar weetjes gewonnen. Ik had de voornaamste gestichten opgebeld met de vraag of mijn vader zich soms niet vrijwillig had laten opnemen. Zowel in het Guislain als in het Universitaire Ziekenhuis bevestigden ze dat er de laatste week geen nieuwe patiënten waren opgenomen. Toen belde ik ook het Sint-Camillusinstituut op en stelde mijn vraag anders:

'Goeiemiddag, mijn naam is Pat Somers', zei ik. 'Ik heb gehoord dat er deze week een nieuwe patiënt aan boord is geklommen.'

'Dat kan ik u jammer genoeg niet vertellen', zei een vrouwelijke stem die zelf aan de lithium leek te zitten.

'Wat kunt u me dan wel vertellen?'

'Niet veel als u geen familie bent.'

'Ik bén familie', zei ik. 'Ik bedoel, zo goed als. Ik wil gewoon even weten hoe het gaat met mijn vriend Dimitri Leurs.'

'Wie?'

Ja, dat dacht ik al. Dimitri Leurs mocht dan wel een vijs los hebben zitten, hij was nog niet zo gek om zich onder zijn eigen naam in een gesticht in te schrijven. Ik moest snel reageren. Het kon bijna niet anders dan dat hij een pseudoniem uit de filmwereld had genomen, maar helaas beschikte ik niet over de encyclopedische kennis van De Prins en kon ik vreemd genoeg enkel op Sophia Loren komen. Het had ook geen zin al de namen af te gaan.

'Hij heeft zich ingeschreven onder een andere naam', zei ik geheimzinnig. 'Zullen we de rollen eens omkeren? Nu zal ik u eens iets vertellen wat u niet mag doorvertellen. Die nieuwe patiënt heet Dimitri Leurs en is eigenlijk een filmregisseur. Hij gelooft in *method acting* en wil incognito een week in uw instelling doorbrengen om er de mensen te observeren. Hij werkt namelijk aan een nieuw project.'

Ik sloot mijn ogen en schudde al het hoofd om mijn onbeholpen uitleg. Aan de andere kant kreeg de verpleegster wellicht dagelijks straffere verhalen te horen van patiënten die net terug waren van een buitenaardse abductie of erger. Bovendien leefden we in een tijd waarin de media overal als termieten binnendrongen en ik hoefde maar de heilige woorden *Het leven zoals het is* te laten vallen of ze waren er al mee weg.

'Een filmregisseur, hé', herhaalde ze. 'Bent u me nu voor de gek aan het houden?'

'Dat zou u toch moeten weten?'

'Waarom?'

'Het is uw werk.'

Ze was niet onder de indruk.

'Wat is uw werk?'

'Ik heb geen werk', zei ik. 'Ik ben met vakantie. Maar als ik niet met vakantie ben in de goot, dan ben ik privédetective.'

Dat maakte nog minder indruk.

'Dus die Leurs is filmregisseur, hé?'

'Ja, en ik ben privédetective.'

Ik mocht het dertig keer zeggen, ze zou er geen acht op slaan.

'En hij is nog bij zijn volle verstand?'

'Wat is "vol"?' zei ik. 'Heb ik al gezegd dat ik privédetective ben?'

'Dat komt goed uit', zei ze. 'Ik heb een schoonbroer die al jaren aan een script werkt. Als die Leurs nog bij zijn verstand is, zal ik het hem eens laten lezen. Bedankt voor de tip, meneer...'

'Meneer de privédetective', zei ik.

Ik hing op en liep op mijn gemak naar mijn flat. Daar wierp ik een paar pijltjes naar mijn dartsbord. Ze bleven er als kleine gifpijltjes inzitten, stevig en hard, maar helaas op de verkeerde plek. Ik trok ze eruit en gooide nog een paar keer, terwijl ik mijn gedachten de vrije loop liet. De verpleegster had me met niet zoveel woorden verklapt dat Dimitri Leurs wel degelijk in het Sint-Camillusinstituut de rol van Jack Nicholson in *One Flew over the Cuckoo's Nest* op zich had genomen. De vraag was niet wanneer ik er zou heen gaan. De vraag was hoe. Ik gooide de laatste reeks pijltjes naar de roos, maar deed daarbij het glas van het kader van mijn vergunning aan de muur barsten. Er reden evenveel bussen naar Sint-Denijs-Westrem als er manieren waren om af te gaan als een gieter. Neen, er was maar één manier om Dimi Leurs in zijn gekkenhuis te gaan bezoeken.

Herman Brusselmans wilde niet dat zijn *shopper* om de haverklap uit de garage werd gehaald om als taxi te dienen en dus kwam hij me ophalen met een tweespan dat hij ooit had gekregen en gebruikt tijdens een fotoshoot voor de cover van *Humo*. Hij had nu wel een soort retro leren pet op waarmee hij leek op een clown met lange bakkebaarden. De timing was perfect, want Herman had die ochtend slecht nieuws gekregen en daarom zijn drumstel aan flarden geslagen. We reden gezellig via het Sint-Pietersstation de Koningin Fabiolalaan op en sloegen rechtsaf richting Patijntjesstraat, een chique buurt vol Angelsaksische rijhuizen met donkere glasramen en pittoreske voortuintjes. Als Jacobus en Corneel passeerden we de fuifboot De Coconut die elke donderdag veel volk trok en iets verderop ook het lokaal van de Vrije Vissers aan de Leie. Eenmaal over de vernieuwde Sneppebrug namen we de richting van Sint-Denijs-Westrem en stopten aan de linkerkant van de weg aan het oude gebouw van Sint-Camillus. Het lag een stuk van de weg af, met een grote, brede voortuin, volledig overschaduwd door brede berken met kruinen die Manet uit zijn graf zouden doen sprinten. Het gebouw zelf leek op een bibliotheek of een gemeenteschool. Ik stapte uit het span, Herman bleef zitten. Hij gaf zelfs nog meer gas alsof hij een rookgordijn rond zich wilde optrekken.

'Ga je niet mee binnen om even goeiedag te zeggen?'

'Ik zie al genoeg gekken als ik moet signeren.'

'O.k., wanneer kom je me dan weer oppikken, grote broer?'

Ik zag dat hij met iets worstelde.

'Wat is er, Herman?' vroeg ik hem ten slotte. 'Ik zie dat er iets mis is.'

'Ge moogt gerust zijn dat er iets mis is, gast', zei hij stil.

'Wat dan? Je weet dat we geen geheimen hebben voor elkaar.'

Hij zette de motor af en staarde naar het dak van de instelling. In de tuin was een tuinman bezig met bladeren bij elkaar te harken. Het was niet duidelijk of het een van de patiënten was of werkelijk een werknemer. Misschien was het inderdaad moeilijk om de echte gekken nog van de valse te onderscheiden.

'Godverdomme, gast. Ik zit hier serieus in de zeik, maat.'

'Herman, alsjeblief', zei ik. 'Jij verkoopt zelfs tienduizend boeken over het verstand van Ilse de Meulemeester. Je volgende boek zal ook wel lopen. Maak je maar geen zorgen.'

'Dit heeft niets te maken met mijn volgende, gast', zei hij.

'Waarmee dan wel? Je gedrag is zo stilaan een Brusselmans onwaardig, moet ik zeggen.'

Hij keek me toen voor het eerst star aan.

'Ik heb toch wel een doodsbedreiging gekregen, zeker.'

'Wat, Herman?'

'Een doodsbedreiging, gast! Ik heb geen idee hoe dit mij is overkomen. Gij?'

'Wel...'

'Ik bedoel, ik ben natuurlijk wel de beste kutschrijver van dit kutland, maar een doodsbedreiging...'

Ik was sprakeloos.

'Ik ben sprakeloos, Herman', zei ik. 'Een doodsbedreiging? Waarom? Wie heb je nu weer beledigd?'

Hij haalde zijn schouders op, als een klein kind dat op iets werd betrapt maar het niet wil toegeven.

'Komaan, Herman', zei ik als een meester. 'Voor de dag ermee.'

'Ik heb geen idee, gast', zei hij. 'Ik weet op de duur niet meer wat ik schrijf. Ik schrijf dingen op die ik pas achteraf bedenk. Of zoiets. Het is natuurlijk ook een hele klote-eer om een doodsbedreiging te krijgen. Dat is nog eens iets anders dan dat kutspel rond die trut van een Ann Demeulemeester die me een proces aan mijn kloten smeert omdat ik haar, en dit edoch helemaal terecht, een trut met gigantische puitogen heb genoemd. Ik weet eerlijk gezegd niet wat die gast bezield heeft, echt niet. Ik ben gewoon de beste schrijver van dit kutland en daarnaast ook nog eens de beste beffer van het land, maar ik doe dus in wezen geen kutvlieg kwaad. Ja, misschien is dat wel de reden van die doodsbedreiging, namelijk dat ik zo goed en zo veel vrouwen kan bevredigen met die ferme bek van mij, dat ze jaloers worden.'

Ik keek naar de tuinman die braafjes een paar bladeren opraapte. Hij maakte er een kransje van en hing dat rond zijn nek.

'Hoe ben je het te weten gekomen?'

'Dat is nog zoiets, gast', zei hij pisnijdig. 'Ik heb het moeten vernemen via het nieuws. Je zou toch gaan verwachten dat zo'n doodsbedreiging je persoonlijk wordt meegedeeld. Neen? Ik had gedacht aan een brief of een telefoontje, en als ik er niet zou zijn, dan gewoon een boodschap op mijn antwoordapparaat. Maar neen. Zo beleefd zijn ze natuurlijk niet. Het gaat hier toch om iets persoonlijks, vind ik dan.'

Ik liet hem nog een tijdje verder uitrazen. Toen zei ik:

'Herman, dit is een verrekt foute timing om een doodsbedreiging te krijgen. Tenzij het van Guggenheimer is.'

Het was even stil.

'Neen, het komt van een tweederangsschrijver uit Gent die denkt dat hij alleen over een Gentse speurneus mag schrijven. Echt een pulpschrijver die zich verzet tegen mijn eerste, echte thriller. Dit heeft niets te maken met de zaak Guggenheimer.'

Herman keek over zijn schouder alsof hij checkte of hij werd geschaduwd door een bende zelfmoordterroristen.

'Ik moet snel de kutbiezen pakken, gast.'

Ik keek hem aan.

'Ik zou me niet al te veel zorgen maken', zei ik ten slotte.

'Neen, gij niet. Maar gij heet dan ook niet Herman Brusselmans.'

We spraken af dat hij me een uur later weer zou komen oppikken. Intussen zette hij koers naar de kleine dorpsbibliotheek van Sint-Denijs-Westrem om er een gratis signeersessie te houden. Hij mompelde nog dat hij van plan was zijn leven te beteren, maar onderweg stak hij al een middenvinger op naar een oudje dat de straat wilde oversteken.

Ik vroeg me af wie die *loser* was die Brusselmans' leven zo zuur maakte. Toen zette ik me terug op mijn eigen zaak. De vloek van Guggenheimer.

19.

Ik wandelde het tuinpad door en groette de tuinman, die ondertussen in Jezus Christus was veranderd. De andere bladeren had hij als een doornenkroon op zijn kruin gezet en onder zijn mantel zag ik een wit gewaad. Hij had die welbepaalde blik in zijn ogen die zich onderscheidde van de rest van ons. Een blik van ongezond verstand. Ik duwde de eerste dubbele deur open en kwam aan een balie. Twee broeders hielden er de wacht. De een zat losjes op een ladekast en de andere aan een bureau. Hij schreef iets neer terwijl hij met zijn andere hand de broek van een derde man vasthield. De derde man stond met zijn gezicht naar de muur en droeg geruite pantoffels en een lang gewaad. Ik kon zijn gezicht niet zien.

'Goeiemiddag', zei ik. 'Heeft iemand een groot, wit konijn gezien?'

De een keek naar de ander. Hij hield op met schrijven. Ze hadden allebei een blik van verstandhouding in de ogen. De broeder aan het bureau legde zijn pen neer en maakte een beweging met zijn arm, alsof hij ergens op een geheim knopje duwde om de gekkenvesten uit de kast te toveren.

'Pardon?'

'Een groot, wit konijn', zei ik. 'Hij heet Harvey.'

De een begon te stotteren.

'Jaja', zei hij. 'Ik denk dat hij daarnet in de gang is gepasseerd. Hij is op weg naar de bibliotheek.'

Ik trommelde met mijn vingers op de balie. De broeders droegen een nauw aangesloten wit verplegersuniform en witte klompen. Uit een radio klonk wat muzak die wellicht door het hele domein de rest van de gasten onder de knoet moest houden. Naast de balie aan de muur hing een plattegrond van Sint-Camillus. Het was een gekkendorp op zich, met een bib, een televisiekamer, een serre, een tuin, een sportterrein en zelfs een heuse biljartkamer. Wie ooit de ambitie had om Cluedo in het echt te spelen, was hier aan het juiste adres, met mensen die maar al te graag Kolonel Mustard of Scarlett wilden spelen.

'Waarom ga je niet achter hem aan?' zei de ene broeder. 'Je vindt hem wel. We zullen je mee helpen zoeken.'

Ik grijnsde mijn tanden bloot.

'Het was een test, jongens', zei ik laconiek. 'Ik heb geen groot, wit konijn dat Harvey heet. Dat komt uit een film.'

'Ah', zei de een terwijl de ander opgelucht begon te lachen, zo hard en uitzinnig dat ik veel zin had om hem een paar elektroshocks te geven.

'We weten op de duur niet meer wie nu wel of niet goed snik is.'

'Ik ben wel goed snik', zei ik. 'Mijn konijn heet niet Harvey, maar Ernesto.'

Ze klemden hun kaken op elkaar. Ik had ze weer beet. Ik grijnsde.

'Nog een test, jongens. Je moet oppassen dat je zelf niet in sprookjes gaat geloven.'

De een ging weer aan het werk terwijl de andere zijn hand op de schouder van de derde man legde alsof hij een bar was. Ik knikte.

'Wat is er met hem?'

'Jos gelooft in veel meer dan een groot, wit konijn, grappenmaker', lichtte de schrijver van de twee me in. 'Hij gelooft dat een paar oud-collega's van de stadsdienst hem een kopje kleiner willen maken door zijn leidingwater te vergiftigen. Daarom heeft hij deze ochtend alle buizen van de waterleiding om zeep geholpen.'

'Je mag de mannen van 't stad ook niet te veel vertrouwen', zei ik.

Ik keek tegen de rug van de patiënt aan. Ik kon er niet veel meer uit opmaken dan een gewone, grijze man van tegen de zestig die zijn hele leven te hard had gewerkt en langs deze weg misschien een mooie vakantie voor zijn oude dag had gereserveerd. Als ik zo om me heen keek en de leren fauteuils, de alomtegenwoordige luidsprekers en de smaakvolle omkadering bewonderde, had ik best ook wel tegen een deurpost willen praten om mijn plekje in dit paradijs te veroveren. Elke dag drie volle maaltijden, genoeg rust, een eigen kamer en levendig gezelschap. Daar kon het beste hotel niet tegenop. Het enige wat ontbrak, was roomservice, al kon je natuurlijk altijd doen alsof.

'Ik kom een patiënt bezoeken', zei ik. 'Dimitri Leurs is zijn naam, maar hij heeft zich ingeschreven onder een andere naam.'

‘Vertel me eens iets wat ik nog niet weet’, zei de ene broeder en hij stootte zich af van de witte plant in de hoek van de kamer.

‘Wat je niet weet,’ zei ik, ‘is dat hij evenzeer gek is als ik. Hij is *fake* en doet research voor een film.’

‘Ik denk dat ik je naam niet heb begrepen.’

‘Dat komt omdat ik hem niet heb gezegd.’

‘Waarom zeg je je naam dan niet eens?’

‘Omdat ik vrees dat je hem toch niet zal begrijpen.’

Daar kwamen ze niet echt uit. Ik zag onderaan op de plattegrond een ander blad hangen met de huisregels en de bezoektijden. Onder de huisregels bevonden zich een paar klassiekers zoals: ‘Het is verboden de patiënten te voederen’ en ‘Het is niet aan te raden een patiënt emotioneel overstuur te maken’. Ja, ik wilde hier best een kamer *kopen*. Iets verderop zag ik door een groot raam een paar withemden in de kleurrijke achtertuin een wandeling maken. Door een andere glazen deur dichterbij zag ik een soort recreatiezaal.

‘Ik zie dat het knutseluurtje begonnen is’, zei ik.

‘Ja, maar niet voor jou, maat’, zei een van de twee en hij kwam achter de balie vandaan. ‘Ik stel voor dat je een wortel gaat zoeken voor dat groot, wit konijn van je, of ik zal snel een jasje voor je in elkaar knutselen dat lekker strak zit.’

‘Ik kan mijn schouder uit de kom halen’, loog ik. ‘Ik raak er wel uit.’

‘Als je wilt, kan ik hem nu al uit de kom halen’, stelde hij vriendelijk voor.

Ik lachte. Hij lachte. We lachten allemaal. Dit was een te gekke plek om te lachen, alleen mocht je niet te veel lachen of je kreeg voor je het wist een shot methadon.

‘Ik begrijp jullie wel’, zei ik. ‘Jullie moeten je een beetje stoer opstellen in die pakjes. Een mens zou weleens verkeerde gedachten kunnen krijgen.’

‘Ik heb momenteel een “gedacht” en het klinkt me niet verkeerd in de oren’, zei de eerste. ‘Ik heb zo het “gedacht” dat jij ons voor de gek houdt en dat je dringend op je plaats moet worden gezet.’

'In mijn plaats mag niemand binnen met klompen', zei ik droog.

De ene kwam op me af. Het scheelde niet veel of hij stroopte zijn mouwen op. Maar de andere haastte zich en hield hem tegen. De opvliegende had iets van Dr. Kildare, afgelikter dan een lolly. De rustige helper van dienst had het gezicht van Dr. Spock en nog vreemdere oren. Ik liet ze daar staan op hun klompen en opende de deur van de recreatiezaal terwijl ik nog eens knikte. De tafels en stoelen stonden kriskras door elkaar als in een kinderkribbe. Een paar withemden zaten een verrekijker te maken met twee rollen wc-papier. Ik zag een oude man het testbeeld van een televisietoestel als stilleven natekenen. Nog een paar anderen waren bezig met plasticine en maakten beestjes en taartjes die een fijnproever opat. Ja, dit was een beetje mijn soort stek. Het enige wat er nog aan ontbrak, was iemand die de Gouden Gids aan het voordragen was. Ze waren natuurlijk niet allemaal even kierewiet. De meerderheid zonderde zich af en zat naar buiten te staren of lag gewoon te maffen. Dimitri Leurs was een van hen en zat in de hoek aan een tafeltje. Ik ging voor hem zitten. Hij keek amper op. Zijn ogen waren waziger dan een bedampte voorruit en hij leek maar om het halfuur te ademen.

'Hé, Dimi', zei ik doodleuk. 'Ik zie dat je al veel vrienden hebt gemaakt.'

'Hoe kom jij hier binnen?' lispelde hij traag.

'Hoe kom jij hier ooit nog uit, lijkt me een betere.'

Hij ging rechtop zitten, maar moest zijn kin ondersteunen om met zijn hoofd de tafel niet te doorklieven.

'Ik ben niet echt gek, Somers', zong hij bijna. 'Ik heb me hier verstopt.'

'Ik heb je gevonden', zei ik. 'Je krijgt blijkbaar wel echte pillen. Je klinkt als Barry White op twaalf toeren.'

'Ik denk dat ze het in het eten doen, Somers', zei hij suf. 'Ze houden je hier onder de knoet. Het is net als in die film. Hoe meer je protesteert, hoe meer pillen je krijgt en hoe meer je protesteert over die sufheid, hoe meer pillen je krijgt. Maar ik ben nog bij mijn verstand, Somers. Ik weet waarom ik hier zit. Ik zit hier niet omdat ik gek ben, maar omdat er een gek achter me aanzit. Dit is de beste plek om me te beschermen tegen die Guggenheimer.'

'Ja, je valt hier inderdaad niet op.'

'Dit is het gezamenlijke speeluurtje, Somers', zei hij. 'Ik zit normaal niet bij deze gevallen. Ik heb me laten opnemen omdat ik weer last had van een depressie.'

'Je hebt last van meer dan zomaar een depressie, vriend', zei ik hem. 'Je hebt last van een seriemoordenaar.'

Hij zuchtte en ik dacht dat hij het geen tweede keer zou doen.

'Wanneer ben je, om het zo te zeggen, ingecheckt?'

'Gisteravond', zei hij. 'Ik wilde nog naar dat café komen, Somers. Maar ik werd bang en dus schreef ik me in voor een relaxatieweekend.'

'Je klinkt even relax als een lijk.'

'Ik ben nog geen lijk, Somers', verzekerde hij me tegen twee per uur. 'En ik zal het ook nooit zijn. Binnen twee weken sta ik weer op de set de mensen de mantel uit te vegen omdat ze er niets van bakken.'

Hij zweeg even, ging toen door terwijl hij om zich heen keek.

'Je denkt dat al die mensen hier zo gek als een achterdeur zijn, maar ik zal je eens iets vertellen, Somers. Ik heb ergere gekken gezien op een set.'

Hij keek me aan, maar ook weer niet. Zijn blik was even star als die van Gabrielle Evans. Ik wilde hem wakker maken.

'Ik heb nieuws uit de echte wereld, Leurs', zei ik. 'Ik zat gisteren een beetje in zak en as toen jij niet kwam opdagen op ons afspraakje. Ik was er echt het hart van in en ik zette het op een drinken. Maar er was iemand anders die me je deed vergeten. Een dame. Een dame, zwoeler en heter dan een bord chili con carne. Het zijn altijd dames die ons de dingen doen vergeten en dit was geen uitzondering. Ik heb haar drie keer gezien. Twee keer als paaldanseres en één keer als lijk in een *snuff movie.* Weet je over wie ik het heb?'

Hij haalde zijn schouders op. Zonder zijn witte sjaal zag hij er een stuk minder glamoureus uit. Hij kon misschien beter zijn witte riem in zijn hals leggen.

'Ik denk alleen nog maar aan Guggenheimer', zei hij.

'Ik heb nog iemand om aan te denken, Leurs', zei ik. 'Het was je vriendinnetje. Je liefje. Susan Six of Susan Spinelli, zoals ze zich op het podium liet noemen. Ze is springlevend. Ze is eigenlijk net zo dood als disco. Begrijp me niet verkeerd, ik heb niets tegen mensen die niet dood zijn. Ik ben blij voor hen en ze zijn makkelijker om mee te praten, maar ik heb wel iets tegen mensen die eerst dood zijn en dan weer doen alsof er niets aan de hand is.'

Hij zweeg. Het was me niet duidelijk of hij me wel gehoord had.

'Susan Six', herhaalde ik.

'Ja, ik heb je gehoord, Somers', zei hij.

'Wel? Ze was dood. Het spijt me als ik wat achteroploop, maar vroeger bleef een lijk een lijk.'

Ik zal niet zeggen dat hij wakker schoot, maar hij rechtte zijn schouders. 'Je vertelt me niets nieuws, Somers', zei hij opeens. 'Ik wist het al.'

'Je wist het al?'

'Ik wist het al de hele tijd.'

'Je wist het al de hele tijd?'

'Hou eens op met me na te praten, o.k.?'

'Waarom liet je me dan naar haar op zoek gaan?'

Hij antwoordde niet, schudde weer met zijn schouders.

'Ik wist dat ze een ander leven was begonnen', zei hij ten slotte. 'Ik wilde weten wélk leven.'

'Als Susan Six niet dood was, waarom leek het dan zo in die *snuff movie*?'

'Je zegt het zelf al, Somers. Het leek alleen maar zo. Jij gelooft toch niet alles wat je ziet?'

'Ik geloof steeds meer dingen die ik niet zie', zei ik. 'Dus Susan Six deed alsof ze vermoord werd in een *snuff movie*. Goed. Je hebt mensen met vreemde hobby's. Maar waarom?'

'Ik wil met die zaak niets meer te maken hebben.'

'Wie heeft die *snuff movie* gemaakt? Rousseau?'

'Rousseau is zo oud en versleten dat hij amper weet wat een *snuff movie* is', zei hij met droge keel.

'Wie dan?'

Hij zweeg.

'Wie het ook is, het was opgezet spel en als het opgezet spel was, dan is ook de stem van Rousseau niet echt.'

Hij wuifde mijn naïviteit weg.

'Er bestaan genoeg manieren om een stem over een film te plakken.'

'Ja, maar waarom?' hield ik vol. 'Waarom werd de stem van Rousseau over een *fake snuff movie* gezet? Waarom wilde iemand hem zwart maken?'

'Jij hebt Rousseau ook ontmoet', zei hij.

Hij begon nog slaperiger en suffer te worden. Enkele broeders en zusters kwamen het speelgoed, de plasticine en de kartonnen wc-rolletjes bij elkaar rapen en kieperden de kunstwerkjes onmiddellijk in één grote bak. Leurs stond op, maar ik hield hem bij zijn mouw vast.

'Luister, Leurs', zei ik. 'Je vertelt me hier onmiddellijk wat er aan de hand is of ik word ook gek en hou je hier een weekje gezelschap.'

'Ik heb er niets meer mee te maken', zei hij.

'Wat is er gebeurd tussen jou en Susan Six?'

Hij trok zijn arm weg en slofte op z'n gemak naar het eind van de rij.

'Wie heeft die valse *snuff movie* gemaakt?' riep ik hem nog na, maar toen was het al zo stil, dat het leek alsof ik zelf een withemd was dat protesteerde om mee te gaan. Leurs slofte mee, net als de stropdragers die hij enkele dagen geleden nog in het Huis van Alijn had verfilmd. De werkelijkheid haalt de fictie in en overtreft ze soms. Ik zag ze de kamer verlaten, allemaal ooit doodgewone mensen met doodgewone ambities, doodgewone banen en familieleden. Waardoor overschreden die doodgewone mensen de grens en werden ze doodgewoon gek? Ik vroeg het me af. Ik vroeg me ook af of een mens op een bepaald moment weet dat hij die grens heeft overschreden. Of misschien ook niet. Misschien had ik die grens ook al overschreden en was ik gek. In ieder geval, het zou niet lang meer duren of ik wierp de handdoek in de ring en nam echt vakantie.

20.

Ik was amper een halfuur binnen geweest en dus was Herman Brusselmans wellicht nog de hele bibliotheek van Sint-Denijs-Westrem aan het uitkammen, op zoek naar boobytraps en kneedbommen. De lucht was echter in dat halfuur veranderd in een loodzware hemel met wolken die elk moment konden openschuiven om plaats te maken voor een orkaan. De wind schudde de berken en eiken van het domein rond Sint-Camillus wakker en de herfstbladeren maakten hinkstapsprongen over de straat. Ik had de belangrijkste vraag niet gesteld aan Dimitri Leurs. Voor een deel omdat hij te suf was om een degelijk antwoord te geven, voor een deel omdat het de simpelste vraag van allemaal was. Het leek me duidelijk dat Guggenheimer ook de maker van de *snuff movie* was. Zoveel toeval is zelfs in Gent te veel van het goede. Ik haalde mijn praatpaal boven en wilde net het nummer van HB vormen toen ik zelf werd opgebeld.

'Herman?'

'Neen, Dimitri.'

Het was wel degelijk de stem van Leurs. Hij klonk nog altijd even monotoon als de kiestoon, maar er was iets veranderd. Ik wist niet wat het was. Het kon de toon zijn of een octaaf lager, maar feit was dat hij opeens wel zijn hart wilde luchten.

'Somers, wil je weten waarom Susan nog leeft?'

'Heb ik daarnet te veel gestotterd misschien?'

'Wil je weten wie die film gemaakt heeft? Het houdt allemaal verband.'

'Wel, je houdt er graag de spanning in, hé', zei ik. 'Waarom wil je nu ineens wel over de brug komen?'

Ik liet hem geen kans om te antwoorden.

'Waar zit je ergens?' vroeg ik hem. 'In je kamer?'

'Ja, maar...'

Hij stopte opeens met praten. Ik dacht dat de verbinding verbroken was. Ik wilde inhaken en het nummer van zijn praatpaal opnieuw intoetsen, toen ik hoorde dat hij er nog steeds was. Het probleem was dat hij het blijkbaar te druk had met iets anders om weer aan de lijn te komen. Ik hoorde gestommel, het verschuiven van een meubel en geschreeuw. Je hebt natuurlijk altijd entertainment met die artiesten. Als het geen film of geen poppenvoorstelling is, dan is het een luisterspel. Ik probeerde er iets uit op te maken, maar het bleef allemaal zeer suggestief. Plots hoorde ik Leurs' stem weer heel dichtbij.

'Somers! Ik zal je zeggen wie Guggenheimer is! Hij is hier!'

Ik riep: 'Leurs!'

'Het is...'

Toen stierf zijn stem weer weg. Maar de lijn bleef open. Wie Guggenheimer ook was, hij had gevoel voor drama, dat moest ik hem nageven. Ik hoorde een vies geluid van een voorwerp dat werd opgenomen en elders weer neerkwam. Het voorwerp leek zwaar en toen ik nogmaals de naam van Leurs riep, was ik alweer het tuinpad op aan het sprinten. Maar ik kreeg geen antwoord. Het enige wat ik hoorde, waren achtergrondgeluiden die opeens heel vredig en stil klonken, als de opruiming na een feest of een receptie. Een paar voorwerpen werden verschoven en een paar keer hoorde ik een zucht heel dicht bij de hoorn van de praatpaal. Ik riep ondertussen:

'Leurs! Hoor je me?'

Leurs hoorde me niet meer. Ik stormde de inkomhal van het Sint-Camillus binnen en wendde me onmiddellijk tot de plattegrond. Maar daar vond ik niets van enige waarde. Er zat nu nog maar een enkele broeder achter de balie en die leek me nog niet vergeten. Ik hield mijn praatpaal aan mijn linkeroor en haalde ondertussen met mijn andere hand mijn luger uit mijn zak. Het was allemaal zeer hectisch. Ik leefde plots in twee werkelijkheden. De werkelijkheid die ik zag en de werkelijkheid die ik hoorde. Ze stemden allebei overeen in stilte en rust, maar ik voelde dat er me iets te wachten stond.

'Het kamernummer van Dimitri Leurs!' riep ik tegen de broeder.

'Hela, kameraad', mopperde hij. 'Tijd voor je pillen.'

'Het kamernummer van Leurs!'

Ik verhief niet graag mijn stem, dus zette ik de loop van de luger tegen de slaap van de broeder. Het was de broeder die zijn stem verhief. Een octaaf hoger gaf hij me alles wat ik vroeg, en had ik hem gevraagd of hij op één been de tango kon dansen, hij had het wellicht gedaan.

'Kamer achttien.'

'De firma dankt u voor uw medewerking', zei ik en ik glipte weg de grote wenteltrap op. Onderweg hoorde ik door de telefoon hoe Guggenheimer nog altijd in de ruimte was. Het leek wel alsof hij zich niet haastte en zijn tijd nam om definitief met Leurs af te rekenen. Want ik veronderstelde niet dat hij hem een rugmassage aan het geven was. Ik hoorde nog een paar keer zijn gezucht en riep:

'Hé, smeerlap! Guggenheimer!'

Maar Guggenheimer zweeg en sprak blijkbaar enkel via de woorden van Herman Brusselmans. Ik kwam op een eerste overloop uit en bekeek de bordjes op de muur. De rechtergang leidde naar de kamernummers tot en met twaalf, de linkergang liep van dertien tot en met twintig. Ik sloeg links in en hoorde plots een vies geluid dat leek op het kneden van deeg of het inschenken van dikke yoghurt. Het klonk akelig. Ik riep nog een paar keer door de praatpaal, maar voelde mijn eigen adem stokken omdat ik buiten adem kwam en omdat ik ergens, diep vanbinnen, al wist dat Leurs niet meer te redden was. Toen bleef ik even staan, midden in de gang. Door de praatpaal was het geluid te horen van een kortsluiting, een sidderend gespetter zoals een vlieg die tegen een neonlamp vliegt en ter plekke gebraden wordt. Ik voelde een koude rilling langs mijn lichaam gaan en even, heel even, moest ik als een peuter nadenken voor ik weer mijn eerste stap zette. Ik zette een stap en daarna nog een en nog een en voor ik het wist, was ik alweer op dreef, als een gek aan het lopen naar het einde van de gang. Halverwege hoorde ik een tweede keer het geluid en toen begon het langzaam tot me door te dringen wat het was. Het was geen kortsluiting. Het was een elektrische zindering, zoals je een paar startkabels tegen elkaar houdt. Ik kende het geluid maar al te goed, aangezien ik die startkabels in mijn Taunus meer gebruikte dan mijn eigen sleutel. Toen werd ik bijna weer aan de grond genageld. De stem kwam dichter bij de hoorn en was een doodgewoon deuntje aan het fluiten, net alsof hij een pizza in de oven had gezet en ondertussen een lekker sausje op het vuur liet sidderen. Ik riep:

'Jij smeerlap! Leurs!'

Ik liep mezelf bijna te pletter tegen het grote raam dat aan het einde van de gang uitzicht bood over de achtertuin. Ik stootte mezelf af en terwijl ik door de deur ging, zag ik het bordje met het kamernummer achttien van de deur vallen. Ik rolde over de grond en hield mijn luger vlak voor me.

'Waar is Leurs, smeerlap! Waar...'

Ik keek rond. Ik zat alleen op mijn knieën. Dit was wel degelijk de kamer van Leurs, te zien aan de paar filmbiografieën die op het nachttafeltje lagen en de paar storyboards die hij zelf getekend had en aan zijn muur had gehangen. Ik had geen tijd om ze te bestuderen, want in mijn oor suisde nu een derde en laatste reeks elektrische contacten. Ik keek naar het bed van Leurs en toen werd het helemaal stil. Er werden een paar spullen neergelegd en ook het fluiten van Guggenheimer hield op. Ik bleef naar het bed kijken. Toen raasde ik de kamer uit en liep naar het begin van de gang. Onderweg stampte ik elke deur open die ik tegenkwam.

Leurs lag op een roltafel in de onderzoeksruimte, aan het andere eind van de gang. Er stonden een weegschaal, een lengtemeter, een looprek, een wastafel, een spiegel en een klein tafeltje met elektroshockspullen in. Leurs had de twee klemmetjes van de shockuiteinden als een hoofdtelefoon tegen zijn oren liggen. Hij zag er niet bleek uit, veeleer groenblauwig, en toen ik over hem heen boog, zag ik een sardonische grijns op zijn gelaat vereeuwigd. Na een tijdje drong het tot me door dat het geen grijns was, maar een grimas die de pijn, die zijn hersens kapotvrat, moest trotseren. Er hing een vies reukje. De geur van verbrand vlees en rotte tanden. Ik verliet de onderzoeksruimte en werd opgewacht door een legertje broeders en withemden. Wie Guggenheimer ook was, hij gedroeg zich als een duistere figuur die enkel tot leven kwam als het hem paste en voor de rest weer als een personage in een boek kroop.

'Jezus', siste een broeder. 'Wat is hier gebeurd?'

'Hij heeft zijn hoofd laten checken', zei ik, duwde een paar withemden opzij en liep naar de trap. Een van hen kon zijn handen niet thuishouden en probeerde in mijn kont te knijpen. Ik zei:

'Laat dat, vriend. Zie je niet dat ik aan het werk ben?'

Vanzelfsprekend was het niet Herman Brusselmans' tweespan dat me voor het instituut stond op te wachten, maar een witte combi van de flikken. Ik zag vanuit de combi hoe HB aan kwam rijden en vrij paniekerig doorreed, terwijl hij in het rond keek naar de uitgelaten withemden die vanuit de tuin het hele spektakel volgden. Hij verdween uit het zicht en ik richtte me terug tot de leider van die andere withemden. Het was de vrouw die ik in de Decascoop had gezien en die inspecteur Francis Bonte verving. Je kon Francis Bonte niet vervangen. Je kon bij wijze van spreken niet voldoende domheid en onbeholpenheid aan de dag leggen om hem waardig te vervangen. Dit schepsel kwam wel dicht in de buurt. Het duurde tien minuten voor ze haar mond opendeed. Tien minuten die ik kon gebruiken om een oordeel te vellen over haar outfit: een stoffig mantelpak met lage schoenen en bruine panty's. Haar gezicht was puntig en hoekig en zelfs haar krullen waren kleine blokjes haar die op elkaar leken gestapeld. Naast haar stond haar handtas met een koperen slot dat niet moest onderdoen voor het slot van een kuisheidsgordel. Mijn oordeel was snel geveld en het zou niet snel ongedaan worden gemaakt. Ik noemde haar alvast de Margaret Thatcher van de Gentse flikken.

'Meneer Somers', begon ze bazig. 'Mijn naam is Kunegonde Heldekens.'

Daarmee had ze de toon gezet. Ze bekeek mijn vergunning die voor haar lag van op een afstand, alsof het een vies pornoblaadje was.

'Ik heb gehoord dat jij de straten van Gent vaak op stelten zet.'

'Ik doe mijn best', zei ik. 'Ik voel me gevleid.'

'Zo bedoelde ik het niet', zei ze. 'Die grapjes pakken misschien bij mijn voorganger, maar niet bij mij. Ik eis een beetje respect.'

'Ik heb respect', zei ik en ik dacht vooral aan het respect dat je moest hebben voor een vrouw die vandaag nog onderrokken durfde te dragen. Ze keek naar de luger die naast mijn insigne lag. Ze hoorde mijn nieuwe wintertrui te breien in plaats van me hier de les te spellen. Maar dat deed ze niet.

'Heb je een vergunning voor dat stuk oud ijzer, jongen?'

'Heb jij een vergunning om zo tegen me te spreken, *iron lady*?'

Haar kleerkast wilde ingrijpen om de luger als een lepel door mijn keel te duwen en te kijken of ik geen keelontsteking had opgelopen. Madame Thatcher hoefde maar een hand op te steken om hem tegen te houden. Ze was een kranige, oude tante die, als iemand haar vandaag zou vertellen dat morgen de wereld zou vergaan, per se nog een reis zou boeken om haar gelijk te bewijzen.

'Ik heb gehoord over je prietpraatjes, jongen', zei ze hooghartig. 'Je vergeet dat ik een dame met ervaring ben. Ik laat me niet meer zo makkelijk inpalmen.'

'Ik denk dat je niemand kunt vinden om je in te palmen.'

'We zullen maar overgaan tot de orde van de dag, zeker?'

Ik miste Bonte nu al. In vergelijking met deze dumper was Bonte een joviale bloedbroeder. Bonte was wel niet van de snuggerste, maar je kon tenminste met hem lachen. Ik wist zelfs niet zeker of deze tante lachspieren had. Al bij al had ik met Bonte een haat-liefdeverhouding zonder het tweede, maar toch kon hij niet zonder mij bestaan en ik mijn boterham niet verdienen zonder hem.

'Met Bonte spraken we eerst over koetjes en kalfjes.'

'Waarom kwam je daar in het instituut aankloppen?'

'Ik ben schizofreen', zei ik. 'Ik denk soms dat ik Humphrey Bogart ben.'

'Humphrey Bogart.'

'Ja', verduidelijkte ik. 'De held van de sprekende film. Die is al een tijdje in.'

'Wie wilde je daar spreken? Het slachtoffer?'

'Ik ben eigenlijk met vakantie.'

'Wat waren je zaken met het slachtoffer? Dimitri Leurs.'

'Ik ga eigenlijk maar één keer per jaar met vakantie.'

'Leurs was een expert in de amusementssector', zei ze elitair.

'Ik zou beter eens echt met vakantie gaan.'

'Je zou ons beter eens de waarheid vertellen, jongen', zei ze. 'Of ik stuur je met vakantie naar een hotel met tralies voor het raam.'

En dus deed ik dat maar. Er was toch niets aan zonder Bonte. Ik wilde niet te veel tijd aan haar verspillen. Wat zag de wereld er plots kleurloos uit zonder een mestkever als Bonte. Ik vertelde haar alles: het dodelijke ongeluk met Gabrielle Evans, de moord op de klankman, de *snuff movie* met Susan Six die opeens niet dood was en de stem van Rousseau die erover was geplakt om hem zwart te maken. Ik vertelde haar ook dat Leurs van plan was geweest een boek van Herman Brusselmans te verfilmen en zij dacht dat Herman Brusselmans de Stones had geboekt voor Rock Werchter. Met andere woorden, ze verwarde hem met Herman Schuermans, wat me deed vermoeden dat ze nooit in een boekhandel kwam, nooit naar televisie keek en nooit met andere mensen sprak. Tot mijn verbazing kreeg ik niet de gebruikelijke emmer stront over me heen zoals Bonte altijd deed. Het maakte die oude heks blijkbaar weinig of niets uit dat ik de flikken wel of niet op de hoogte had gebracht van de zaak. En dat verminderde het plezier nog meer. Ik herhaalde een paar keer dat ik dus werkelijk met vakantie was en dat ik eigenlijk geen opdrachtgever had, geen zaak en geen loon. Ook daar ging ze niet op in. Ze noemde me geen luie duimendanser, zoals Bonte altijd over me opschepte. *Bonte, come home*. Zijn vervangster zette haar klauwen nog even in haar panty's en vroeg of ik me ter beschikking wilde houden. Ter beschikking voor wie en voor wat, vroeg ik nog. Ter beschikking klonk me te pervers, zei ik. Maar ze reageerde er weer niet op en dus liep ik bijna de combi uit, om thuis in de spiegel te kijken of het nu aan mij of aan haar had gelegen.

21.

Ze stonden me op te wachten aan mijn voordeur, als twee zussen die hun opstandige broer terug naar huis wilden brengen. Ze zagen er anders uit dan de vorige keer, om te beginnen droegen ze nu kleren. De een leek weggelopen uit het Lido, de ander droeg weer haar kleine rugzakje, een dingetje dat me alsmaar meer begon te intrigeren. Susan Six zat in een lange, rode leren overjas en zwarte hoge knielaarzen op de trappen een sigaret te roken die ze prompt doofde in een leeg blikje. Het meisje Evi, haar tegenspeelster in de actiescène van vanochtend, stond met haar rug naar haar vriendin in een houding alsof ze elk moment aan hinkstappen kon doen. Ik zette mijn 'het is bijna zes uur en het laatste uur van mijn leven gaat nu in'-uitdrukking op en kwam op de overloop. Ik liet mijn schouders hangen en haalde mijn sleutels boven.

'Komen jullie een flat kopen?' vroeg ik. 'Ik moet je waarschuwen. De buren lijken elke nacht iemand te vermoorden of trompet te leren. En de enige spetter van het gebouw is nooit thuis.'

Susan Six stootte zich af van de trappen en zette het blikje op de antieke, zeg maar, versleten vensterbank.

'We zitten hier al twee uur', zei ze bijna verwijtend.

'Wel', zei ik. 'Had ik geweten dat jullie me kwamen bezoeken, dan was ik nog wat later gekomen.'

'We komen een paar zaken ophelderen', zei Evi zachtmoedig.

'Wat valt er op te helderen? Het was duidelijk.'

Ik opende de voordeur en ging binnen. Ik stak hier en daar een paar flauwe leeslampen aan om mijn schatten niet al te snel bloot te leggen: een stuk oude pizza, een wasmand die nog meer stonk dan een stinkdier en Duke die zich als een vuile sok gedeisd hield. Susan Six kwam mijn flat binnen en concentreerde zich onmiddellijk op het dartsbord dat aan de deur hing. Een pijltje prikte een foto van mijn vader in de roos. Ik volgde de routineprocedure: controleerde het lucifertje dat in het sleutelgat van de tussendeur stak om te zien of er niemand had ingebroken.

'Je denkt toch niet dat iemand in dit kot zou inbreken', zei Susan Six ongegeneerd.

'Ik ben altijd een beetje ontgoocheld.'

'Hoe ontvang je mensen eigenlijk in zo'n krot?'

'Heel simpel, ik ontvang ze niet. Wat verwacht je trouwens? De Sixtijnse kapel op mijn plafond? De tuinen van Babylon op mijn terras?'

'Ik ken kraakpanden die meer stijl hebben.'

'De mensen maken de stijl', zei ik. 'Dat brengt ons bij jullie, nonnetjes. Ik heb het gevoel dat mijn kamer opeens veel te kitscherig is.'

Susan Six nam een paar dartspijltjes uit het bord en leunde tegen mijn bureau aan. Ze wilde net gooien, toen ik haar pols beetnam en haar strak in de ogen keek. Ze glimlachte venijnig. Ik bleef haar pols vasthouden en plaatste haar bij de romp achter het bureau.

'Dat zijn de regels. De afstanden. Hier wordt niet vals gespeeld.'

'Dat is hier bijna een filmset', zei ze laconiek.

Ik dacht aan de tape die ze op een set op de grond plakten om aan te duiden waar de acteurs moesten staan om in beeld te blijven.

'Wie is die kerel daar aan het dartsbord?'

Het klonk hard en gemeen en wellicht was het niet eens zo gemeen bedoeld, maar ik had de luger tegen haar slaap kunnen houden, gewoon al omdat ze erover begon. Ik liet sowieso weinig mensen binnen in dit hol, en de mensen die er wel binnen mochten, hadden de beleefdheid in te zien dat die kerel daar niet zomaar aan het bord hing.

'Wie ben jij om het over een kerel te hebben, trut?' zei ik. 'Je komt hier zomaar binnenwaaien en je hebt het lef om mijn privéleven binnen te dringen?'

'Waarom niet', zei ze. 'Jij bent vanochtend anders ook mijn privéleven binnengedrongen.'

'Ja', zei ik. 'Een privéleven dat de hele wereld rondgaat.'

'Je bent trouwens een privéspeurneus', zei ze. 'Jij hebt geen privéleven.'

'Je doet me pijn', zei ik droog en ik stak het restje van een joint op om hen de kamer uit de jagen. 'Waarom gooi je niet snel die pijltjes naar dat bord, voor ik jou de kamer uitgooi?'

Ze lachte en concentreerde zich op het bord. Het duurde bijna een hele regeringstermijn voor ze het eerste pijltje gooide. Het bleef in de muur steken. Ze bleef lachen.

Ze maakte een paar schijnbewegingen en wierp het tweede pijltje. Het bereikte het bord, maar dat was dan ook alles. Er viel nog geen score op te tekenen. Ze maakte haar lippen nat. Ik ging achter mijn bureau zitten en legde mijn voeten erop. Evi leunde ondertussen tegen de vensterbank bij het raam en keek angstig naar Duke, die in een open kast lag te creperen.

'Wat is er met die hond?' vroeg Susan Six met het laatste pijltje in de hand.

Ze keek vluchtig opzij, maar hield de blik toen weer op het bord.

'Hij is ziek', zei ik. 'Hij heeft een gezwollen prostaat.'

'Het arme beest', zuchtte Evi.

'Als jullie zo vriendelijk willen zijn me te vertellen waarom je van mijn kantoor een pub komt maken, dan praten we het uit en kan ik met hem naar de dierenarts gaan.'

Susan Six wierp het derde pijltje. Het schoot als een kogel uit haar lenige vingers en kwam, wonder boven wonder, in het rechteroog van mijn vader terecht. Ze maakte een sprongetje. Haar rode, leren overjas schuurde als een beest. Ze draaide zich triomfantelijk om.

'Het was Evi's idee', zei Susan. 'Zij wilde je zien. Ik ben gewoon met haar meegegaan. Je weet wel al dat we samen meer dan alleen maar boodschappen doen.'

Ik liet wat rook ontsnappen en zette de ventilator tegen het plafond aan. Ik verloor mezelf graag in kleine clichés. Het maakte mijn beroep wat aangenamer.

'Over boodschappen gesproken', zei ik. 'Het ziet ernaar uit dat we allemaal een boodschap te vertellen hebben aan elkaar.'

Ik keek ze een voor een aan.

'Ja? Waarom maak je niet eerst wat meer licht in dit konijnenhol?'

'Ik ben allergisch voor zonlicht', zei ik. 'Ik moet trouwens rekening houden met mijn buren. Voor je het weet, gaan jullie twee weer met elkaar turnen en ik moet hier nog een tijdje wonen.'

Susan Six lachte vermoeid en inspecteerde mijn boekenkast. Ze las de titels diagonaal zoals je rouwberichten leest.

'Wat is jouw boodschap dan?'

Ik zei: 'Dimi is dood.'

'Dat is een korte boodschap.'

'Ik wil het langer maken, maar er zal weinig aan veranderen.'

'Dimi is dood.'

'Wie is Dimi?' vroeg Evi plots.

'Dimi is dood, kleintje', zei Susan Six. 'Het maakt niet meer uit wie hij is.'

'Was.'

Ik volgde het blikkenspel tussen de twee. Ik had het al eens eerder gezien, toen Evi mij als Susans pooier of filmproducer aanzag. Het was hetzelfde. Maar ze had het weer mis. Dimitri Leurs was geen pooier. Hij was ook geen schooier. Hij was even week als een eierdooier.

'Dimi is niet de man voor wie je onder een bank moet kruipen, meisje', zei ik. 'Dat is iemand anders. Ik weet nog niet wie. Maar ik heb een gevoel dat Susan het hier wel weet. Ik heb zelfs het gevoel dat ze weet dat die onbekende man die jullie betaalt voor die pornofilm van vanochtend, dezelfde man is die die *snuff movie* in elkaar heeft geflanst.'

Ik keek Susan Six afwachtend aan. Ze stapte weer naar het dartsbord en trok er de pijltjes uit. Ze moest hard trekken. Haar blik werd venijniger, al kon dat ook te wijten zijn aan de schaduw en de schemer waar ze in- en uitliep. Ik voelde me als vroeger in mijn ouderlijk huis aan het eind van een verjaardagsfeestje, toen we in mijn slaapkamer de gordijnen dichttrokken en met mijn lakens en dekens een tent opsloegen. Maar dit was geen feestje en mijn verjaardag vier ik al jaren niet meer. De sfeer was zacht en bedwelmend. Susan Six negeerde mijn regels en begon nu pijltjes te gooien terwijl ze bijna met haar neus voor de foto van mijn vader stond.

'Je kunt nog zoveel pijltjes gooien als je wilt', zei ik. 'Maar je weet dat het waar is. Jij weet wie Guggenheimer is.'

'Wie is Guggenheimer?'

'Jij noemt hem wellicht anders', zei ik. 'Ik noem hem Guggenheimer omdat hij zich een held uit een boek van Herman Brusselmans waant. Hij moordt beetje bij beetje een hele filmcrew uit, en niet omdat hij door de vakvereniging is gestuurd.'

De pijltjes gingen het kurk van het bord in. Evi stond op. Ze wilde Duke aaien, maar die gromde. Ze wilde naar Susan stappen, maar die had er een erezaak van gemaakt om mijn muur om zeep te helpen. Toen keek ze maar naar mij. Ze kon geen kant uit.

'Wie heeft je gebeld om die pornofilm met haar op te nemen?' vroeg ik Evi, terwijl ik naar Susan Six knikte.

Ze keek naar haar vriendin.

'Ik weet het niet', zei ze. 'Hij heeft zijn naam niet gegeven.'

'Maar je hebt hem aan de lijn gehad?'

Ze knikte. Susan draaide zich om.

'Het is tijd voor jouw boodschap, kleintje', zei ze vriendelijk tegen Evi. Ze vloekte even omdat een van haar valse nagels loskwam en op de grond viel. Toen ze zich bukte om hem op te rapen, scheurde de rode, leren mantel bijna in flarden. Evi richtte zich plechtig tot mij alsof ze me ten huwelijk wilde vragen.

'Het spijt me als ik je vanochtend pijn heb gedaan.'

Ik glimlachte jolig. Ze zei het als een kleine peuter die een klasgenoot een schop tegen de schenen had gegeven. Ik zei:

'Dat is je boodschap?'

'Ik voelde me er niet lekker bij', zei ze. 'Het is de eerste keer dat ik zoiets doe, maar ik kon niet anders. Het is ook de eerste keer dat ik dat andere deed en ik wilde niet dat mijn ouders het ooit zouden weten.'

'Je weet waar je aan begint, hé. Het seksleven van een pornoactrice. Het is seks, maar geen leven.'

'...'

'Maak je geen zorgen', zei ik. 'Ik ben niet van plan je opvoeding over te nemen.'

'Het was een beslissing van het moment', legde ze houterig uit. 'Ik zat klem. Ik zag je die kamer binnenstormen en dacht eerst dat je een flik was. Het was zo al vervelend en onwennig genoeg. Ik zou dit nooit doen als ik niet dringend geld nodig had, weet je.'

'Ja', zuchtte ik. 'Zouden we niet allemaal de dingen doen die we doen, omdat we nu eenmaal geld nodig hebben?'

Ik keek haar aan. Ze nam plots mijn beide handen vast en vroeg:

'Doet het nog pijn?'

'Alleen als ik adem.'

'Waar doet het pijn?'

Ik hoorde Susan Six lachen. Dit begon een zeer vreemde ervaring te worden. Ik ontving niet veel vrouwen en als ik ze dan toch ontving, leken ze meer op nimfen die als in een benevelde, hitsige droom mijn hoofd op hol probeerden te brengen. Maar dit waren geen gevaarlijke tweelingzussen. Deze twee vrouwen leken zowat evenveel op elkaar als Eva Braun en Maria Magdalena. Evi wachtte op mijn reactie. Ze leek met haar rugzakje, haar *streetwear* en haar prettige wenkbrauwen op doorreis. Het waren die wenkbrauwen die me deden twijfelen. Ze bewogen niet en toch leken ze allerlei expressies in te houden: verwondering, angst, spot, en ik gooide er zelf maar een scheut liefde bovenop.

'Hier', zei ik, en ik legde een vinger op mijn voorhoofd.

Ze ging op de tenen staan en kuste zachtjes mijn voorhoofd.

'Hier ook', zei ik, en ik toonde mijn kin.

Ze liet zich weer zakken en deed hetzelfde met mijn kin.

'En hier ook.'

Ik wees naar mijn lippen. Ze had dan wel een prettige oogopslag, maar ze had me wel door.

'Ik heb je daar toch niet geraakt?'

'Neen, maar de pijn straalt tot daar uit.'

Ze keek langs me heen naar Susan Six. Die zei:

'Zal ik even buitengaan?'

Toen raakte ze me even aan. Het was in een wenk gebeurd. Was dit een film geweest, dan zat die kus ergens in een verborgen frame. Zo snel ging het. Ze liet zich weer wat zakken en schudde haar rugzakje los. Ik kon me vergissen, maar de wenkbrauwen waren een stuk meer naar boven gekruld. Ze stonden nu niet alleen prettig, maar ook prettig mooi. Ik keek naar Susan Six. Die begon er prettig gestoord uit te zien.

'Dat is omdat je zo lief bent om een oogje dicht te knijpen.'

'Wel, jij hebt natuurlijk wel wat geholpen.'

Nog voor ik haar kon duidelijk maken dat de pijn ook naar andere plekken was uitgezaaid, eigenlijk zowat overal over mijn lichaam, stond ze al bij de deur en nam ze afscheid van Susan. Ze verdween als een vallende ster. Ik stapte naar Susan Six en nam de pijltjes uit haar handen. Het laatste liet ze maar met moeite los.

'Wij hebben ons deel al gedaan', knikte ik naar de deur. 'Jij hebt nog een blijde boodschap te doen.'

Ze deed haar rode jas uit en drapeerde die over een fauteuil. Ze droeg een zwarte rolkraagtrui, spannender dan een condoom.

'Wat wil je weten?' vroeg ze. 'Ik ben het vergeten.'

'Wel, om te beginnen wil ik weten waarom je niet méér inzit met de dood van Dimitri Leurs. Hij vertelde me dat jullie een tijdlang een stel waren. Je lijkt meer overstuur door die kapotte nagel.'

'We wáren inderdaad een stel', zei ze. 'Maar stellen gaan uit elkaar.'

'Niet allemaal', zei ik. 'Kijk naar mij en Duke.'

Ze keek niet naar Duke. Ze lachte ook niet. Ze deed een poging om er ineens iets triestiger uit te zien. Maar het ging haar net zo goed af als een flik die medelijden toont bij het uitschrijven van een parkeerbon.

'Dimitri en ik waren op elkaar uitgekeken', ging ze verder. 'Je hoeft daar niets meer achter te zoeken.'

'Het is mijn beroep om er meer achter te zoeken', zei ik. 'Vooral als er ook meer achter te vinden is. Jullie waren niet alleen op elkaar uitgekeken. Je liet hem ook om een andere reden zitten.'

'Ja?'

'Ja. Omdat hij je geen rol kon versieren in zijn laatste film. Die was weggelegd voor Gabrielle Evans.'

Ik keek naar de valse wimpers die als zware vlaggen het licht uit haar ogen hielden.

'Ik denk opeens nog ergens aan', zei ik.

'Je hoeft jezelf nu niet te bewijzen', zei ze cynisch.

'Jullie gingen ook uit elkaar om een andere reden.'

'Ja, wat dan?'

'Misschien moeten we ons kleintje van daarnet maar eens terug binnenroepen en zal zij het ons vertellen. Je kon het vanochtend precies meer dan goed met haar vinden.'

'Daar hoef je ook niets meer achter te zoeken', zei ze. 'Dat waren zaken.'

'Je doet leuke zaken.'

Ze ging voor de foto van mijn vader staan en analyseerde zijn trekken. Op de foto droeg hij zijn volle baard en zijn hippe zonnebril die ik in mijn borstzak had zitten. Voor de rest was zijn bovenlichaam naakt, want de foto was genomen op het strand. Ik stond eigenlijk als kleine gabber mee op de foto, maar dat deel had ik ervan afgescheurd. Ik wilde mezelf niet als kleine jongen zien. Althans, niet letterlijk. Ik was al die tijd een kleine jongen gebleven, maar zo had ik niet het gevoel dat mijn vader al dood was. Susan Six draaide zich met een ruk om. Ze hield nu geen dartspijltjes meer in de hand, maar een klein handpistool.

'Hé', zei ik. 'Ik wist niet dat jij zo gek was op darts.'

Ze zweeg en doorzocht mijn zakken naar mijn eigen revolver. Ze hield zich niet in met het betasten en toen ze mijn blaffer vond, wierp ze hem achterin de kamer.

'Als je per se je pijltjes terug wilt...'

'Ik wil dat je me met rust laat, neuspeuteraar', zei ze. 'Ik heb met mijn leven gebroken, net omdat ik genoeg had van mensen die me bleven achtervolgen. *Capice, chum*? Ik heb geen zin om aan een derde leven te beginnen. Leven en laten leven is dus de boodschap.'

'Wie zet die pornofilms op het net?' vroeg ik.

'Ik wil het ook nog eens in gebarentaal zeggen', zei ze, terwijl ze de haan spande.

'Is het de zoon van Henri Rousseau?'

'Ik ken geen zoon van Henri Rousseau.'

'Hij heeft een aardje naar zijn vaartje.'

Ze liet de haan weer ongespannen, maar hield het pistooltje, een nietige Kodak. 24, recht voor zich uit. Toen bleef ze de loop op een plek van mijn lichaam houden die ik liever door Evi had laten zalven, en kuste ze me voluit op de mond. Ik kon haar niet tegenhouden en voelde haar tong op zoek gaan naar mijn enig overgebleven verstandskies. Het duurde ettelijke seconden, maar ze vond hem niet. Ik kreeg een walm van onbekende tandpastageur in mijn mond, terwijl het tipje van haar tong mijn tanden een voor een begon te flossen. Ik bleef er staan, met open mond, zoals je kaken soms bij de tandarts door klemmen uit elkaar worden gehouden. Na een halve minuut was de klus geklaard en liet ze me los. Al haar lippenstift was verdwenen. Ik hoefde niet meer op zoek te gaan naar een avondmaal. Mijn maag had genoeg binnen.

'Ik had nog een kleine coda', lichtte ze toe. 'Ik wilde je even laten zien dat ik meer in huis had dan dat kleintje van daarnet.'

Ik masseerde mijn kaken.

'Je had anders misschien gedacht dat dat daarnet een *kus* was.'

'Zij heeft me gekust', zei ik. 'Jij hebt me gesloopt.'

Ze glimlachte en stak haar pistool weg in de zak van haar leren overjas. Toen trok ze die aan en stopte op weg naar de deur bij de foto.

'Je hoeft me niet te vertellen wie die kerel op de foto is', zei ze. 'Ik weet dat jij het bent. Je hebt de juiste keuze gemaakt om die baard af te scheren, *chum*. Je hebt een mooie kin.'

Toen verliet ze de kamer en ik verwachtte een soort showbizzlicht in de deuropening, zoals je destijds in televisieshows kon zien als iemand een koelkast of een oven had gewonnen. Ik sloeg de deur met een smak dicht, maar kon mezelf niet verhinderen om te glimlachen: ik had me zelden zo gelukkig gevoeld als door haar laatste opmerking. Toen verstarde mijn glimlach. De telefoon rinkelde. Ik keek naar Duke.

'Dat zal de spoed zijn, makker', zei ik. 'Ze bellen je zelf op om je te mogen opnemen. Die lijfgeur wordt al te erg.'

Ik liet hem zeven keer rinkelen en nam op.

'Met Somers.'

'Hoeveel weegt de perfecte privédetective?'

Het was de anonieme grappenmaker die me bleef stalken met grappen die zo slecht waren dat ze puur drama werden.

'Het antwoord: 750 gram, zonder urn.'

Toen werd er opgehangen. Ik legde de hoorn op de haak en staarde naar Duke. Als ik me niet haastte, kon Duke weleens in een urn belanden.

22.

Het was de laatste keer dat ik Herman wilde inschakelen als chauffeur, verzekerde ik hem, maar tot mijn verbazing was hij goedgeluimd. Misschien had hij een proces gewonnen, misschien was de doodsbedreiging al opgehelderd. Ik was fout. Ik stond voor mijn deur in Onderbergen op de stoep te wachten, met Duke die half in de hal in zwijm lag. Ik keek op mijn horloge. Het was bijna halfzeven en het begon donker te worden. Ik stond een warm worstenbroodje van de Kastaar op te eten en zag in de etalage van Kunst-Ogen-Blik een kat op een oude schrijfmachine slapen. Toen Herman Brusselmans op zijn tweespan arriveerde, wist ik wat er fout zat. Ik wist het met zekerheid toen hij zijn helm afzette en zijn kale kruin liet bewonderen.

'Herman?' vroeg ik omdat ik hem niet herkende zonder bril.

'Je had me niet herkend, hé, jongen?'

Ik wist niet wat ik hoorde.

'Waarom spreek je zo vreemd?'

'Ik ben undercover.'

'Waar is je haar? Heb je je bekeerd tot het boeddhisme?'

Ik bekeek hem van top tot teen: geen haar, geen bril, geen leren jekker. Wel een kraaknet, wit kostuum met een das.

'Ik zou graag hebben dat je geen vragen stelt, Pat', zei hij ineens weer grimmig als een keelkankerpatiënt.

'O.k.', zei ik. 'Maar wat is er aan de hand?'

'Ik ben nog niet klaar om te worden doodgeschoten.'

'Als je er zo bij loopt, zal je nog sneller worden doodgeschoten.'

Ik bekeek zijn kale schedel. Hij was verrassend gaaf, in tegenstelling tot de kraters in zijn kaken. Het leek wel een wassen beeld.

'Ze zullen je verwarren met Herr Seele', zei ik.

Hij haalde zijn schouders op en wreef over zijn schedel.

'Als ik maar niet word doodgeschoten.'

'Dat lijkt me nog een stuk minder erg.'

Ik legde Duke in het zijspan en bedekte hem met een warme,

geruite deken. Hij wist van de wereld niet meer, en dit keer kwam het niet door het passief wiet roken. De arme stakker.

Ik schudde mijn hoofd en keek Herman triestig aan. Ik had geen tijd voor die onzin. Ik had een hond die op sterven leek te liggen, een viervoudige moordzaak met een creatieve moordenaar, twee grieten die ik letterlijk van me af moest duwen én niet eens een wagen om mijn speurneuswerk te doen. Dit kon ik missen als een alvleesklierontsteking. Ik sloot de ogen en hoopte weer de oude Herman Brusselmans te zien, de atheïst die enkel geloofde in seks, drank en motors.

Ik nam plaats achter hem. Duke lag in de sidecar te kijken alsof hij ook een fatwa over zich heen had gekregen. Herman reed ons Onderbergen uit en bracht ons naar de dierenarts in de buurt van het UZ Gent. Hij nam de rechtstreekse weg door de Overpoort en de Heuvelpoort. Net voor het UZ sloegen we linksaf, richting oprit van de snelweg en de grote autohandelsmarkt, waar binnenkort het nieuwe voetbalstadion van AA Gent zou worden gebouwd, en parkeerden in een zijstraat. Onderweg had ik hem op de hoogte gebracht van de foltering en moord op Dimitri Leurs in het Sint-Camillus. De man die vroeger bekend stond als Herman Brusselmans zei:

'Sommige mensen leven nu eenmaal omdat het illegaal is om ze te doden.'

'Het ziet er dus naar uit dat je boek toch niet zal worden verfilmd', blies ik in zijn oor tijdens de helse rit.

'Wat kan mij dat boek schelen?' riep hij terug.

Ik liet het daarbij. Toen hij ons afzette, nam ik Duke uit het span en droeg hem tot bij de deur. Ik belde bij de dierenarts aan. Het was alsof alles rondom me begon af te brokkelen. Ik had mijn Taunus verloren, ik was mijn hond aan het verliezen, en nu dreef ook mijn enige menselijke vriend steeds verder van me af.

De vaste dierendokter was ook al met vakantie en werd vervangen door een kerel die eruitzag als Roland, de Gentse blueszanger en bard die min of meer woonde in jazzcafés als de Opatuur en het Damberd. Hij droeg een witte kiel en had een korte stoppelbaard, en ook het haar was minder vettig, maar ik had het gevoel dat hij elk moment de kiel kon afwerpen om een nummer van John Lee Hooker te neuriën. Ik legde Duke voorzichtig op een hoge tafel met zwarte matras. Hij gleed uit mijn handen als een gladde waterballon. De dokter grasduinde in een fichebak en kwam met Dukes gegevens voor de dag. Hij ging op een krukje zitten en legde de fiche op de vensterbank achter hem. Het neonlicht boven de tafel prikte in Dukes ogen. Ik begon ervan te zweten.

'Dus dit is Duke.'

'Ja', zei ik. 'Hij doet al een paar dagen zo vreemd. Hij kruipt niet in zijn mand, hij wil alsmaar buiten en hij laat voortdurend winden.'

De dokter aaide hem over de kop.

'Maar dat laatste doet hij al zijn hele leven', voegde ik eraan toe.

'Ja?'

'Duke lijdt volgens mij aan het chronischevermoeidheidssyndroom. Niet te verwarren met echte luiheid. Hij geeuwt meer dan hij slikt. Ik heb het hier niet over die gevallen van een huisvrouw die de trappen niet meer opkan. Ik heb het hier over een echt drama, doc. Ik heb het over een echt hondenleven.'

'Ik begrijp het.'

'Maar nu begint hij zich te veel aan zijn baasje te spiegelen. Hij eet niets meer, wast zich niet meer en lacht zelfs niet meer met sitcoms. Ik maak me echt zorgen.'

De dokter haalde een paar spullen uit een tas. Hij opende Dukes muil en legde een houten lepeltje op zijn tong. De tong zag er even gezond uit als een hersentumor.

'Ik zie dat Duke niet meer van de jongste is', zei hij, alsof de leeftijd op Dukes huig af te lezen was.

'Hij loopt niet meer achter de wijfjes aan', zei ik. 'Maar voor de rest is er nog nooit iets ergs met hem aan de hand geweest. Ja, een paar maanden geleden ging hij door een depressie, maar dat lag veeleer aan mij. En Duke is natuurlijk altijd een beetje een hypochonder geweest. Hij meldt zich altijd ziek en doet alsof hij iets aan de hand heeft om niet uit zijn bed te moeten. De ene keer heeft hij het aan zijn maag, de andere keer aan zijn prostaat en de laatste keer deed hij alsof hij aan één oog blind werd. Maar toen bleek dat hij met zijn kop in de currysaus in slaap was gevallen.'

De dokter knikte en ging door met zijn onderzoek. Ik haatte dokters. Ik haatte onderzoeken. Maar ik hield van Duke en ik had er werkelijk alles voor over om hem er weer bovenop te helpen, zodat we samen binnen de kortste keren weer met een pakje meeneem-Chinees naar een oude musical konden kijken. Er kwamen nog een stethoscoop, een hartslagmeter en een bloeddrukmeter aan te pas. Ik probeerde iets af te leiden uit de blik van de dokter en hoe meer ik hem bekeek, hoe meer hij me aan Roland deed denken.

'Wanneer heeft Duke voor het laatst zijn bloed laten nemen?' vroeg hij.

'Dat zal al een tijdje geleden zijn', zei ik. 'Ik laat mijn bloed bijna dagelijks nemen. Ik ben privédetective.'

Hij zette de stethoscoop af en begon de maag van Duke te masseren. Toen stopte hij abrupt en sloot berustend de ogen. Ik voelde mijn gezicht wit wegtrekken. Ik kreeg flashforwards. Ik zag de scène die zou volgen al helemaal voor mijn netvlies passeren. De dokter keek me triestig aan.

'Ik vrees dat ik slecht nieuws heb', zei hij.

'Ik vrees dat ik een beetje door het slechte nieuws heen ben.'

'Ik zal niet tegen u liegen.'

Ik slikte iets door.

'Waarom niet?'

'Ik wil u geen valse hoop geven.'

Ik stond op en draaide me weg. Ik wilde terug naar huis.

'Ik denk niet dat ik dit wil horen, doc', zei ik. 'Ik leef al een tijdje in een droom. Laat me maar nog wat verder leven. Duke is dik in orde, nietwaar? Dit is weer een van zijn geintjes om zijn taken in huis niet te hoeven doen. Ik wist het. Hij is een lijntrekker eerste klas.'

De dokter haalde diep adem en kotste het eruit.

'Duke heeft kanker.'

Er ging vanalles door me heen. Ik wilde aan boetedoening doen:

een zweep tegen mijn rug slaan, mijn bestaan als privédetective opgeven en bij de post gaan werken, een boek van Kristien Hemmerechts gaan lezen. Als het longkanker was, dan lag het aan mij en mijn joints.

'Teelbalkanker.'

Ik knikte. Het lag niet aan mij, maar ik voelde me er niet beter om.

'Als we er vroeger bij waren geweest, dan hadden we er nog iets aan kunnen doen. Maar nu is het hele ding al overal in zijn lichaam uitgezaaid, als een nucleaire kernreactor.'

Als we er vroeger bij waren geweest. Ik dacht terug aan mijn eigen leven, aan de nutteloze tijd die ik spendeerde aan het achtervolgen van gespuis, pornosterren, pedante filmmakers, kleerkasten van boksers en kierewiete regisseurs. Het lag wel degelijk aan mij. Als ik elke ochtend mijn eigen kruin en voorhoofd inspecteerde en de blauwe plekken behandelde, dan kon ik ook evengoed elke ochtend eens Duke bij de ballen nemen en controleren of hij geen puistje had.

'Hoe lang nog?' vroeg ik stil.

'Niet lang', zei hij. 'Een paar dagen. Maar het zullen lange dagen worden. Het maakt voor hem niets meer uit. Hij kent u zelfs niet meer. Het zit al in zijn hoofd. Als ik u een goeie raad mag geven...'

'Ik wil geen goeie raad', zei ik luider. 'Ik wil...'

Ik wist wat ik wilde, maar durfde het niet hardop te zeggen. Ik was een privédetective, gewend om klappen te krijgen en onder schot te worden gehouden. Ik was gewend om meer lijken te zien dan een begrafenisondernemer. Ik was hard en cynisch. Ik wilde Duke terug. Het was simpel, maar het was niet zo simpel om het hardop te zeggen. Duke was en bleef een hond. Ik mocht me niet verliezen in een hond als er mensenlevens op het spel stonden. Maar de waarheid was dat ik een bepaald gevoel voelde opkomen waarvan ik niet wist dat ik het nog in me had. Het was hetzelfde gevoel als toen mijn vader stierf en het was alsof dat verdriet nu pas kwam bovendrijven.

'Ik kan hem een spuitje geven', zei de dokter met de schorre whiskystem van Roland. 'Ik weet dat dat het beste voor hem is, maar ik weet ook dat dat niet het beste voor u is.'

Ik bekeek Duke. Ik kon me niet voorstellen dat hij me niet meer herkende. Even dacht ik dat dat ook niet nodig was. Als ik hem herkende, dan was het genoeg, maar dat kon niet. Ik dacht terug aan de eerste keer dat ik hem naar het SMAK meenam om hem te laten kennismaken met het werk van Jan Fabre. Hij stond er nogal kritisch tegenover (Duke vond de pentekeningen oppervlakkig en te makkelijk), maar ik had er al mijn opgeloste zaken voor over om die dag te herbeleven.

'Hé, Duke', zei ik met een brok in mijn keel. 'Ik heb nooit afscheid kunnen nemen van mijn vader, dus doe ik het wel van jou. Ik hoop dat ze daarboven in de hondenhemel ook van *Cheers* houden. Ik hoop...'

Maar mijn stem brak. Ik zag het gezicht van mijn vader op de tafel liggen en probeerde het te verdringen. Uit respect voor Duke. Maar het bleef maar terugkomen.

'Ik moet gaan, Duke. Ik hoop dat ik je een niet al te slecht leven heb gegeven, vriend. Jij hebt het mijne alleszins boven het niveau opgetild.'

De dokter trok een paar handschoenen aan. Zelfs op zo een intens moment hoopte ik dat hij zijn oude gitaar zou bovenhalen en een gospel zou zingen. Maar hij zong niet. Hij haalde een spuit boven.

'*I didn't know about you*, Duke', zei ik en citeerde daarmee een song van Duke Ellington, zijn geestelijke vader. Ik had evengoed een andere titel kunnen vinden zoals *Don't you know I care* of *All too soon*, maar ik verliet de praktijk en besloot dat enkel *Solitude* gepast was.

Ik liep het hele eind in de plensregen naar huis en ik kan je verzekeren dat de weg van de Heuvelpoort naar de Vooruit, de Bagattenstraat, Nederkouter en het Justitiepaleis een lange weg is. Mijn Puma's werden loodzwaar alsof ik kettingen aanhad en mijn haar was zo zeiknat dat het glansde als de huid van een otter. Toen ik de trappen opliep, voelde ik me dan ook niet echt beter. Ik voelde me anders: misselijk, triestig en nat. Op de overloop stond de deur van mijn kantoor open. Ik wilde mijn luger bovenhalen toen ik besefte dat Susan Six hem een uurtje geleden nog in de andere kant van de kamer had gegooid. Ik voelde me plots nog anders. Ik ging drijfnat binnen en hoorde zachtjes Erroll Garner door de woonkamer dansen. Ik liep naar de oude glazen tussendeur en zag iemand in de zetel zitten. Hij zat met zijn rug naar me en had een glas jenever in zijn hand. Ik liep binnen en zei:

'We zijn de laatsten die Erroll kennen, maar dat maakt ons nog geen vrienden van elkaar.'

Hij zette het glas op de grond en ging vooroverzitten.

'Ik ben trouwens niet in de stemming om luchtig te zijn', zei ik. 'Blijf rustig zitten, dan kan ik je komen kietelen met een blaffer tussen je ribben.'

'Ik heb geen kriebels', zei de stem plots en het was alsof het plafond op me afkwam. Het was de stem van de grappenmaker die ik al een paar keer aan de lijn had gehad.

Hij stond op en draaide zich naar me om. Hij had de foto van het dartsbord in zijn hand en zat er al de hele tijd naar te kijken. Ik had nog nooit eerder last gehad van acute ademnood, maar nu werd mijn strot dichtgeknepen. Ik voelde mijn kuiten slap worden. Mijn hart ging nog sneller tekeer dan vroeger, toen ik in de Bal Infernal een *stand-up* moest doen. Ik wist niet wat ik moest doen. Dit was een droom. Ik dacht dat ik op hem afstapte, maar eigenlijk bleef ik de hele tijd staan. Hij was veranderd, maar hij was veranderd zoals hij ook de hele tijd in mijn hoofd was veranderd. Voor mij stond dezelfde man als op de foto, maar dan dertig jaar ouder. Ik wist nog altijd niet wat te doen en toen ging ik maar van mijn stokje. Ik hoorde hem nog zeggen:

'Junior, heb jij echt al mijn platen nog?'

Terwijl ik onder zeil was, had ik voor een keertje geen visioenen. Het visioen had ik ervoor al gehad en toen ik bijkwam, dacht ik dan ook alleen te zijn. Maar hij was er nog steeds. Ik lag in de zetel, net als al die keren dat ik als kind een oorontsteking had en hij me zijn jazzvrienden liet horen. Hij zat in de eenzit en luisterde met gesloten ogen naar Erroll Garner. Ik bleef liggen en bekeek hem. Ik maakte me duizend keer wijs dat ik aan het doorslaan was. Ik was in shock over Duke. Dat was alles. Er bestond geen andere uitleg voor. Maar waarom leek de man in de zetel dan toch zo erg op mijn vader? Hij had dezelfde baard, grijs nu, dezelfde grijze ogen en dezelfde ring. Toen ik terugdacht aan zijn verschijning, wist ik dat hij het was. Hij had ook dezelfde houding, een trekje uit de Somersfamilie. Net als ik liet hij zijn schouders wat hangen, niet alsof hij een last te dragen had, maar omdat hij anders te veel uitkeek over de rest van de wereld. Hij liep een beetje gebogen, met de handpalmen naar achteren gekeerd. Er waren bij mijn weten maar drie mensen die zo liepen: hij, ik en Paul Newman.

'Je bent nog vrijgezel, junior', was het eerste wat hij zei.

'Ja', zei ik verward. 'Mijn schoonouders konden geen kinderen krijgen.'

Hij lachte niet, maar zat me sereen aan te kijken, geheel onder de indruk alsof ik de geest was die terug in zijn leven was verschenen.

'Ik neem aan dat je wel wat vragen hebt, junior', zei hij.

'Vragen? Je bent het tweede lijk in twee dagen dat weer levend wordt.'

'Je lijkt teleurgesteld, junior', glimlachte hij vreedzaam.

Ik ging rechtop zitten. Ik hoorde mezelf praten als in een droom. Ik ontkende nog altijd dat dit echt gebeurde, dus kon het geen kwaad het spelletje mee te spelen. Als ik heel eerlijk was, dan moest ik toegeven dat ik die scène al een paar keer had gedroomd. Maar nog nooit zo echt.

'Teleurgesteld is niet het juiste woord', zei ik over mijn kruin wrijvend. 'Een beetje van slag is beter.'

'Ik begrijp het, junior.'

'Neen, je begrijpt het niet', zei ik. 'Je wilt me doen geloven dat jij mijn vader bent. Je draagt zijn kleren, je ziet er zo uit en je luistert naar zijn platen. Maar dat doe ik ook en ik ben mijn vader niet. Jij dus ook niet. Wie ben je dan wel en wat heb je hier te zoeken?'

'Ik bén je vader, junior', hield hij vol. 'Herken je me dan niet meer?'

'Ja, ik herken je', zei ik. 'Daarom ben ik ook op mijn hoede. Wie je ook bent, je bent niet mijn vader. Hij stierf meer dan twintig jaar geleden aan kanker. Net als mijn hond.'

Hij stond op en stapte naar de oude pick-up om de plaat die was blijven steken, om te draaien. Ik concentreerde me op zijn houding en zijn manier van lopen. Het klopte. Maar het kon natuurlijk niet kloppen.

'Kanker', herhaalde hij. 'Ik zal je eens wat zeggen, junior. Ik ben op tijd gestopt met roken. Ik had evenmin kanker als jij. Ik begrijp dat dit als een mokerslag aankomt...'

Ik stond ook op en liep op hem af. Wie was die kerel dat hij hier zomaar mijn eigen platen kon omdraaien? Ik trok hem naar me toe en wilde hem aan de muur spijkeren, maar toen keek ik in zijn ogen.

'Wat wil je dat ik zeg, junior?'

'Ik wil dat je ophoudt me zo te noemen', zei ik. 'Niemand noemt me nog zo. De naam is Pat Somers.'

Hij legde een hand tegen mijn kaak en kneep er bijna in.

'Patje', zei hij. 'Ik wou dat ik kon zeggen dat ik de kanker overwon. Dat is veel moediger dan gewoon stoppen met roken. Maar je weet evengoed als ik dat daar vierentwintig jaar geleden geen kans toe was. Ik zal het je allemaal uitleggen.'

Hij wilde me plots omhelzen, maar ik duwde hem van me af. Ik bekeek hem van top tot teen.

'Je gelooft me niet', zei hij zachtmoedig.

'Hoe zou je zelf zijn?'

'Je hebt dat kankerverhaaltje wel geloofd', zei hij. 'Waarom geloof je me nu niet als ik voor je sta?'

Ik nam de plaat van de pick-up en gooide hem tegen de muur in duizend stukken. Had ik iets meer fut gehad, ik deed hetzelfde met de rest van de platencollectie, maar ik voelde de kracht uit mijn lichaam ontsnappen, als tandpasta uit een tube.

'Je hebt het volste recht om kwaad te zijn', zei hij.

'Je hebt me nog niet echt kwaad gezien', zei ik. 'Jij kent me niet. Ik ken jou wel. Jij bent een zieke grappenmaker. Is dit jouw idee van je ideale grap? Je bent ziek!'

Ik stapte van hem weg en schopte een paar scherven Erroll Garner weg. Het deed me pijn om te zien dat de lieveling van mijn vader tegen de muur was gekwakt. Ik wilde ook de pijn in zijn ogen zien, maar ik durfde me niet om te draaien, uit vrees dat de pijn er ook effectief was.

'Zal ik je eens een paar grappen vertellen, junior?' zei hij.

Het klonk als die keren dat hij me een verhaaltje voorlas voor het slapengaan. Ik kreeg er koude rillingen van.

'Ken je die grap over de jongen die op een ochtend vroeg opstond om de baard van zijn vader te knippen terwijl die nog aan het maffen was? Ken je die? Ik wel. Dat was echt een goeie.'

Ik voelde de grond onder me wegzakken. Ik had de laatste jaren weinig emoties getoond, maar nu gebeurden er ineens zoveel dingen tegelijkertijd dat ik bijna begon te snotteren als een kerel die een verloren familielid terug heeft opgespoord. Ik bleef naar de stukken Erroll Garner kijken.

'Of ken je die over de man die zijn zoon leerde fietsen en hem losliet en zo blij was dat de zoon overeind bleef, dat hij bij het meelopen tegen een paal aanliep?'

Ik draaide me om. Er waren twee mensen die dit wisten. Ik betwijfel of hij het zelfs ooit tegen mijn moeder had verteld want het was natuurlijk niet iets waar je mee te koop liep.

'Die ken ik', zei ik zacht.

'Als je wilt, kan ik je hem nog eens vertellen, junior.'

Ik bleef hem verbijsterd aankijken.

'Ik heb zo nog twintig grapjes in mijn zak zitten en de meesten zijn *inside jokes* tussen jou en mij. Ik ben het, junior. Ik geloof het zelf amper want als ik je zie staan, zie ik eigenlijk mezelf.'

Ik zakte op de grond en ging tegen de muur zitten. Er kwamen een paar platen uit de platenkast getuimeld, alsof er met hem ook klopgeesten in huis waren gehaald. Ik moest opeens denken aan die film over die dode man die met zijn engel terug naar de aarde wordt gestuurd, een ander lichaam moet vinden en daarvoor een oude vriend gaat opzoeken. Ik bleef verweesd voor me uitstaren.

'Wat moet ik doen om je te overtuigen?' zei mijn vader plots.

'Je kunt me vertellen waarom je niet dood bent', hoorde ik mezelf zeggen.

'Het zal een lange nacht worden.'

'Ik heb tijd', zei ik. 'En terwijl je bezig bent, kun je me ook vertellen wat je de afgelopen vierentwintig jaar hebt uitgespookt.'

Ik had de afgelopen dagen heel wat mensen star voor zich uit zien staren: lijken, verbijsterde gekken, geile pornosterren. Maar nu was het mijn beurt.

'Waar moet ik beginnen?' zei hij, terwijl hij hulpeloos tegen zijn dij klopte.

'Jij bent het echt', zei ik.

We zaten elkaar een volle minuut aan te kijken, hij begon naar me toe te lopen, ik begon overeind te strompelen, we vielen elkaar in de armen en weenden zacht. Ik klampte me aan hem vast, en al die tijd speelde zich de film van mijn voorbije leven af, trivialer dan een doorsneeweekendfilm.

Het was vier uur in de ochtend toen de man die mijn vader was, stopte met zijn verhalen. Hij had zeven uur aan een stuk zijn leven verteld alsof het een *biopic* was. Er waren geen beelden, *stockshots* of zelfs foto's om de commentaarstem op te fleuren, maar dat hoefde ook niet. Ik had één beeld voor ogen en in die zeven uur bleef ik gebiologeerd naar zijn gezicht staren. En ontdekte met de minuut iets nieuws.

Terwijl de helft van de platenverzameling en drie flessen jenever erdoor gingen, staakte hij zijn verhaal bij de ochtend dat hij zijn zoon terug had gezien in de Bal Infernal. Het kwam er, kort samengevat, op neer dat mijn vader, Patrick Somers sr., nooit ziek was geweest. Integendeel, toen ik elf was, was hij ziekelijk verliefd op een andere vrouw dan mijn moeder en koos hij voor haar. Mijn moeder deed alsof hij letterlijk dood was. Het lag volgens hem eerst niet in haar bedoeling om hem dood te verklaren, maar het gebeurde onopzettelijk. Ze wilde dat hij dood was en omdat hij een hele praktijk had, besloot ze dat het beter was om hem officieel dood te verklaren. Mijn vader ging dan wel niet, zoals in mijn dromen, als jazzmuzikant een ander leven leiden, hij verhuisde naar Amerika waar hij een nieuw gezin opbouwde. Het vreemde was dat zijn nieuwe gezin bijna een kloon was van het oude. Hij kreeg een zoon die zijn vrouw per se Patrick wilde dopen omdat ze van Ierse afkomst was, ter ere van *Saint-Patrick's Day*. Meer nog, hij schafte zich een Ford Taunus aan. Ik kon daar weinig tegenoverstellen, want wat had ik de afgelopen twintig jaar gedaan waar ik trots op kon zijn? Ik had gewoon de dingen afgewerkt die hij had achtergelaten, maar dat was nergens mijn eigen verdienste. Ik vroeg waarom hij dan zomaar uit het niets weer voor mijn deur opdook, toen ik mijn aandacht voelde verslappen. Zijn verhalen en zijn lijzige, aangename stem hadden me afgemat. Maar nog meer had hij me betoverd door te zeggen dat hij al een paar keer naar hier was afgezakt om me in de gaten te houden. Telkens stond hij op het punt me aan te spreken, maar telkens wilde hij me niet storen in mijn zoektocht. Hij vond het aan de ene kant een eer om zo vereerd te worden en aan de andere kant was hij angstig dat hij daardoor niet aan de eisen kon voldoen.

'Ik zag dat je mij aan het worden was, junior', zei hij meer dan eens.

'Ik had niemand anders.'

'Ik wel', zei hij. 'Ik had nog een andere zoon, maar die begon meer op jou te lijken. Ik dééd hem meer op jou lijken, junior.'

'Het origineel is meer waard.'

Ik wilde mijn ogen openhouden en de rest van de nacht halen. Maar het was onbegonnen werk. Ik begon te knikkebollen door de jenever, de lange dag, de stem en de droom die ik aan het beleven was, en voelde me als een hoopje pudding in elkaar zakken. Ik deed een poging om de luger op hem gericht te houden, zodat hij de kamer niet kon verlaten. Ik wilde dit alles ook op klaarlichte dag meemaken.

'Als je één stap verzet, ben je écht dood', zei ik versuft, terwijl ik mijn oogleden aan elkaar voelde plakken, nog erger dan de wimpers van Susan Six.

'Ik ben hiervoor gekomen, junior', zei hij. 'Om jou te zien slapen.'

Ik liet de luger vallen en greep zijn hand vast. Ik moet hem bijna kapot hebben geknepen.

'Vertel nog eens een verhaaltje, pa', zei ik.

Het was het laatste wat ik zei. Daarna viel ik in slaap, en voor een keertje was het een nachtmerrie om in slaap te vallen. Voor een keertje wilde ik liever wakker blijven en was er niets dat me naar slaap deed verlangen.

23.

De volgende dag ging mijn leven weer zijn gewone gang. Het duurde een tijdje voor ik besefte wat er de dag ervoor wel of niet was gebeurd. Ik werd wakker, alleen, in de sofa en ging onmiddellijk op zoek naar sporen die mijn vader had achtergelaten: vuile glazen en gebroken platen. Maar ik vond niks. Mijn kantoor zag er netter uit dan een museum. Ik begon me met de minuut slechter te voelen en wou koffie. Ik schrok toen ik op de klok keek. Het was halfdrie in de namiddag. Toen ik merkte dat ik geen filters meer had, en in de vuilnisbak een oude wilde nemen, zag ik de scherven van Erroll Garner liggen. Maar dat betekende niets.

Ik dronk de koffie op, die anders dan anders smaakte, nam een douche en trok een oud donkerpaars velours kostuum aan met een brede blauwe das. Toen nam ik een tweede kop koffie en besloot dat ik niet de hele namiddag op mijn vader kon zitten wachten, als het al echt gebeurd was. Als hij al bestond en als gisteren tenminste meer was geweest dan een droom. Ik draaide het nummer van Herman Brusselmans en kreeg een antwoordapparaat aan de lijn.

'Dit is het antwoordapparaat van Herman Brusselmans, de beste schrijver van dit land. Laat een boodschap of doodsbedreiging achter na de biep en ik wis ze direct en bel u nooit meer terug.'

Er klonk een biep en ik hing op. Ik ging naar beneden en voelde me voor het eerst in mijn leven weer geborgen, alsof iemand me terug zou roepen om me te vertellen dat ik mijn lunchdoos was vergeten.

Ik leende de wagen van mijn onderbuur, de antiquair van Kunst-Ogen-Blik, een combi die verdacht veel leek op een flikkenwagen, en zette koers naar Drongen. Het was de zoveelste druilerige, winderige en huilerige namiddag, echt om zwaarmoedig van te worden, maar ik voelde me even fris als Cher na haar zoveelste operatie.

Ik deed er iets minder dan een kwartier over, voor een deel omdat ik op kruissnelheid was, en toen ik de wagen onder de hoge eiken parkeerde op het kasseien weggetje, moest ik me bijna inhouden om niet de hoeve van Henri Rousseau te bestormen. Het was er even stil als de vorige keer, maar dit keer stond er een tweede wagen op het grasterrein geparkeerd. Ik sloeg de koebel dit keer over en glipte onmiddellijk langs de zijkant naar het kippenhok, oftewel de Sunset Boulevard van Henri Rousseau. De set was ontruimd en het gewone kippenleven ging zijn gang. Ik nam de weg die Rousseau me was voorgegaan om zijn hoeve binnen te treden en stootte op de gesloten achterdeur. Ik keek naar binnen en in de schemer zag ik hem liggen maffen in een knusse ligstoel. Ik klopte zachtjes op de achterdeur. Er kwam geen reactie. Ik klopte nog een keer. Ik had niet veel zin om te wachten tot een van zijn opgezette eekhoorns de deur voor me kwam openmaken, en dus stak ik mijn vuist in mijn mouw en sloeg het kleine raampje van de deur aan diggelen. Toen Rousseau niet reageerde op het lawaai, wist ik dat het tijd was om de luger boven te halen. Rousseau bleef even stil liggen als de rest van zijn dierenvrienden. Het was alsof de ogen van de eekhoorns, de elanden en de everzwijnen me in de gaten hielden en elk moment uit hun schuilplaats konden komen om me te vertellen dat het allemaal één grote grap was. Maar het was geen grap. Rousseau lag er in een kamerjas en bleef stil liggen. Toen ik hem van dichterbij bekeek, leek hij zich niet geschoren te hebben. Toen ik hem van nog iets dichter bekeek, zag ik dat hij een stoppelbaard had, maar een stoppelbaard die bewoog. Zijn hele gezicht zat onder de mieren, die hem een postuum eerbetoon wilden geven. Ze kropen zowat overal in en uit zijn gezicht, in zijn oren, neusgaten, ogen en in zijn halfopen mond. Ik deinsde achteruit. Het waren natuurlijk maar mieren en geen vogelspinnen of schorpioenen, maar ik had het niet zo voor levende tandvullingen of sproeten. Ik duwde met de loop van de luger een paar mieren van zijn lippen om te zien hoe blauw die al waren. Toen kwam er opeens een opgezet dier uit een nis in het licht naar voor. Ik schrok me de pleuris. Het was een opgezette gorilla. Justin Blake. Hij droeg een feestelijke smoking en leek me te vroeg opgekleed voor een begrafenis.

'Hij is *dead*', zei hij enkel.

'Je meent het', zei ik. 'Ik dacht dat hij een mierenneuker was.'

‘Hij is al een tijdje *dead*’, zei Blake en hij staarde naar zijn geestelijke vader.

‘Hoe weet jij dat?’ vroeg ik met de luger steviger in de hand.

‘Hij is al exact twee uur en zeventien minuten *dead*.’

Ik keek rond en knikte naar de vele verborgen camera’s.

‘Het staat op veertien verschillende tapes’, lichtte hij toe.

‘Er zal maar één moordenaar op staan.’

‘Yeh, dat is zo.’

‘En het kan me niet schelen of hij er met zijn foute profiel op staat.’

Ik keek hem aan en richtte de luger op zijn hart.

‘Wie speelde hier de hoofdrol, Blake?’

‘De meester speelde zijn laatste rol, *white boy*’, zei hij. ‘Henry Ruzzo heeft het gedaan. Hij pleegde zelfmoord met een *overdose*.’

‘Een overdosis mieren?’

‘Een *overdose* pillen.’

‘Waarom?’

‘Waarom pillen of waarom zelfmoord?’

‘Waarom zelfmoord?’ zei ik. ‘Het kan me bitter weinig schelen of het nu pillen of platen van Micha Marah waren.’

Blake haalde zijn schouders op. Hij bukte zich en opende een lege pot jam. Er zaten al een paar mieren in en nu pas was het me duidelijk wat hij deed. Om de zoveel tijd stopte hij de mieren die uit hun schuilplaats kwamen, in die pot. Hij pikte ze een voor een vast en stak ze erin.

‘Rousseau leek klaar voor zijn comeback’, zei ik.

‘Hij was opgebrand’, zei Blake ernstig. ‘Hij had er genoeg van.’

‘Ja’, zei ik. ‘Die mieren en vliegen zullen toch te weinig in hun mars hebben gehad. Je zou voor minder.’

Blake zette het deksel weer op de pot en keek Rousseau aan. Er kwam nog een mier onder zijn kin gekropen en Blake sloeg hem er gewoon van weg. Het lot van de laatkomers.

‘Wat heeft hem er uiteindelijk toe aangezet?’

Blake haalde zijn schouders op. Hij zette de pot in het lege aquarium en ging op een sofa zitten, alsof hij wachtte tot een *voice-over* de uitleg zou geven. Ik begon een beetje rond te neuzen in de tempel van de laatste farao. Tussen de opgezette beesten en insecten merkte ik plots iets op wat ik de vorige keer niet had gezien. Ik had het niet gezien omdat het er niet was geweest. Het was een kleine 8 MM-projector en hij stond verdacht afgemeten gericht op het stukje muur tussen de haard en de boekenkast. Ik zette het ding aan.

'Wat kom jij hier eigenlijk doen?' vroeg ik aan Blake. 'Je lijkt wel geboren in een smoking.'

'Ik wilde Henry overtuigen om straks naar het concert in de opera te komen', zei hij. 'Ik speel een eresaluut met de beste songs uit zijn films. Ik wilde dat hij erbij was.'

'Hij is erbij', zei ik dubbelzinnig. 'Je ziet wat zijn antwoord is.'

'Hij was als een vader voor me', zei hij ineens intriest.

'De man was een verrekte mormoon', zei ik. 'Hij was voor veel mensen een vader. Eerst voor Leurs, nu voor jou.'

Ik bekeek de 8 MM-spoel die op de projector zat. Hij was versleten en oud en er stond op: 'Verjaardag Sergei Rousseau, 1979, Gent.'

Ik zei: 'Hij maakte zich precies meer zorgen over zijn echte zoon.'

'Dat zou me verbazen', zei Blake terwijl hij toch belangstellend vooroverboog.

'Ja, mij ook', zei ik. 'Die twee waren verder uit elkaar gegroeid dan de voortanden van Guy Verhofstadt.'

'Henry sprak met geen woord meer over die *loser*. Hij bestond niet eens.'

'Wel', zei ik. 'Hier bestaat hij nog.'

Ik liet de film draaien en werd teruggeflitst naar een tijd die me zelf na aan het hart lag. Het was alsof alles samenkwam. In een zeemzoete gelige sfeer zag ik de jonge vader Henri Rousseau met brede bakkebaarden en een Che Guevara-kepi een taart doormidden snijden. Het tafereel speelde zich buiten af, in een of andere tuin aan de rand van Gent. Een paar familieleden zaten rond een tafel en zagen er met hun lange haren en wijde pijpen uit als de cast van de *Godfather*. Toen begon men te zingen, althans dat veronderstelde ik, en een meisje kwam uit de keuken de tuin in. Het meisje had een wit kanten jurkje en schoenen met hoge hakken van haar moeder aan. Ze was hevig opgemaakt en droeg een rode, leren jas die over de grond sleepte. Iedereen stopte met zingen en keek verbaasd naar het meisje.

'Ik wist niet dat Henri ook een dochter had', zei ik.

'Hij heeft er nooit iets over gezegd', zei Blake die naast mij kwam staan.

Rousseau zette met een smak het mes in de taart. Hij liet het staan en liep boos naar het meisje toe. Het was me niet duidelijk waarom hij zo kwaad was.

'Waar zit de moeder in dit hele verhaal?' vroeg ik.

'Henri's vrouw stierf toen ze eind de *forties* was', zei Blake, die meer en meer de geknipte persoon was om Rousseau's biografie te gaan schrijven.

'Je meent het.'

'Een of andere zeldzame bloedziekte.'

Ik keek weer naar de film. Rousseau gaf het meisje een klap in het gezicht. Net alsof ze niet goed naar hem had geluisterd en haar intrede moest overdoen. Toen trok hij met een ruk de rode mantel van haar schouders en gaf hij haar nog een klap. Eén klap voor één kledingstuk.

'Waarom doet hij dat nu?' vroeg ik.

'Misschien mag dat kleintje die *red* mantel niet dragen', zei Blake. 'Die ziet er nogal groot uit. Was vroeger wellicht van haar moeder.'

Ik keek naar het getormenteerde gezicht van Rousseau die zich naar zijn vrienden omdraaide. Hij had een blik die zich niet wilde excuseren, maar veeleer het pak slaag wilde rechtvaardigen. Toen draaide hij zich naar zijn dochter. Die huilde alsmaar luider. Rousseau was echt een harde. Hij schudde het kind door elkaar en maakte duidelijk dat hij geen tranen meer wilde zien. Vreemd, terwijl hij op de set de tranen uit zijn actrices klopte, kon hij ze in zijn echte leven niet verdragen.

'Waarom staat er eigenlijk "Sergei" op die tape?' las Blake hardop af.

'Verkeerde doos', zei ik.

Maar toen kwam de cameraman van het tafereel, een van Rousseau's artistieke vrienden, dichterbij. Hij sloop op Rousseau en zijn dochter af en richtte zich op het gelaat van het meisje. De make-up was uitgelopen en toverde een ander gezicht te voorschijn.

'Jezus', zuchtte Blake. 'Is dat wat ik denk dat het is?'

'Wie het is, is een betere vraag', zei ik.

Het meisje werd een jongetje, niet ouder dan elf. Het had fijne trekken, een fijne mond en magere armen. Het haar was halflang en hing voor zijn ogen, maar gelukkig bleven de ogen intact. Het was Sergei, de zoon van Rousseau. Maar het was ook nog iemand anders. Ik zag het aan de ogen én aan de rode mantel die gisteren nog in mijn kantoor dartspijltjes naar mijn vader had geworpen. Het was ook Susan Six.

'Ken je dat jongetje?'

Ik zette de projector uit. Het was begonnen met een projectie van een *snuff movie* en het eindigde met een projectie van een homevideo. De muur werd weer kaal, maar ik zag nog geregeld vlekken die het gezicht van de jonge Susan Six vormden.

'Dat jongetje is nu echt een meisje geworden', zei ik. 'Een vrouw. Het is Susan Six, het liefje van Dimitri Leurs en de pornoactrice die net naast die rol greep in Rousseau's laatste film.'

Blake keek alsof ik hem zonet had verteld dat ze op Mars een McDonalds hadden geopend.

'Die Susan Six is de *son* van Henri Rousseau?'

'Ja, je kunt het nog dertig keer zeggen en het klinkt nog altijd niet natuurlijk, hé? Maar het is wel zo. Ik heb haar gisteren nog op bezoek gehad in de rode mantel van haar moeder. Het ziet ernaar uit dat Susan Six niet zozeer Guggenheimer wil zijn, maar wel de eigen moeder.'

Blake wreef over zijn kale bol. Hij bleef een beetje voor die projector staan en hadden we nu een rookmachine bij de hand gehad, dan kon hij zo Miles Davis spelen die *L'Ascenseur pour l'echafaud* live op zijn trompet begeleidde.

'Die vent, wel, die vrouw...' Blake raakte er niet echt uit. 'Hij is alleszins goed knettergek.'

Ik dacht heel even aan de rode mantel die Susan Six gebruikte als relikwie om haar eigen moeder in leven te houden. Het was een beetje hetzelfde als wat ik met mijn eigen vader deed, al kon ik natuurlijk van geluk spreken dat ik met het nodige materiaal was geboren en zij niet.

'Ja, het verklaart alleszins de wrevel tegenover Rousseau. Rousseau was vrij conversatief en hij was bovendien de aartsvader van de Vlaamse cinema. Hij zal zijn halfslachtige zoon uit zijn leven hebben verstoten als een mislukte film.'

'Denk je dat hij haar daarom de rol in zijn film heeft geweigerd?'

'Denk jij van niet dan?' vroeg ik ironisch. 'Ze werd geweigerd, niet omdat ze de dochter van de producer was, maar omdat ze de zoon van de producer was. Als dit aan de grote klok werd gehangen, verloor Henri Rousseau op slag al zijn waardigheid en dat was toch het belangrijkste waarvoor hij leefde.'

We keken neer op Henri Rousseau, in een versleten kamerjas waar mieren in- en uitkropen. Het begrip waardigheid was een ruim begrip en in die zin ook van toepassing op een dronken clochard die een koprol maakte voor een fles wijn.

'Susan Six brak met haar verleden en ging na haar operatie in de pornosector werken. Het zal wel makkelijk werk voor haar zijn geweest. Je hoefde enkel haar te betalen en je kreeg er twee geslachten voor in de plaats.'

Blake leek geschokt.

'Denk je dat ze zich... dat ze haar...'

'Het is dat of ze heeft een kleintje.'

'Jezus', zei Blake. 'Dit is echt een freakland.'

'Ja', zei ik. 'Ze begon iets met Dimitri Leurs, die gek op haar was en die haar hielp om haar vader zwart te maken. Ze namen samen een valse *snuff movie* op en lieten haar sterven. Daarna plakten ze de stem van Rousseau erover alsof hij de maker was. Maar Susan Six liet Leurs vallen omdat hij haar de rol niet kon geven. Zo nam ze tegelijk ook wraak op haar vader die Leurs als zijn tweede zoon beschouwde.'

Blake schudde het hoofd.

'Leurs moet ook wel te weten zijn gekomen dat zijn liefje nooit maandstonden kreeg.'

'Waarom heeft hij dat dan nooit gezegd?'

'Hoe zou je zelf zijn?' zei ik. 'We hebben het hier trouwens over Dimitri Leurs, de koning van de schijn. Een labiel ventje dat over Hollywood loog, terwijl hij eigenlijk in een instelling kroop om een trauma te verwerken. Het trauma dat hij verliefd was geworden op een vrouw die eigenlijk een man bleek te zijn. Je zou voor minder aansluiting gaan zoeken bij de armen van geest.'

'We hebben het hier dus niet alleen over een gekke transseksueel, maar ook nog eens over een jaloerse, knettergekke transseksueel?'

'Susan Six kon niet verdragen dat haar vader haar niet die droomrol gaf en dus sloeg ze door. Ze begon beetje bij beetje de hele filmcrew van de volgende film van haar vader af te maken. Ze werd Guggenheimer.'

Blake leek zich iets te realiseren, maar hij zei het even kalm als iemand die meldt dat de tomaten iets goedkoper zijn geworden.

'Ik maak ook deel uit van die crew', zei hij.

'Ja', zei ik. 'Maar ik niet en ik ben bij jou.'

'Moet dat me soms geruststellen, *man*?'

Ik keek om me heen. Blake keek op een flitsend horloge dat hij met één beweging te voorschijn schudde. Het werd tijd om deze dodentempel achter ons te laten. Deze hele zaak draaide meer en meer rond mensen die dood moesten zijn, maar toch in leven bleven en omgekeerd.

'Die arme Leurs', zei hij. 'Ik dacht dat hij *the brain* was. Het zal je maar overkomen om verliefd te worden op een...'

'Ja', zei ik. 'Ja.'

Ik zei niets meer want het was tot me doorgedrongen wat mij was overkomen toen Susan Six gisteren haar tong als lolly aanbood. Ik liep naar buiten.

Justin Blake kwam naast me staan en keek beteuterd naar zijn Alfa Romeo.

'Je hebt tegen mijn wagen gekotst, *man*.'

'We zijn quitte.'

'Je hebt een zwakke maag, *my friend*.'

'Ik voel mee met Leurs', zei ik enkel.

Blake stapte in en nam plaats achter het kleine sportstuur. Ik bekeek het interieur van zijn supersonisch ruimtetuig.

'Je gaat toch niet naar het concert?' vroeg ik hem.

'Waarom niet? Ik heb mijn verplichtingen.'

'Je verplichtingen tegenover de dood?' vroeg ik hem. 'Het festival is morgen afgelopen. Jij weet, net als ik, dat je het laatste belangrijke lid van de crew bent. Je kunt haar evengoed een uitnodiging sturen.'

Hij keek voor zich uit en schudde het hoofd.

'Ik laat me niet afschrikken door een *bitch* met kloten aan haar lijf, *man*.'

Ik schudde eveneens het hoofd en keek naar binnen. Toen liep ik langs de wagen heen en stapte naast hem in.

'Wat ga jij doen?'

'Je bent me wel een lift verschuldigd', zei ik hem en hij startte de wagen. We waren nog maar net het bos uit toen ik besefte dat ik iets was vergeten. Of iemand.

Justin Blake was niet het laatste lid van het Rousseaukliekje dat de Guggenheimerroman zou verfilmen. Er was nog iemand en ik hoopte maar dat de legende over vergeten schrijvers voor een keer wel klopte.

24.

De wagen van Justin Blake verhield zich tot mijn Taunus als een tropisch zwemparadijs tot een verroeste badkuip op een akker. Ik zag lichtjes: groen, rood en blauw zonder te weten waarvoor ze dienden, en Blake prutste om de haverklap aan een knop om indruk te maken, alsof hij ons elk moment naar Saturnus kon brengen. We waren sneller dan het licht uit Drongen en terug in Gent waar we naar de opera op de Kouter reden. Ik inspecteerde de leren zetels.

'Je smeert elke maand die zetels in?' vroeg ik.

'Ik laat het doen', grijnsde hij.

Onderweg probeerde ik hem nog te overtuigen om het concert af te zeggen, maar hoe meer ik me ging moeien, hoe meer hij het zag zitten. We begonnen dan maar te discussiëren over Miles Davis en John Coltrane en waarom de twee op een gegeven moment niet meer met elkaar konden samenspelen. (Davis was Hemingway en een fervent aanhanger van de juiste noot op het juiste moment. Coltrane was Faulkner, een dolle trein die door het landschap raasde) (5).

Het was halfdrie toen Blake en ik de opera van Vlaanderen bereikten. Blake gaf me een ticket en liep met zijn kleine trompetkoffertje binnen, alsof hij een huurmoordenaar was die zich zou klaarmaken voor een *hit*. Ik probeerde nog een laatste keer.

'Je weet dat ik je dit eigenlijk niet mag laten doen', zei ik. 'Ik moet nog een zelfmoord rapporteren. Jij en ik waren getuigen.'

'Laat Ruzzo nog even zijn *peace*, man', zei hij opeens grimmig.

'Ik zou graag ook wat rust willen.'

Hij stopte en nam ruw mijn elleboog vast.

'Luister, man, ik weet dat ik te ver ben gegaan met je wagen en al, maar ik vraag je hier om een gunst. Wacht tot na de pauze om de flikken te bellen. O.k.? Dit is mijn laatste moment om Henri Ruzzo op mijn eigen manier te danken voor alles wat hij heeft gedaan.'

Hij liep verder. Ik mompelde.

'Ik hoop dat dit niet je laatste moment is *tout court*.'

De ingang van de opera, die een soort luxebinnenplaats is met klassieke zuilen waar vlaggen en doeken aan hangen van de verschillende producties, was een mierennest, om maar eens in de termen te blijven. Er was een permanent programma van Verdi, maar de smokings en japonnen die nu kwamen opdagen zouden een opera nog niet herkennen terwijl ze er zelf in stonden. Het was drummen en om de tijd te doden, draaide ik nogmaals het nummer van Herman Brusselmans. Ik kreeg weer het antwoordapparaat aan de lijn. Dit keer sprak ik een boodschap in.

'Herman, Henri Rousseau is dood. Blijf waar je bent en doe wat je de afgelopen tien jaar hebt gedaan: kom niet buiten. Guggenheimer loopt nog steeds vrij rond.'

Ik werd onderbroken door een stem uit de luidsprekers op de binnenplaats die mijn naam proclameerde.

'De heer Patrick Somers wordt aan de lijn gevraagd. Patrick Somers, gelieve u aan de infobalie te melden.'

Tot zover mijn undercoverplan. Ik meldde me bij de balie en kreeg een telefoon in de handen gestopt.

'Hallo, met Somers.'

'Justin Blake was een uitzonderlijk talent.'

Het was de stem van Guggenheimer. Susan Six. Ik zei:

'Is dat een lul in je zak of ben je gewoon blij om me te zien?'

Er kwam geen reactie. Het leek eeuwig te duren. Ik zag de deuren opengaan en de massa als een bende bizons naar binnen drijven. Ik zei:

'Hallo?'

'Je leek wel te genieten van die kus, Somers.'

'Ik genoot er evenveel van als van een elektroshockkuur.'

'Ja, mijn lippen zijn puur vergif.'

'Ik heb een sterke maag', zei ik. 'Ik heb er weinig last van.'

'Ik zie dat je je mooi kostuum hebt aangetrokken, Somers.'

Ik keek op.

'We hebben allebei een reden om de mode niet te volgen, hé.'

'Als het vandaag de mode is om een filmploeg om zeep te helpen, dan volg ik die liever niet, neen. We hebben allebei inderdaad een reden, Rousseau jr., maar jij bent een vrouw en ik een man en we weten allebei dat de een van Mars komt en de ander van Venus.'

'Ik ga de klus klaren, Somers, maar niet zoals in het boek.'

Het was weer even stil. Ik hoorde mijn nek kraken door het snelle heen en weer kijken. Ik was op zoek naar een rode mantel, maar zo dom kon ze natuurlijk niet zijn. Ze zat er ergens tussen, maar het was onbegonnen werk.

'Ik moet je laten, Somers. Ik moet aan het werk. Jammer dat ik nooit de lippen van Justin Blake heb kunnen kussen. Die zagen er echt sexy uit.'

Toen hing ze op. De hostess achter de infobalie stond met uitgestoken hand te wachten tot ik de hoorn zou teruggeven. Ik liep mee met de rest de Tempel der Muzen binnen en toonde mijn ticket.

Ik werd naar de eerste rij op het balkon gestuurd en nam plaats naast een oud wassen koppel en een jonge gozer die met zijn lippen een demper voor een trompet probeerde te imiteren. De knusse, beklede zitstoelen en de met bladgoud of koper afgewerkte trapleuningen sloten perfect aan bij het negentiende-eeuwse karakter van het Franse Grand Théatre. Na een felle brand in de achttiende eeuw werd de opera immers opnieuw gebouwd naar de plannen van de Gentse architect Bernard de Wilde. Na een latere afbraak nam een andere architect, Louis Roelandt, het over en legde met zijn project 'Grand Théatre' de grondslagen voor de moderne opera, die nadien nog vele keren werd gerestaureerd, onlangs nog aan het begin van deze eeuw.

De theaterzaal was opgebouwd volgens het zogenaamde Italiaanse hoefijzerprincipe. Er waren drie gangen met loges en de vierde vormde de galerij boven de rijk versierde kroonlijst en daarboven het zogeheten kiekeskot voor het gewone volk. Boven me, binnen handbereik, hing een oude, glorieuze kroonluchter en op het gewelfde plafond waren een paar hemelse afbeeldingen geschilderd. Ik kon op mijn gemak een voor een de spullen uit de hemel wegplukken als ik wilde. Beneden klonk een wachtmuziekje dat verdacht veel leek op de laatste plaat van Justin Blake, een voorsmaakje van wat zou volgen. Het rode, zware doek voor het podium was nog dicht. Ik keek het programmaboekje in, maar kon me niet concentreren. De woorden van Susan Six bleven in mijn oren nagalmen als de laatste noot van een geweldige Wagneropera. Wat bedoelde ze met de lippen van Justin Blake?

Het volk stroomde binnen. Ik leende een toneelkijker van het wassen koppel en tuurde een voor een de rijen af. Er was geen Susan Six of rode mantel te bekennen. Toen drong het tot me door dat ze misschien in een smoking en met kort haar was binnen geraakt. Ik voelde het zweet in mijn hals prikken. Ik werd ongeduldig. Plots werd ik nog ongeduldiger toen de levende trompetdemper naast me opeens zei:

'Ben jij Patrick Somers?'

'Neen. Jij?'

'Ja, mijn baas heeft me verteld over je geintjes', zei hij.

'Wie is je baas?'

'Kunegonde Heldekens', zei hij. 'Ik ben maar een van haar vele gezanten. We zitten hier met zo'n twintig man. Tien beneden, tien boven. Enig idee vanwaar de wind kan waaien?'

Welwelwel, nu inspecteur Bonte met vakantie was, draaide de Gentse kolderbrigade eens op volle toeren. Ze hinkten niet langer twee kilometer achterop. Ik was verbaasd.

'Nee', zei ik. 'Ik weet zelfs niet of ik moet uitkijken naar een man of een vrouw.'

'Kijk gewoon uit naar een blaffer', zei de trompet. 'Dat is het simpelste.'

'Ja, maar daarom niet het juiste. Ik betwijfel of hij of zij zich zomaar zal blootgeven. Het is veeleer het soort dat zich liever letterlijk blootgeeft.'

De tape werd stilgezet en de speciaal gecomponeerde hymne van het Filmfestival van Vlaanderen werd ingezet. Op dat moment ging het rode gordijn open en kwam een ravissante verschijning in een zwarte, lange avondjurk het podium op. Tegen de muur hing een beeldscherm met het logo van het festival op.

'Goeiemiddag dames en heren, welkom op dit laatste concert in de reeks *Soundtrack Awards*. We hebben vandaag twee heel speciale gasten.

De eerste kent u wellicht al. Hij is de huiscomponist van het bekende themalied van het festival dat u daarnet heeft gehoord. Verder schreef hij ook de imposante score voor *Daens* van Stijn Coninckx en is hij natuurlijk een rasechte Gentenaar. Uw applaus voor Dirk Brossé!'

Het vuur in de opera brak los en Dirk Brossé kwam met zijn verwaaide professorhaardos het podium op. Hij zag er een beetje uit als Art Garfunkel, maar dan met een dirigentenstokje. Hij boog twee keer plechtig voor zijn publiek en deed iets met zijn stokje, alsof hij zo de presentatrice weer toestemming gaf om verder te spreken.

'De heer Brossé en zijn Filharmonisch Orkest vormen vandaag de ruggensteun voor onze speciale gast. Ooit begonnen als professioneel bokser heeft onze gast een unieke weg afgelegd. Hij arriveerde eerst in Vlaanderen, toen hij letterlijk van straat werd geplukt door Henri Rousseau, die hem de kans gaf om de muziek voor zijn film te schrijven. Het werd meteen een schot in de roos. De jazzy, zweverige en broeierige score voor *Le Petit Voleur* won dat jaar een Platteauprijs voor beste filmmuziek. Vanavond brengt deze unieke combinatie een hulde aan de mooiste scènes die op het witte doek ooit te zien waren. Graag uw applaus voor Justin Blake!'

Justin Blake kwam op en liet zijn trompet even het dirigentenstokje van Brossé kussen, alsof ze de degens kruisten. Toen maakten ze een vluchtig praatje terwijl het orkest zijn instrumenten stemde. Blake zag er opvallend ontspannen uit. Het was integendeel Brossé die eruitzag alsof hij elk moment een kogel tussen de ribben kon krijgen. Toen knikte Brossé naar het orkest en tikte eenmaal, tweemaal, driemaal met zijn stokje tegen zijn partituurstaander. Er kwamen een paar strijkers, als een zware zeewind, opzetten. Tegelijkertijd startte op het witte doek een eerste legendarische scène uit *The Maltese Falcon*, waarin de partner van privédetective Sam Spade er het loodje bij neerlegt. Justin Blake nam zijn bekende pose in, een en al nonchalance, de schouders gebogen en half naar het publiek gekeerd, half naar het scherm, en wachtte op zijn moment om in te vallen. Ik herhaalde in mijn hoofd de laatste woorden van Susan Six: 'Jammer dat ik de lippen van Justin Blake nooit heb kunnen kussen... Mijn lippen zijn puur vergif.'

Ik keek rond, op zoek naar een wapen dat à la Hitchcock vanachter een gordijn kon komen, net op het moment wanneer de cymbalen tegen elkaar worden geslagen. Justin Blake hield zijn trompet wat hoger en gluurde naar het scherm. Hij wachtte op het schot in de film. Ik wachtte op het schot in de opera. Het schot in de film werd gelost en toen werd als het ware ook een schot in mijn hoofd gelost.

'De lippen van Justin Blake!' herhaalde ik.

'Wat?' vroeg de undercovereend naast me.

'Mijn lippen zijn puur vergif.'

Ik stond op en hield de blik op het podium. De strijkers hielden zich een beetje in, ruimden de plaats voor de gedempte stem van de trompet. Justin Blake maakte zich klaar om te fluisteren in zijn demper. Ik liep het balkon af en begaf me steeds sneller naar het uiteinde van de loges. Ik begon sneller te wandelen, te lopen, te spurten. Justin Blake maakte zijn lippen nat. Ik riep iets naar hem, maar een laatste tromgeroffel overstemde alles. Toen werd alles stil. Een rust in de partituur. Het moment voor Justin Blake. Ik stormde het podium op. Een paar bodyguards kwamen meteen de scène op en wilden me vastnemen, maar Justin Blake zette net op tijd de trompet van zijn mond en hief zijn hand op. Het publiek begon te joelen. Op het witte doek was Sam Spades partner aan het sterven, zonder muziek. Blake trok me recht en keek me bezwerend aan.

'Jij steelt graag de show, hé *man*?' zei hij.

'Je trompet', hijgde ik.

'Wat ben je van plan?'

Ik stak mijn hand uit en keek naar het publiek dat hoorndol werd. Ik kreeg zelfs een paar folders en programmaboekjes naar mijn hoofd. Een van de bodyguards kwam bij Blake staan en vroeg:

'Alles o.k., mister Blake?'

Blake zei: 'Alles o.k. We hebben het onder controle.'

'Je trompet', zei ik weer. 'Geef je trompet.'

Blake gaf me zijn meest dierbare bezit op aarde. Het was een blinkend spul, vaker opgepoetst dan een combat van een soldaat.

'Dit is alles wat ik heb, *man*', zei Blake. 'Wat doe je nu eigenlijk?'

‘Je kon hem bijna meenemen in je graf’, zei ik hem.

Ik hield de trompet ondersteboven en er vloog een heel klein beetje stof of poeder uit, zoals een zandloper die omgekeerd wordt gehouden. Dit was ook een zandloper. Een zandloper die het einde van een leven aanduidde. Ik ging met mijn zool over het witte poeder op de vloer. Toen ging ik met mijn wijsvinger in de holte van het mondstuk.

‘Wat je nu doet, is vrij obsceen, *man*’, protesteerde hij. ‘Wat...’

‘Wat ik nu doe, is je leven redden’, zei ik. ‘Dat poeder hier is meer dan wat zaagsel om je lippen droog te houden. Het is puur vergif.’

Blake ging op een knie zitten en bekeek het spul van dichterbij.

‘Je meent het.’

‘Ja’, zei ik. ‘En Susan Six meende het ook.’

25.

Twee uur later was ik terug in mijn flat in Onderbergen. Ik kon tevreden zijn over mezelf. Ik had het leven gered van een belangrijke jazzmuzikant en ik was in het nieuws geweest om erover te vertellen. De vijftien minuten beroemdheid van Pat Somers. Maar nu was ik alle drukte ontvlucht en zat ik al een tijdje even beweeglijk als een straatlantaarn een paringsdans tussen twee spinnen aan het plafond te jureren. Er was nog steeds geen spoor van mijn vader. Maar ik kon tevreden zijn. Ik had ontdekt wie de seriemoordenaar was en waarom hij de helft van artistiek Vlaanderen van kant had gemaakt. De zaak liep ten einde. Het was niet mijn taak om de seriemoordenaar ook te vinden. Het was sowieso mijn taak niet geweest om naar hem op zoek te gaan. Ik was nog steeds met vakantie. Althans, ik zag op mijn kalender dat ik vanaf morgen weer aan het werk moest. De harde sleur drong zich op. Maar ik kon tevreden zijn. En toch voelde ik me even lekker als een maatje op een Hollandse kermis. Ik voelde me terneergeslagen. Niets wat een paar pijnstillers of een serre wiet niet konden verhelpen, maar toch was ik niet voldaan. Ik geraakte net uitgekeken op de spinnen toen de telefoon rinkelde. Ik veranderde van houding en liep bijna een hernia op.

'Hallo...'

'Spreek ik met Patrick Somers?'

De stem aan de andere kant van de lijn klonk even monotoon als de flatline van een comapatiënt. Hij was vervormd, maar niet vervormd zoals je een zakdoek voor je mond houdt. Hij was elektronisch vervormd zoals je soms van een intercom een stout antwoord krijgt. Ik had een robot aan de lijn, een beleefde robot.

'Wie is dit? Bonte, heb je een verkoudheid opgelopen tijdens je vakantie?'

'Ik heb me laten vertellen dat jij een privédetective bent in Gent', zei de robot. 'Klopt dat, Patrick?'

'Patrick Somers is de speurneus in huis', antwoordde ik. 'Maar

Patrick is een vriend voor weinigen en een vijand voor velen. Vertel me dus maar gauw wie je bent en wat je zoekt, voor ik mijn geduld verlies en theatraal ga doen.'

Het was even stil.

'Ken jij het spel *Big Brother*, Patrick?' vroeg de stem plots.

'Ik ken een vriend die dat spel kent', zei ik, Herman Brusselmans indachtig.

'Ik denk dat ik je vriend ken die dat spel kent', herhaalde de stem. 'We hebben je vriend zelfs in het huis. We zijn deze week namelijk met een nieuwe serie begonnen waarin BV's twee weken lang met elkaar worden opgesloten. Hun doen en laten wordt door vijftig camera's geregistreerd, elke handeling, van het nemen van een bad tot het pulken in een neus. Herman Brusselmans stond er eerst wat afzijdig tegenover, maar besloot uiteindelijk toch mee te doen. Nu zitten we met een probleem, Patrick.'

'Laat me raden', zei ik. 'De kijkers herkennen hem niet meer.'

Ik trok een lade open en nam een cocktail van pijnstillers. De hoofdpijn, rugpijn, keelpijn en tandpijn kwamen weer opzetten als vier pelotons in een grondoorlog.

'Herman heeft zich opgesloten in de dagboekkamer, Patrick. Weet je wat de dagboekkamer is?'

'Ik denk het niet. En ik denk ook niet dat het me erg interesseert.'

'De dagboekkamer is een isolatiecel waar de bewoners hun gal kunnen spuwen.'

'Het lijkt me niet zo vreemd dat Herman zich daar heeft opgesloten.'

'Ja, maar het is wel vreemd dat hij er niet meer uit wil. Hij bazelt er maar op los. Hij denkt dat iemand in het huis hem wil vermoorden omdat hij een boek heeft geschreven dat zou worden verfilmd.'

Daar kon ik inkomen. Het was natuurlijk sowieso al zelfmoord voor een Herman Brusselmans om in *Big Brother* mee te spelen.

'*Big Brother* wil je graag inhuren, Patrick', zei de robotstem. 'We willen je inhuren om Herman uit die kamer te halen. Jij bent de enige die hij vertrouwt. Ik denk dat het een zaak is die je niet vaak meemaakt, of vergis ik me?'

'Je vergist je', zei ik. 'Ik heb al meer meegemaakt dan de neus van Michael Jackson.'

Ik wist niet zeker of het een stunt was of niet. Wat ik wel wist, was dat *Big Brother* allerlei truken uit de kast haalde om duizenden kijkers verslaafd te laten neerhurken voor de buis. Ik dacht er even over na. Mijn hele leven was al een *reality-soap* op zich.

'Als je op het aanbod ingaat, Patrick, zal er beneden een limousine claxonneren. Ik zou graag willen dat je je spullen pakt en in die wagen stapt. De wagen brengt je naar het huis en zet je daar af. Daar kun je binnen via de zijdeur.'

Ik stond op en liep naar het raam waar ik het rieten gordijntje voor de helft omhoogtrok. Aan de overkant van de straat stond inderdaad een zwarte limousine waarin het hele Sint-Lievenscollege kon kamperen.

'O.k.', zei ik. 'Ik doe het. Maar ik sta niet in voor het gevolg dat ik weleens de *star* van de hele show kan worden.'

En plots viel de lijn dood. Ik stond op, liet het gordijntje weer zakken en nam een oude koffer van de archiefkast. Ik stopte er een pyjama in, een reservekostuum, mijn blaffer en mijn zakje wiet. De limousine claxonneerde.

Hoofd rechthouden en kin vooruit, Somers. Je komt met je hondenkop op televisie. Wie had dat nog gedacht?

Ik liep op een drafje naar beneden en werd er opgewacht door de chauffeur bij de limousine. Ik werd geblinddoekt en de limousine ingeduwd. Ik had genoeg plaats voor mijn benen om de sirtaki te dansen. Dit hele geheimzinnige gedoe: de anonieme robotstem, de blinddoek, het afgelegen huis, het was allemaal zo *fake* als een saloon in Bobbejaanland. Een klein kwartier later kwam de wagen tot stilstand en mocht ik eruit. Ik werd over een stenen pad geduwd en kwam voor een deur te staan. Toen deed de chauffeur de blinddoek af en opende een zijdeur van een wit, laag betonnen gebouw. Ik had geen tijd om rustig om me heen te kijken en te zien waar ik me bevond. Het was er stil. Ik ging het huis binnen. Daar was het nog stiller. Het was nog niet zo laat, maar de hele tent was donker. Ik belandde eerst in een

ACHTERSTRAAT
9450 HAALTERT

soort bergruimte. Er stonden een koelkast, een diepvriezer en een paar houten rekken met proviand in. Het deed me denken aan die iglo's aan de Noordpool waar iemand op zoek gaat naar een verdwenen expeditieteam. Ik stapte verder naar de openstaande deur en kwam in wat de woonkamer moest zijn. Terwijl ik verder door de duisternis waadde, maakte ik me de bedenking dat ik door de helft van Vlaanderen op de vingers werd gekeken.

In de schemering zag ik de resten van een varkensstal die een studentenkot in de Overpoort op een kamer in het Ritz deden lijken. De restanten van het leuke, afgeschermde leven in een *Big Brother*-huis. Ik had stress omdat ik elke dag in elkaar kon worden geslagen. Deze mensen hadden stress omdat ze konden worden weggestemd. Ik liep op de tast verder en kwam aan een blauwe, zware deur.

'Herman?' riep ik. 'Herman?'

Er kwam geen antwoord. Ik maakte me klaar om de deur in te trappen toen ze automatisch openging. Ik werd verblind door een paar felle spots die aanfloepten. De dagboekkamer had een paar felgekleurde muren, maar voor de rest zag het ernaar uit dat er een feestje aan de gang was. De bewoners hadden er zich allemaal in verstopt en stonden er op een hoopje. Het vreemde was dat er niet werd gesproken. Ze bleven me allemaal als wassen beelden aanstaren. Ik zag onbekende gezichten, maar geen Herman Brusselmans. Toen zag ik in de muur een donkere spiegel waardoor ik in de aanpalende ruimte kon kijken. Ik zag er tientallen monitoren en montagetafels, webcams, microfoons en hoofdtelefoons. Ik begreep het nog steeds niet. Toen zag ik op een van de monitors in de kamer achter de spiegel mijn eigen hoofd in close-up. Ik zag de blik van opperste verbazing en een teller bovenaan in beeld die de datum van vandaag aangaf. Ik voelde mijn hart bonzen in mijn keel en drukte mijn gezicht tegen de spiegel. Op een andere monitor werden een paar beelden teruggespoeld: de dood van Gabrielle Evans in de Decascoop, de ontmoeting met Herman Brusselmans in de Hitch, de poppenkast in het Huis van Alijn. Het was er allemaal en het was allemaal in een slordige, heimelijke filmstijl gefilmd. Toen bekeek ik de onbekende gezichten nog eens en ik zag dat het gezichten waren die zich achter de schermen verstopten: monteurs, technici, figuranten. De eerste woorden die ik wilde opperen, rolden plots weer in mijn mond toen Henri Rousseau, als een soort oppermeester van een sekte, naar voren stapte. Hij zag er verrekt gezond uit voor iemand die had moeten stikken in een kolonie mieren. De *mastermind* van een heel vernuftig spel.

'Dag, Patrick', zei hij. 'Welkom in ons huis.'

'Wat is dit?'

'Hoe bedoel je? Wat is dit? Dit is je leven, Patrick. *Het leven zoals het is... van Patrick Somers*. Je bent een kijkcijferkanon. Je bent het best bekeken programma van de eeuw. We volgen je al sinds de opening van het filmfestival. De knal van die exploderende microfoon in de Decascoop was eigenlijk het startschot van de reeks.'

Ik begon me misselijk te voelen.

'Wat? Waarom?'

'De mensen willen niet langer naar films kijken over mensen die lijden, Patrick. Ze willen echte mensen zien lijden, afgaan, in elkaar worden geslagen, met de dood worden bedreigd. Dit is wat het is, Patrick: de eerste soapfilm.'

Ik keek rond en zocht steun. Maar ik vond alleen maar verraders. Gabrielle Evans, Dimitri Leurs, *Mean Machine* Marvin, de klankman, het meisje Evi, Justin Blake, De Prins en de dierendokter, die dus toch werd gespeeld door Roland, keken me allemaal aan. Zelfs Susan Six stond me vredig te observeren alsof ik een museumstuk was. Ze waren hetzelfde gebleven en toch zagen ze er anders uit. Geen witte sjaal meer voor Leurs, geen rode mantel meer voor Six en geen rugzakje voor Evi. Het was allemaal één grote leugen geweest. Ik zag gezichten van figuranten zoals de puistenmuil die in de Decascoop mijn Taunus had weggezet of de eigenaar van het pornobioscoopje. Ze maakten allemaal deel uit van de *set-up*. Een groep werknemers die elkaar in shifts afwisselden en die soms na het werk samen nog een glas gingen drinken en een toast uitbrachten op mijn ellendige leven, dat hen veel centen en werk opleverde. Ik zag ook ergens de Margaret Thatcher van de Gentse flikken staan die wellicht evenveel flik was als Andrea

Croonenbergs. Ik had zo een vermoeden dat dit spel met Bonte in de stad niet zou hebben gepakt.

'Waarom ik?' stamelde ik.

'Je doet jezelf te weinig eer aan, Patrick', zei Rousseau. 'Jij hebt het leven dat de mensen willen. Je leeft alleen, je bent de hele tijd op zoek, je slooft je uit, je bent zo ouderwets als een paar bretellen en je vangt geregeld een paar rake klappen op. Je komt in contact met *femmes fatales* en je bent niet op je bek gevallen. Je leven is een gezelschapsspel, zonder gezelschap. Je leven is eigenlijk niet veel waard, maar de film over je leven is goud waard.'

Ik greep de leuning van de sofa vast om niet in elkaar te storten.

'Je hebt het misschien zelf niet gemerkt, Patrick', ging Rousseau rustig verder. 'Maar het had werkelijk alles. Drama, romantiek, spanning, actie. Je zou het zo gek niet kunnen voorspellen. Het enige probleem was een beetje dat we je moesten ondertitelen door dat platte Gents accent. We moesten natuurlijk ook wel een paar dingen in de hand werken. We hadden wat extra drama nodig. Een mooi subplot, zeg maar. Het was Dimi die met het idee op de proppen kwam om je vader te laten herleven. Ik vond dat eerlijk gezegd een beetje over de schreef, maar hij verzekerde me dat het succes zou hebben en hij had gelijk. Na de aflevering waarin je vader op bezoek kwam, verdubbelden onze kijkcijfers.'

Ik wilde weg. Ik wilde de film letterlijk terugspoelen tot de eerste avond in de Decascoop. Ergens in het groepje manipulators zag ik de man staan die mijn vader had gespeeeld. Hij had nog steeds een baard, maar een andere kleur van ogen en ook zijn houding was helemaal veranderd. Hij glimlachte verontschuldigend en onzeker. Ik zei:

'Maar ik dacht dat hij het was.'

'En de kijker dacht het ook, Patrick. Hij leefde met je mee. Zie je, hij geloofde het omdat jij het geloofde. Die persoonlijke herinneringen haalden we uit je stom dagboek. Ik was er niet zo zeker van dat we niet over de top gingen, maar een mens heeft niet veel nodig om te geloven wat hij wil geloven, hé.'

Ik wilde dit niet geloven. Ik wilde dat dit opzet deel uitmaakte van de grote leugen. Maar dit bleef echt.

'Een *private eye* die *public eye* wordt, Patrick', resumeerde de man die zich God waande. 'Ik heb er jaren over gedaan om het concept op poten te zetten, maar het heeft geloond. Dit is een live-uitzending, Patrick. Ik wil je niet verontrusten, maar we hebben momenteel de kaap van drie miljoen kijkers overschreden. We schrijven geschiedenis, jongen.'

Ik bleef naar het gezicht van mijn vader kijken. Ik herkende niets meer.

'Het is Nietzsche, Patrick. Nietzsche voor de gewone mens. Lijden en laten lijden. We hebben elke seconde van de laatste week kunnen opnemen. Je hebt geen idee hoe klein die camera's tegenwoordig zijn en waar je ze zoal kunt verstoppen. In een hoornen bril van een schrijver bijvoorbeeld.'

Ik dacht aan Herman Brusselmans. En aan het moment waarop hij zonder haar en bril was opgedoken.

'Herman?'

Rousseau keek naar de grond en leek ontgoocheld. Iedereen keek plots naar Rousseau, die nog altijd in zijn kamerjas rondliep. Hij had zich wellicht net na zijn schijndood naar de studio's gerept.

'Ik had gehoopt dat je niet over Brusselmans zou beginnen, Patrick. Ik spreek er niet graag over. Brusselmans heeft ons eigenlijk besodemieterd. Het was de afspraak dat hij het spel tot het einde zou uitspelen. Maar hij is de enige die eruit is gestapt. Hij had nochtans het contract ondertekend, maar blijkbaar kon hij het niet meer aan. Hij voelde zich te *fucking* integer om aan het spel mee te doen, zei hij. Jammer voor een pulpschrijver als hij, nietwaar? Hij voerde het excuus op dat hij met de dood werd bedreigd en zette zijn bril af. Ach, misschien heeft hij wel gelijk en is hij de enige vriend die je nog hebt, Patrick Somers. We hebben hem nog voorgesteld om er een boek over te schrijven, maar zelfs dat wilde hij niet. We hebben er ondertussen iemand anders opgezet.'

Ik ging voor een laatste maal de gezichten af, levende doden of dode levenden. Hun blik was gevuld met een mengeling van ontroering, opluchting en medeleven. Susan Six stond zelfs met de tranen in de ogen. Ik voelde hun betrokkenheid in hun project, maar ook voelde ik hun opdringerige ongeduld alsof ze al overuren aan het kloppen waren. Alsof ze zo snel mogelijk alles wilden afsluiten en naar huis wilden gaan, naar hun eigen leven, naar hun eigen familie.

'We gaan straks uit de ether, Patrick', zei Rousseau ingetogen, alsof hijzelf de stekker zou uittrekken en daarmee ook mijn leven zou beëindigen. 'Als je wilt, mag je nog iets zeggen. Jij bent immers de *star*. Heb je nog iets te zeggen?'

Het klonk als een jury of een rechter die me een laatste vraag stelde vóór ik voor het vuurpeloton zou verschijnen.

'Ja', zei ik. 'Waar is Duke?'

'Duke?'

Rousseau wist even niet over wie ik het had.

'De hond, Henri', kwam Leurs hem in het oor fluisteren.

'O, de hond', herhaalde Rousseau en hij schoot in een frivool lachje.

'Ja, Duke.'

Rousseau knikte naar de man die mijn vader had gespeeld en die opende de deur van de montagekamer achter de spiegel. Duke kwam met kwispelende staart op zijn baasje af en begon me te besnuffelen. Ik wist niet of ik moest lachen of huilen. Ik denk dat ik beide deed.

'We hebben hem verwend', zei Rousseau. 'Hij heeft de hele week naar niets anders gekeken dan oude afleveringen van *Cheers*. Ik wil hier ook even benadrukken dat de stand-in van Duke geen echte spuit kreeg toegediend. We hebben voor dit project geen enkel dier mishandeld.'

Ze hadden inderdaad geen dier mishandeld. Ze hadden een mens mishandeld. Ik stond op en streek mijn pak glad. Er stond me nog één zaak te doen. Ik kreeg het laatste woord en ik zou het gebruiken ook. Ik wachtte niet af tot ze de monitors zouden uitzetten, tot de *plug-ins* werden uitgetrokken, het licht werd gedimd en de generiek begon te lopen. Ik graaide de luger uit mijn zak en schoot de spiegel aan flarden. Toen schoot ik ook al de rest naar de hel. De schermen, camera's en microfoons moesten het met hun leven bekopen. Het was zo'n overdonderend lawaai dat alles overstuur geraakte. De hele santenkraam begon te gillen en te schreeuwen. Toen ik mijn plicht had gedaan, stak ik mijn vriend weer weg. Ik hoorde het signaal van een *flatline*. Het testbeeld. Ik draaide me nog een laatste keer om naar Rousseau en zijn inquisiteurs, en zei:

'Ik wilde graag met een knal afscheid nemen.'

'Wat wil je nu doen?' vroeg Dimitri Leurs spottend.

'Ik ga op mijn eentje mijn Ford Taunus halen', zei ik met bevende stem.

'En dan?'

'En dan zal ik dingen doen die jij nooit zult te weten komen, Dimi', zei ik. 'Ik denk dat ik maar eens op mijn eentje een ritje ga maken door Gent. Ik en Gent alleen.'

Toen verliet ik de dagboekkamer en nam dezelfde weg naar buiten. Achter me hoorde ik alsnog een paar zachte, ingetogen strijkers opzetten. Ik had ze niet allemaal klein gekregen. Ik kwam uit op een groot parkeerterrein en zag een paar honderd meter verder de Expohallen van Gent liggen, waar platen- en andere beurzen doorgingen. Ik bevond me op het bedrijvencomplex dat langs de Grote Ring lag. Ik hoorde in de verte het geluid van de snelweg. Toen begon ik met Duke aan mijn zijde het parkeerterrein af te wandelen. De loods van het *Big Brother*-huis lag vlak naast de gebouwen van AVS, de regionale televisiezender. Ik keek omhoog, naar het dak, en zag de antennes als bajonetten van een oorlogsstandbeeld tegen het maanlicht afsteken. Duke begon te blaffen. Het kon zijn dat hij blij was. Het kon ook zijn dat hij dringend *Cheers* wilde zien. Ik wilde dringend mijn bed zien. Ik had nood aan een testbeeld. Een zwart beeld. Ik liep haastig door en probeerde een film te vergeten die ik net had gezien. Het was geen viersterrenfilm, maar hij zou me mijn hele leven bijblijven. Ik liep onder de slagboom door en klom over de betonblokken die langs de Ring lagen. Toen begon ik achteruit te stappen en stak mijn duim op. Ik had nog nooit in mijn leven gelift, maar het werd tijd dat ik er werk van maakte. Af en toe keek ik omhoog en ging op in de zwarte, heldere hemel, met evenveel echte sterren als de pixels van een scherm, en ik zag de Grote en de Kleine Beer, maar nog veel andere vormen die ik altijd zie en niemand anders ooit ziet. Duke blafte en ik lachte en ik stak nog meer mijn duim op, ook al was er in de verste verte geen wagen meer te bespeuren.

Extra's

DELETED SCENES

Scène 1 (p. 18): poëzie van Herman Brusselmans

'Ik moet u iets bekennen, gast. Dat ongeluk van daarnet. Dat ongeluk met dat moordwijf dat ik weleens over mijn stok zou willen rijgen,

die onfortuinlijke gebeurtenis met die schaamteloze trut
wiens navel ik met mijn snikkel weleens wil doorboren,
dat drama met die geile tuttebel die ik dringend eens moet
aflikken,
leegzuigen,
volpompen,
dichtknijpen,
wel,
dat was geen ongeluk.'

Scène 2 (p. 30): De menukaart van de ABC-Cinema

(...) Het weekprogramma van de ABC-Cinema, zaal 1:

Maandagavond 20u.: *Babewatch 3*, 22.30u.: *Play it again, Samantha*
Dinsdagavond 20u.: *Jane Bond & The Man with the Golden Rod*
Woensdagavond 20u.: *Crocodile Blondee*, 22.30u.: *Bootsie*
Donderdagavond 20u.: Sneak Preview, 22.30u.: *Dances with Foxes*
Vrijdagavond 20u.: *Romeo & Juliet II*, 22.30u.: *Coffee, Tea or Me*
Zaterdagavond 20u.: *Taxi Girls*, 22.30u.: *The Love Bus*
Zondagavond: rustdag (...)

Scène 3 (p. 59): eerste ontmoeting tussen Somers en Rousseau

(...) 'Ik heb ze allemaal zien passeren. Ik heb ze allemaal gemaakt: de karakteracteurs, de *éminences grises*, de *femmes fatales*. Ik ben hun vader. Zonder mij waren ze niet in leven en hadden ze geen reden tot bestaan. Ik heb ze allemaal geboetseerd, met mijn eigen blote handen. Ik heb ze als individu gemaakt. Dat was mijn gave. Ja, ik heb de filmtaal uitgevonden in Vlaanderen, maar ik was een pionier door geluk. Ik was gewoon de juiste man met de juiste bagage op het juiste moment. Maar mijn echte gave was mensen maken en geloof me, jongeman: ik heb er veel gemaakt: Julien Schoenaerts, Jan Decleir, Jo de Meyere, Ann Petersen, Dora Vandergroen. Noem ze maar op. We waren een club. Een familie en ik heb het nu niet over die familiereeks op de televisie. Ik bedoel, we streefden allemaal hetzelfde na: de nobele kunst van de cinema naar het voorbeeld van de Franse grootmeesters.' (...)

Scène 4 (p. 116): Somers & God

(...) Ik betrapte me erop dat ik nog een tijdje bleef staan. Ik voelde me altijd prettig en veilig in een kerk. Dit was het huis van God en als je het eens goed bekeek, was die God verdomme wel een *fucking* onroerend-goedsjeik. Je kunt die huizen van God niet meer tellen. Ik heb geen probleem met iemand zoals God. Hij is zeer attent, maar hij ligt me gewoonweg niet. Het probleem is een beetje dat ik niet zo'n prater ben en God ook niet. De stelling van *opposites attract* gaat hier dus helemaal de mist in. De moeilijkheid is ook dat God er nooit is. Hij zou zich beter een antwoordapparaat aanschaffen. Maar ja, dan kan het ook best zijn dat God het type is dat nooit terugbelt. Hoe dan ook, ik hield van de stilte, de ouderdom en de nostalgie naar de tijd waar alles nog mogelijk was en mensen nog te paaien waren met mooie verhaaltjes en mirakels. Ik verloor mezelf heel even en dacht terug aan de tijd toen ik twee weken misdienaar was geweest, maar al snel uit die functie ontheven werd toen bleek dat ik me al die tijd Obi Wan Kenobi waande. (...)

Scène 5 (p. 196): Blake en Somers over Miles en Coltrane

(...) 'Miles en Trane', zei ik. 'De grootste die er ooit geweest zijn. Als je met een van die twee ooit zou kunnen *jammen*, wie zou je dan kiezen?'

'Coltrane', zei Blake onmiddellijk.

'Waarom Coltrane?' vroeg ik.

'Omdat hij altijd op zoek ging naar iets nieuws.'

'Miles ook', zei ik. 'Dat kun je toch niet ontkennen. Miles ging altijd op zoek naar iets nieuws en als hij het gevonden had, dan ging hij weer op zoek naar iets anders. En, als hij het gevonden had, drukte hij er zijn eigen stempel op. Hij was pure perfectie.'

'Dat is het juist', zei Blake. 'Ik zeg niet dat Miles de makkelijke weg koos, maar hij vond altijd wat hij zocht. Coltrane heeft het nooit gevonden en dat maakt hem juist zo uniek.'

Ik nam even de tijd om daarover na te denken.

'Hm', zei ik. 'Daar ga ik niet echt mee akkoord, Blake. Miles was gewoon meer compleet. Hij heeft alle watertjes doorzwommen en is op een punt gekomen waarop hij genoeg had aan twee noten.'

'Ja, maar Coltrane is wat mij betreft toch verder gegaan. Luister eens naar *Blue Trane* en *Soul Trane* en je zult begrijpen wat ik bedoel. Miles bleef bovenal een technicus. Bij Trane kwam alles recht uit de buik.'

'Onzin, Blake', zei ik hevig. 'Ze hadden gewoon een andere stijl. Je zou het kunnen vergelijken met Hemingway en Faulkner. Miles is zoals Hemingway en spuwt korte, perfecte zinnen uit van twee of drie noten. Coltrane daarentegen is een echte Faulkner: op zoek naar elk detail in lange, complexe passages.'

Blake nam dit even in overweging.

'Daar zit iets in', gaf hij toe. 'Maar dat wil nog niet zeggen dat Miles completer was. Trane durfde zichzelf constant prijs te geven. Hij zocht naar zijn eigen wereld in de wereld. Vandaar dat hij ook met die eigen melodieën binnen de hoofdmelodie begon. Hij reed op een recht stuk, maar maakte constant bochten om dan opnieuw nog net op de rails te springen.'

'Tja, die melodie binnen de melodie, dat is sterk.'

'Dat was iets van hem alleen.'

‘Hé, Blake’, zei ik. ‘Begrijp me niet verkeerd. Ik ben pro-Coltrane. Ik zei het al: de twee grootste.’

‘Trane heeft zich ook nooit ingelaten met die pop en dat funkgedoe van Miles. Als je het mij vraagt, was Miles daar toch even de pedalen kwijt.’

‘Daar wil ik niet over praten’, zei ik bitter. ‘O.k., hij heeft fouten gemaakt, maar daar mag je niet te lang bij stilstaan. Je moet vooral de goeie dingen onthouden.’ Blake rondde af:

‘Die opnames van Trane en Miles zijn eigenlijk vooral gesprekken tussen twee geniale mensen.’

‘Twee mensen met elk een eigen stem.’

‘Twee persoonlijkheden die aan het discussiëren gingen en die wisten dat het niet ging om gelijk hebben, maar gewoon om het genot van de discussie.’ (...)

BLOOPERS

[a]

‘Wel, ik volg u al een tijdje. Dat gaat u misschien verbazen, hé, gast. Maar ik loop al een tijdje met het idee rond om een boek over u te schrijven. Weet ge wel, in al mijn boeken gebeurt er geen scheet en ik heb zoiets van: een boek over een Gentse privédetective waar niets in gebeurt, dat moet zeker in aanmerking komen voor de Gouden Uil. Ik zat er even aan te denken om het *Ex-privédetective* te noemen. Ge weet wel, zoals mijn trilogie *Ex-schrijver*, *Ex-drummer* en *Ex-minnaar*.

Ik vond het een twijfelachtige eer, te meer omdat het veeleer op een biografie dan op een roman zou lijken. Herman Brusselmans nam zijn glas jenever en toastte op het idee. Hij dronk het in één teug leeg.

‘Godverdomme, gasten’, vloekte hij terwijl hij naar de camera keek. ‘Dat is hier echte jenever! Doe dat nog één keer en ik schrijf een column over u!’

[b]

Ik verloor de tijd een beetje uit het oog en voelde het zweet in mijn handpalmen. Ik wilde mijn handen afvegen aan het tapijt in de koffer toen ik iets glads voelde. Het leek op een natte, smalle broeksriem. Het zat vast en ik probeerde het los te trekken, maar dat lukte niet. Toen voelde ik nog een keer en merkte dat het op papier leek. Ik probeerde er een stuk af te scheuren, maar van op mijn rug en met mijn hiel in de reserveband in een soort Kamasutrastand, viel dat niet mee. Ik probeerde het een derde keer en scheurde er alsnog een stuk van af. Twee minuten later hoorde ik de Taunus vertragen en parkeren. Het werd stil. Het geroezemoes van de Overpoort was verdwenen. Ik tastte naar mijn borst, maar de blaffer die daar hoorde te zitten, bleef een droom. Twintig minuten later lag ik er nog steeds. Een of andere oetlul had de sleutel op de set bij de Decascoop laten liggen.

'Gaat het een beetje, Somers?' hoorde ik zeggen.

'Haal me hieruit of ik laat Herman Brusselmans een column over jullie schrijven.'

[c]

Ze achtten me wel waardig en kwamen tot mij. Ik speelde niet graag vals, maar omdat ik weet dat basketbal een contactsport is en ik niet graag in de preekstoel werd *gedunkt*, haalde ik mijn... dildo uit mijn zak. Daar had natuurlijk mijn luger moeten zitten, maar een of andere grapjas had de drang gevoeld de hele set aan de slappe lach te brengen.

'Heel leuk, jongens', zei ik.

Ik voelde me wat onwennig om met een dildo in een kerk te staan zwaaien, maar langs de andere kant had ik me ook wat onwennig gevoeld wanneer ik door een dribbel te ontwijken met mijn kop in de paraplubak was beland.

[d]

De stemmen zwegen even, maar er was wat kabaal te horen: een paar meubels die werden verschoven, een toilet dat werd doorgespoeld, het scheuren van papier. Daarna hoorde ik enkel het tikken van de verwarming. Het bleef enkele minuten rustig en ik dacht dat de twee vrouwen misschien een boodschappenlijstje aan het samenstellen waren. Maar toen hoorde ik een stille kreet die gepaard ging met een zacht slaan van een hand, alsof iemand klappen uitdeelde. Ik ging rechtop staan en keek naar de deur. Ik wachtte op mijn signaal om in beeld te komen en Evi gaf me dat door nog eens zachtjes te gillen. Ik zette me af van de muur en brak mijn sleutelbeen...

[d bis]
De stemmen zwegen even, maar er was wat kabaal te horen: een paar meubels die werden verschoven, een toilet dat werd doorgespoeld, het scheuren van papier. Daarna hoorde ik enkel het tikken van de verwarming. Het bleef enkele minuten rustig en ik dacht dat de twee vrouwen misschien een boodschappenlijstje aan het samenstellen waren. Maar toen hoorde ik een stille kreet die gepaard ging met een zacht slaan van een hand, alsof iemand klappen uitdeelde. Ik ging rechtop staan en keek naar de deur. Ik wachtte op mijn signaal om in beeld te komen en Evi gaf me dat door nog eens zachtjes te gillen. Ik zette me af van de muur en trapte de deur in. Susan Six stond in de badkamer voor de spiegel, Evi stond met de regieassistent een afspraak te maken...

[d tris]
De stemmen zwegen even, maar er was wat kabaal te horen: een paar meubels die werden verschoven, een toilet dat werd doorgespoeld, het scheuren van papier. Daarna hoorde ik enkel het tikken van de verwarming. Het bleef enkele minuten rustig en ik dacht dat de twee vrouwen misschien een boodschappenlijstje aan het samenstellen waren. Maar toen hoorde ik een stille kreet die gepaard ging met een zacht slaan van een hand, alsof iemand klappen uitdeelde. Ik ging rechtop staan en keek naar de deur. Ik wachtte op mijn signaal om in beeld te komen en Evi gaf me dat door nog eens zachtjes te gillen. Ik zette me af van de muur en trapte de deur in. De hele crew stond me op te wachten en riep: 'Surprise!'

THE MAKING OF... STAR

Het schrijven van *STAR* was, net als alle andere Pat Somersthrillers, een werk van hoogtes en laagtes, van korte sprints en langeafstandswandelingen. Het idee kwam eigenlijk uit een ander boek dat ik al veel eerder had geschreven, maar dat ik nooit naar buiten had gebracht: een meer dan 450 pagina's tellend pornoepos, een soort Bildungsroman van de pulp. Twee jaar later zocht ik een thema voor een vierde avontuur rond de Gentse privédetective, toen het kadergegeven van dat oude boek in mijn lade weer opdook. Bovendien kwam ik tot de vaststelling dat ik, behalve mijn debuutroman *Spaghetti*, nooit eerder over film had geschreven, terwijl ik wel uitgerekend Film & Televisie had gestudeerd. Omdat ik steevast vertrek van een kernthema dat ik probeer te koppelen aan het decor van Gent en tegelijk probeer uit te spelen tegen de ironische benadering van Pat Somers, leek het me logisch het dit keer over de zevende kunst te hebben. De link naar het Filmfestival van Vlaanderen was gauw gelegd en de figuur van Herman Brusselmans was ook al tot leven gekomen in *Sodome Mucho*, het porno-epos dat de geestelijke vader van Guggenheimer trouwens best wist te smaken. Tegelijk had ik de indruk dat ik na de drie vorige avonturen, waar de pastiche en de ironische knipoog al voldoende duidelijk waren, het genre van de *private eye* nog meer kon opentrekken. Terwijl ik vroeger de humor minstens even belangrijk vond als de spanning, nam ik me voor ditmaal dat eerste te laten primeren.

Wat *STAR* betreft, ben ik aan de eerste vijftig pagina's begonnen toen ik net de drukproef van *Spookbloem* beëindigd had. Want zo gaat het altijd. Om me in te leven in de geest, de stijl en de toon van Somers, moet ik eerst een vorig avontuur herbeleven. Wanneer het boek dan uiteindelijk in de winkel ligt, gaat Somers echt met vakantie. Terwijl ik me met andere zaken bezighou, stel ik me voor dat Somers zijn eigen leven leidt. Als ik op zondag ga tennissen of naar een barbecue trek, besef ik dat hij op hetzelfde moment ergens ontvoerd wordt of gewoon in zijn kantoor van een whisky aan het nippen is. Als ik in Toscane op een terras naar de krekels zit te luisteren, wéét ik gewoon dat Somers terzelfder tijd in Gent kloppen krijgt. Hoe dan ook, na een tijd kruisen onze wegen zich uiteindelijk weer en na een korte babbel en wat smalltalk, vertelt hij me, in zijn eigen bewoordingen, de zaak die het waard is om in boekvorm gegoten te worden.

De eerste vijftig pagina's van een Pat Somersboek zijn altijd een beetje zoekwerk. De structuur en de opbouw van het verhaal rijpen tijdens dit eerste schrijfproces. Ik zet de lijnen uit, geef het bestaansrecht aan een paar personages en schep de scènes... om dan na honderd pagina's te merken dat het verhaal meer gaten heeft dan het geheugen van Willy Claes. Die gaten worden opgevuld, die losse eindjes worden aan elkaar geknoopt tijdens het tweede schrijfproces: het herschrijven van de eerste vijftig pagina's (de setting, het uitwerpen van de visjes) en het verder uitbouwen van het belangrijkste deel van het boek, de ontwikkeling van de plot. Dit neemt al bij al twee maanden in beslag. Daarna trek ik andere schoenen aan om de eindspurt af te leggen. De daarop volgende weken werk ik naar de ontknoping toe. Zo mag je ervan uitgaan dat de eerste versie van het boek na drie, vier maanden klaarligt om met rode stift en de nodige krabbels herwerkt te worden.

Dit afpietsen, boetseren of 'prutsen' ligt me eerlijk gezegd het meest. Ten eerste omdat ik dan 'verlost' ben van een koppige en weerbarstige laptop en ik – laat ons zeggen – in een hangmat in de tuin met pen en papier woord voor woord kan nakijken. Het is ook in dit stadium dat de oneliners en de replieken worden verfijnd. Daarna roep ik de hulp in van een viertal vaste lectoren die het manuscript streng beoordelen op inhoud, op stijl en op Somersgehalte. Toeval of niet, maar drie van de vier lectoren zijn vrouwen en hebben dan ook een objectief, scherp en nietsontziend oordeel klaar.

In een derde fase hou ik al dan niet rekening met hun opmerkingen (ik ben voor rede vatbaar, maar slechts tot op zekere hoogte) en las die in. Zo zijn we in totaal vijf maanden verder en doe ik het hele ding met de hand op de post (ik heb uit bijgeloof een afkeer van e-mailverkeer). In tweevoud gaat het naar de uitgeverij waar opnieuw drie – dit keer anonieme – lectoren zich op de zaak storten en na twee maanden een rapport klaarhebben.

Wat de schrijver dan nog rest, naast de twee drukproeven controleren, is het goedkeuren van een cover, soms geïnspireerd op een voorbeeld dat ik zelf heb gemaakt (meestal al tijdens het schrijven van de eerste vijftig pagina's) om in de sfeer van het verhaal te komen. En wanneer Pat Somers dan zijn Spannende Zomer beleeft, heeft hij doorgaans geen flauw idee of vermoeden van wat hem over drie maanden weer te wachten staat.

Het allesverterende gevoel dat alles weer van vooraf aan begint en het besef dat schrijven én leven een eindeloze herhaling is van enkele handige trucs om aan de sleur te ontsnappen.

Over de auteur van 'Star'

Wie is Bavo Dhooge?

Bavo Dhooge (1973) werkt als freelance auteur, scenarist en journalist voor diverse magazines en tijdschriften. Zo schreef hij scenario's voor onder meer de TV1-televisiereeks *Sedes & Belli* en heeft hij verscheidene documentaires op zijn naam staan.

Als kind leek hij in de wieg gelegd voor een internationale tenniscarrière, maar uiteindelijk koos hij voor een studie Film & Televisie aan de Koninklijke Academie voor Schone Kunsten in Gent. Na de publicatie van zijn debuutroman *Spaghetti* legde hij zich toe op zijn andere passie: schrijven.

In de zomer van 2002 kwam zijn eerste detectiveroman *Smak*. *Smak* werd genomineerd voor de Diamanten Kogel 2002 en won als eerste Vlaamse roman de Schaduwprijs 2003. In dezelfde reeks volgden *Strafschop* (nominatie Diamanten Kogel) en *Spookbloem*. In totaal heeft Bavo Dhooge 15 boeken geschreven in de zogenaamde 'S'-reeks: alle titels beginnen immers met de 19de letter van het alfabet. De reeks zal dan ook 19 boeken beslaan en bestaat uit onder meer *Schaduwspel*, de eerste Vlaamse tennisroman, een paar jeugdthrillers, literaire romans en een biografie over John Massis. Behalve romans schreef Dhooge ook de verhalenbundel *Surprise*, een luchtige, tragikomische doorsnede van het menselijke tekort. Voor het najaar 2005 wordt in hetzelfde genre een roman verwacht, de absurdistische tragiekomedie *Smile*, die overigens wordt verfilmd. Momenteel is er Dhooge's nieuwste Pat Somers-thriller: *Star*.

Naast schrijven heeft Bavo Dhooge een fascinatie voor jazz, reizen en pulp. Verder zetelt hij in het bestuur van het Genootschap van Vlaamse Misdaadauteurs.

Meer info op: www.bavodhooge.be

Bavo Dhooge schreef ook:

Gent. Arne Staelens, een blauwharige tiener, schrijft zich in voor de kunstacademie. Vader Staelens, Latemnaar en geldwolf, ziet geen toekomst in kunst. Volgt: een hoog oplopende discussie, waarna Arne wegvlucht.
Ook andere bizarre toevalligheden, die geen toeval zijn, prikkelen de geest van Pat Somers. Als privédetective én levend anachronisme maakt hij van zijn speurderswerk een ware kunst.

Schaduwprijs 2003

Genomineerd voor de Diamanten Kogel 2002

ISBN 90 6306 452 7

Prijs: € 17,50

Sinds voetbalwonder van AA Gent, Josip Mandic, een strafschop 'verprutste' wordt hij bedreigd. Privédetective Pat Somers wordt ingehuurd om ervoor te zorgen dat de nukkige Kroaat zich enkel op voetbal concentreert. Maar voor Somers goed en wel de lijnen heeft uitgezet, gaat de bal aan het rollen.
Omkoopschandalen en illegale verblijfsvergunningen in het voetbal: een toegangskaartje voor een detective, die scoort op spanning, humor en romantiek.

Genomineerd voor de Diamanten Kogel 2004

ISBN 90 6306 481 0

Prijs: € 17,50

Privédetective Pat Somers krijgt bezoek van Gilbert Prevenier, professor exotische plantkunde aan de Gentse Kruidtuin. De al even 'exotische' opdracht betreft de opsporing van een orchidee die op de Floraliën verdween.

Niet meteen een speurzaak waarvoor een detective warmloopt. Of toch? Want de *Polyrrhiza lindenii* is geen ordinaire bloem. Het is de zeldzame 'spookorchidee', waarvoor freaks miljoenen overhebben... Somers zoemt als een geprikkelde bij om de zaak heen en leert ook een paar andere 'spoken' kennen.

ISBN 90 6306 493 4

Prijs: € 17,50

'Het gaat om een verdwijning. Salieri heet hij. Dat is zijn naam.' Mevrouw Berk pauzeert even.

'Wie is precies die Salieri? Een man die geheim wenst te blijven?'

'Salieri is mijn paard. Een renpaard. Een raspaard.'

Sedes & Belli, werknemers van het detectivebureau *SCAN Recherche*, krijgen een wel heel bijzondere opdracht. Algauw gaat het detectiveduo in het zadel zitten voor een dolle en gevaarlijke rit in de paardenwereld van de Oostendse Wellington Hippodroom.

ISBN 90 6306 468 3

Prijs: € 17,50

Max is tennisser. Ook vertegenwoordiger in tenniskledij, maar bovenal tennisser. Hij heeft in zijn leven meer ballen over het net geslagen dan mensen een hand gegeven. Ooit was hij semi-prof en oefenpartner van McEnroe. Eén probleem: Max Bakelandt is drieëndertig en vooralsnog onbekend. Maar nu lijkt het ùltieme moment voor zijn comeback aangebroken.

ISBN 90 6306 472 1

Prijs: € 18,95

Surprise ontsluiert de mysteries van de buitenwijken. In een schijnwereld van vlekkeloze opritten en afgemeten tuinen schuilen soms gruwelijke monsters. Kleine mensen hebben grote geheimen. In een suggestieve sfeer wisselt Bavo Dhooge dé thema's van hét leven af met soms hartverscheurend tragikomische en absurde details.

ISBN 90 6306 486 1

Prijs: € 22,50

Sam Colt is zestien en werkt als koerier voor Pony Express. Op een avond belandt hij in Woodcreek, een zo goed als uitgestorven dorp. Net als Archie, een rondtrekkende circusartiest. Die vervoert niet alleen zijn grizzlybeer, maar ook twee bewusteloze kinderen en een Apache-indiaan. Iedereen verdenkt de indiaan ervan de kinderen te hebben ontvoerd.

Jeugdthriller

Vanaf 12 jaar

ISBN: 90 5908 109 9

Prijs: € 15,95